KB263601

FCBARCELONA

més que un club

Realmadrid

네가 있어
나는 멈출 수 없다
(개정증보판)

네가 있어 나는 멈출 수 없다(개정증보판)

초판 1쇄 발행 · 2012년 5월 25일
개정판 1쇄 인쇄 · 2013년 11월 21일
개정판 1쇄 발행 · 2013년 11월 27일

지은이 · 김정민
펴낸이 · 김미룡
펴낸곳 · 도서출판 푸르름
편   집 · 이정은
디자인 · 이종헌
마케팅 · 김미룡, 한성호
관   리 · 장영의, 안형록

주   소 · 서울시 은평구 녹번동 156-39번지 2층
전   화 · 02-352-3272 ｜ 02-387-4241
팩   스 · 02-352-3273
이메일 · pullm63@empal.com
등록번호 · 8-246호

잘못된 책은 구입하신 서점에서 교환해 드립니다.
ISBN 978-89-88388-53-2 (13810)

네가 있어 나는 멈출 수 없다

김정민 저
(2014년 개정증보판)

푸른름

지금 시대를 사는 축구 팬은 행운아다. 축구사에 단 한 번도 이뤄지지 않았던, '천재 대결'을 즐길 수 있는 특별한 권리를 누리고 있기 때문이다.

리오넬 메시(26. FC 바르셀로나)와 크리스티아누 호날두(28. 레알 마드리드)가 벌이고 있는 라이벌 대결이 그것이다.

두 사람 모두 '불세출'이라는 표현이 모자라지 않은 재능을 지니고 있다. 축구사에 한 번 나올까 말까 한 대단한 능력을 갖추고 있다. 그런데 공교롭게도 동시대에 태어났고, 같은 스페인 프리메라리가에서 최고 자리를 놓고 외나무 다리 대결을 펼치고 있다.

브라질의 축구 황제 펠레와, 아르헨티나가 낳은 '축구의 신' 디에고 마라도나의 입씨름은 끊이지 않고 벌어진다. 이들의 입씨름이 끝나지 않는 이유는 활약했던 시대가 달라 단 한 번도 그라운드에서 겨뤄 볼 기회가 없었기 때문이다.

그러나 메시와 호날두의 경우는 다르다. 선수로서 최전성기에, 스페인 프리메라리가라는 같은 무대에서 활약하고 있다. 게다가 FC바르셀로나와 레알 마드리드는 '불구대천의 원수'로 표현되는 앙숙 관계다.

한 시즌에 많게는 7~8 차례의 맞대결이 펼쳐진다. 한 명이 웃으면 한 명은 고개를 숙일 수 밖에 없다. 스페인 프리메라리가도, 유럽축구연맹

UEFA 챔피언스리그도 우승 트로피는 하나다. 국제축구연맹FIFA과 프랑스 풋볼이 세계 최고의 선수에게 공동 시상하는 FIFA-발롱도르도 공동 시상된 역사는 없다.

어떻게든 승자와 패자가 갈릴 수밖에 없다. 메시와 호날두의 대결이 흥미로울 수 밖에 없는 이유다.

두 사람이 펼치고 있는 대결은 400미터 트랙을 구간별로 달리는 장기 레이스에 비교할 수 있다. 한 바퀴를 도는 것을 한 구간이라고 친다면(한 시즌), 승자와 패자는 매 구간마다 갈린다. 그러나 레이스 전체가 끝날 때까지는 최후의 승자가 누구라고 섣불리 판단할 수 없다. 레이스가 중반을 지났음에도 두 사람 모두 지친 기색이 없다. 시간이 지날수록 오히려 스퍼트를 더한다. 한쪽이 전력을 다해 앞으로 치고 나가면, 상대는 뒤질세라 전력을 다해 따라잡거나, 추월해 버린다.

주파한 구간이 늘어날수록 구간 기록이 떨어지고, 체력이 떨어지는 것이 장거리 레이스의 상식이지만, 두 사람 모두 '상식을 넘어서는 괴력'을 보이고 있다. 관중들은 이런 박빙의 레이스가 펼쳐지고 있는 상황에서 자리를 떠날 수 없다.

메시와 호날두가 펼치는 레이스에 세계의 눈과 귀가 집중되고 있는 현실이 이와 같다. 눈길이 한번 가면 거둘 수 없는 매력을 지니고 있다.

메시와 호날두가 벌이고 있는 흥미진진한 대결은 피와 땀의 결정체다. '천재'라는 수식어가 가장 잘 어울리는 이들이지만 그 이면에는 뼈를 깎는 인내와 남몰래 흘린 눈물이 있었다. 이들이 세계 최고의 자리에 오르기까지의 과정에서 '천재'는 하늘이 내린 재능을 바탕으로 해서 꾸준히 이를 갈고 닦아야 완성된다는 사실을 확인할 수 있다. 책을 쓰는 과정에서 메시와 호날두가 현재의 위치까지 오르는 과정에서 보인 초인적인 극기와 노력, 인내심에 저절로 고개가 숙여졌다.

졸필이 인쇄되기까지 아낌 없는 도움을 주신 푸르름 출판사 임직원 여러분들께 머리 숙여 감사 인사를 드린다.

늘 힘이 되는 사랑하는 아내 미영과 2014년 2월 세상에 나올 첫 딸에게 이 책을 바친다.

저자 김정민

CHAPTER 1

현대 축구의 패러다임을 바꿔놓은 혁명아

리오넬 메시와 크리스티아누 호날두는 축구라는 스포츠의 패러다임을 바꿔 놓는 맹활약을 펼치고 있다.

축구는 만국 공통의 인기 스포츠다. 명실상부한 지구촌 최고의 인기 스포츠라고 해도 누구도 이의를 제기할 수 없다. 국제축구연맹(FIFA)이 창설된 1904년을 현대 축구의 시작으로 본다면 100년간 한 순간의 멈춤도 없이 양적, 질적 발전을 거듭해 왔다.

축구는 '월드스타' 라는 말을 사용할 수 있는 사실상 유일한 종목이다. 축구 스타는 국경과 인종을 초월해 높은 인기를 누린다. 대표적인 인물을 뽑자면 브라질의 '축구 황제' 펠레, 네덜란드의 '토털 풋볼러' 요한 크루이프, 독일의 '카이저' 프란츠 베켄바워, 아르헨티나가 낳은 '축구의 신' 디에고 마라도나를 들 수 있다. 특히 이 가운데 펠레와 마라도나는 축구에 전혀 관심이 없는 사람일지라도 한 번은 들어봤을 정도로 높은 지명도를 지니고 있다.

누구도 뛰어 넘을 수 없을 것 같던 펠레, 마라도나의 벽에 리오넬 메시와 크리스티아누 호날두가 도전하고 있다. 지금의 메시와 호날두가 경기에 미치는 영향력과 전 세계적인 인기, 지명도는 펠레, 마라도나가 전성기에 누렸던 그것과 비교해 전혀 모자람이 없다.

모든 스포츠에는 '혁명적인 슈퍼스타'가 존재한다. 농구의 경우 마이클 조던(50)이 여기에 해당한다. 그가 미국프로농구(NBA)에 데뷔할 때만 해도 조던과 같은 유형의 선수는 상상할 수 없던 존재였다. 슈팅가드로서는 장신 (198cm)에 3점 슛과 페이드 어웨이 점프 슛, 드라이브인 등 골 밑과 외곽을 가리지 않고 모든 지역에서 득점이 가능했으며 폭발적인 점프력과 체공 시간, 완벽한 밸런스와 운동 신경으로 '에어쇼'라고 불리는 환상적인 묘기를 선사했다. 게다가 공격력 못지않게 빼어난 수비력, 한 골이 반드시 필요할 때 어김없이 득점에 성공하는 '클러치 능력'까지. 한마디로 농구 선수로서 완벽했다.

NBA는 조던 덕분에 세계적인 인기 스포츠로 성장했고 그의 이름을 딴 농구화를 제작한 스포츠 브랜드 회사 나이키는 단숨에 업계 서열 1위로 떠올랐다.

메시와 호날두는 '축구의 마이클 조던'이라고 할 만큼 엄청난 기세를 보이고 있다. 경기 지배력과 범세계적인 인기에 더해 축구라는 스포츠에 대한 인식 자체를 송두리째 바꿔 놓는 활약을 펼치고 있기 때문이다.

월드컵 우승 없이도 위대할 수 있다

 펠레와 마라도나가 '축구 지존'의 반열에 오른 것은 월드컵에서 빼어난 활약을 펼치며 우승 트로피를 품에 안았기 때문이다. 펠레는 1958년 스웨덴 월드컵에서 혜성처럼 등장했고 1962년 칠레 월드컵에 이어 1970년 멕시코 월드컵에서 브라질의 우승을 이끌며 '축구의 대명사'로 떠올랐다. 마라도나는 1986년 멕시코 월드컵에서 거푸 '신기神技'를 뽐내며 아르헨티나에 우승 트로피를 선사해 세계 최고로 공인됐다.

월드컵에서의 활약 없이는 '세계 최고'라는 수식어가 붙을 수 없는 것이 종전의 인식이었다. 이전 세대에도 월드컵에서 우승을 차지하지 못했지만 '최고 선수'라고 칭송을 받은 경우가 없던 것은 아니다.

펠레와 동시대를 살았던 조지 베스트(북아일랜드. 사망), 마라도나에 필적한 선수로 평가된 미셸 플라티니(프랑스. 59)가 대표적이다. 베스트는 1960년대 맨체스터 유나이티드 전성기를 이끌었던 '축구 천재'다. 1968년 맨체스터 유나이티드의 유러피언컵(챔피언스리그 전신) 우승을 이끌며 '발롱도르(Ballond'or 유럽 골든볼)'의 주인공이 됐다. 거스 히딩크 감독은 한국 대표팀 부임 시절 취재진을 만나 역대 최고 선수를 묻는 질문에 베스트를 거론했을 정도다.

그러나 베스트는 펠레와 같은 세계적인 지명도와 인기를 누리지는 못했다. 북아일랜드 공화국 태생으로 단 한 번도 월드컵 본선 무대를 밟지 못했던 탓이다.

현재 유럽축구연맹UEFA 회장으로 재직 중인 플라티니의 현역 시절은 대단했다. 1983년부터 1985년까지 발롱도르를 3연패했고 1984년 프랑스의 유럽축구선수권 우승을 이끌며 득점왕과 MVP까지 휩쓸었다. 유벤투스(이탈리아)에서 활약할 당시에는 세리에 A 득점왕을 세 번 차지했고 정규 리그에서 두 번 정상에 올랐다. 그러나 플라티니는 마라도나 같은 '축구의 신'의 반열에 오르지는 못했다. 월드컵 우승 트로피가 없기 때문이다. 월드컵 우승 트로피가 없이 세계 최고로 평가받는 것은 불가능한 일이었다.

그러나 이 같은 패러다임을 바꾸고 있는 이들이 있다. 바로 리오넬 메시와 크리스티아누 호날두다.

메시와 호날두는 월드컵 우승 없이도 세계 최고의 반열에 올랐다. 2010년 남아프리카공화국 월드컵에서 스페인이 정상에 올랐고 MVP는 우루과이의 디에고 포를란(인터나시오날)에 돌아갔다. 반면 메시는 한 골도 넣지 못했고 아르헨티나는 8강에서 독일에 0-4로 대패하며 탈락했다. 호날두는 조별 리그에서 한 골을 얻는 데 그쳤고 포르투갈은 16강에서 스페인에 0-1로 덜미를 잡혔다.

그러나 누구도 포를란이 메시, 호날두와 어깨를 나란히 할 수 있다고 여기지 않는다. 포를란도 훌륭한 공격수이긴 하지만 메시, 호날두와 비교하자면 하늘과 땅만큼의 간격이 느껴진다.

월드컵은 여전히 최고 권위의 대회이긴 하다. 그러나 과거만큼의 절대적인 권위를 지니고 있지는 않다. 21세기로 접어들면서 클럽 대항전이 국가 대항전 이상의 권위를 인정받으며 범세계적인 인기를 누리고 있다. 대표적인 것이 유럽축구연맹UEFA 챔피언스리그다. 맨체스터 유나이티드를 이끌었던 알렉스 퍼거슨 감독은 "월드컵 본선보다 UEFA 챔피언스리그 본선의 경기 수준과 인기가 훨씬 뛰어나다"고 단언한 바 있다.

펠레, 마라도나 시대와 달리 전 세계의 가장 뛰어난 선수들은 빠짐없이 유럽 클럽 축구 무대에 선다. 이들에게 UEFA 챔피언스리그 본선은 과거의 월드컵만큼이나 중요한 무대다. 돈과 명예가 보장된다. 세계 최고임을 공인받을 수 있는 장이다. 'UEFA 챔피언스리그 본선에 출전할 수 있느냐'는 선수들이 새로운 팀을 선정할 때 첫 번째로 꼽는 조건이 됐다. UEFA 챔피언스리그 본선 경기는 전파를 타고 전 세계로 퍼져나간다.

월드컵 본선에서 볼 수 없는 최고 수준의 선수들은 많이 있다. 자국 대표팀의 전력이 크게 떨어지거나, 대륙별 예선에서 불운한 경우다. 하지만 UEFA 챔피언스리그에서 뛰지 못한다면 선수의 '클래스'를 의심할 수 있는 시대다.

야구는 메이저리그MLB, 농구는 NBA, 아이스하키는 북미아이스하키리그NHL에서 최고가 되면 '세계 최고'로 공인된다. 축구에서는 현재 UEFA 챔피언스리그가 그 역할을 하고 있다.

메시와 호날두는 월드컵 본선이 아닌 UEFA 챔피언스리그가 배출한 '세계 최고 선수'의 첫 번째 사례다. 호날두는 맨체스터 유나이티드에서 활약하던 2007~08 시즌 UEFA 챔피언스리그 우승과 득점왕(12골)을 석권했고 2008년 발롱도르와 국제축구연맹FIFA 올해의 선수를 모두 수상하며 새로운 축구 영웅의 탄생을 알렸다.

메시는 2008~09 시즌 UEFA 챔피언스리그 우승과 득점왕을 거머쥐었고 스페인 프리메라리가와 코파 델레이(국왕컵)에서도 정상에 오르며 '유럽 트레블'을 달성, 전성기의 도래를 알렸다.

세계 축구에 메시와 호날두의 '양웅兩雄 시대'가 시작된 것이다. 이로부터 지난 시즌에 이르기까지, UEFA 챔피언스리그 득점왕은 메시와 호날두가 양분해 오고 있다. 메시가 2008~09시즌부터 2011~12 시즌까지 네 시즌 연속 UEFA 챔피언스리그 최고 득점자에 올랐지만, 2012~13 시즌에는 호날두가 12골로 5년 만에 득점왕을 탈환했다.

메시와 호날두가 세계 최고로 공인되는 것은 '별들의 구연'이라고 불리는 UEFA 챔피언스리그에서 이처럼 기복 없이 꾸준한 활약을 펼쳐왔기 때문이다. 1956년부터 시상된 발롱도르는 유럽에서 가장 뛰어난 선수에게 수여되는 상으로, 현대 축구의 개인상 가운데 가장 오랜 전통과

권위를 자랑한다. 2010년부터는 국제축구연맹FIFA의 올해 선수상과 결합돼 'FIFA 발롱도르'라는 이름으로 시상되고 있다.

발롱도르는 1995년까지 비유럽 선수들을 시상 대상에서 제외했다. 마라도나가 이탈리아 세리에 A 나폴리에서 눈부신 활약을 펼치고도 발롱도르의 주인공이 못된 까닭이다. 1996년부터 발롱도르는 비유럽 출신에게도 문호를 개방했고 권위는 더욱 높아졌다. 이후 수상자를 살펴보면 재미있는 사실을 발견할 수 있다.

1998년부터 2006년까지, 월드컵이 열린 해의 '발롱도르'는 어김없이 월드컵 우승 팀 선수에게 돌아갔다. UEFA 챔피언스리그 같은 클럽 축구에서의 활약은 크게 반영되지 않았다. 1998년 발롱도르는 지네딘 지단에 돌아갔다. 지단은 1998년 자국에서 열린 월드컵 본선에서 프랑스의 우승을 이끌었다. 2002년 발롱도르의 주인공은 호나우두. 그는 2002년 한일 월드컵에서 8골로 득점왕에 오르며 브라질에 네 번째 우승을 안겼다. 2006년에는 파비오 칸나바로(이탈리아)가 수상했다. 같은 해 독일에서 열린 월드컵 본선의 골든볼 수상자다.

그러나 2010년에는 남아프리카공화국 월드컵 본선에서의 무득점에도 불구, 메시에게 영예가 돌아갔다. 2006년과 비교할 때 엄청난 변화다. 호나우지뉴는 2005~06 시즌 최고의 활약을 펼쳤다. 바르셀로나의 스페인 프리메라리가와 UEFA 챔피언스리그 석권을 이끌었다. 그러나 엄청난 기대 속에 출전한 2006 독일 월드컵에서 골을 터트리지 못했고 브라질은 8강에서 탈락했다. 2006년 발롱도르의 강력한 수상 후보였던 호나우지뉴는 월드컵에서의 부진으로 낙마했고 소속팀 AC 밀란에서 별다른 활약을 보이지 못했지만 2006 독일 월드컵 골든볼의 프리미엄이 있는 칸나바로가 발롱도르의 주인공이 됐다.

　2010년 FIFA 발롱도르의 최종 후보는 스페인을 남아프리카공화국 월드컵 정상에 올려놓은 사비 에르난데스와 안드레스 이니에스타(이상 바르셀로나), 그리고 메시였다. 2006년과 같은 기준으로 시상이 됐다면 사비나 이니에스타가 발롱도르를 품에 안았을 테지만, 승자는 메시였다. 월드컵에서의 활약 없이도 세계 최고의 반열에 오를 수 있는 새로운 시대가 왔음을, 메시와 호날두가 보여 주고 있다.

하이브리드 공격수의 전성시대

하이브리드Hybrid의 사전적 의미는 잡종雜種이다. 두 가지의 특성이 혼합돼 새로운 종류가 탄생된 것을 의미한다. 그러나 '잡종'이라는 표현에 부정적인 뉘앙스가 담긴 데 반해, '하이브리드'에는 긍정적인 의미가 담겨 있다. '잡종'이라는 사전적인 의미보다는 '첨단'이라는 상징적인 의미가 더욱 강하게 내포돼 있다고도 볼 수 있다. 새로운 기술로 서로 다른 존재의 장점을 결합시켜 탄생한 최신의 제품이라는 의미가 '하이브리드'에 담겨 있다. 기존 디젤이나 가솔린 엔진 차량에 전기 자동차의 배터리와 엔진 요소를 결합시켜 만든 차세대 친환경 고효율 자동차를 '하이브리드 카Hybrid Car'라고 부르는 식이다.

'하이브리드'의 개념은 스포츠에서도 크게 유행하고 있다. 정형화되지 않은, 새로운 요소들을 결합한 개념들에 예외 없이 '하이브리드'라는 수식어가 붙는다. 축구도 예외는 아니다. 현대 축구는 갈수록 포지션의 구별이 모호해지고 있다. 이럴 때 유용하게 써먹을 수 있는 용어가 '하이브리드'다.

크리스티아누 호날두와 리오넬 메시는 '하이브리드형 선수'의 대표적인 사례다. 맞는 표현인지는 모르겠지만 '하이브리드 공격수'라는 표현을 써도 좋을 듯하다. 기존 포지션의 개념을 무너뜨리는 무지막지한 활약을 펼치고 있는 탓이다.

호날두와 메시의 포지션은 단정을 내리기 쉽지 않다. 호날두는 소속팀 레알 마드리드에서 왼쪽 측면에 주로 서고 있지만 스트라이커와 비슷한 활동 반경을 보인다. 메시는 바르셀로나에서 중앙 공격수로 기용되지만 최전방 스트라이커보다는 공격형 미드필더에 가깝다. 데뷔 후 2010년까지는 바르셀로나에서 주로 오른쪽 측면에 기용되기도 했다.

중요한 것은 이들의 포지션이 아니라 어느 위치에 나서든지 믿기 힘든 득점 레이스를 펼치고 있다는 점이다. 만화 주인공이나 게임에 등장하는 캐릭터도 이 같은 기록을 세울 수 없지 않을까 싶다. 문자 그대로 기록 파괴자다. 2011~12 시즌 두 사람이 스페인 프리메라리가에서 만들어낸 기록은 만화에 담아도 '비현실적이다'라는 비판을 받을 수 있지 않나 싶을 정도다.

호날두는 2010~11 시즌 스페인 프리메라리가 역대 최다 골 신기록 (40골)을 수립했다. 그런데 이 기록은 한 시즌도 가지 못했다. 2011~12 시즌 메시는 프리메라리가 37경기에서 50골을 작렬하며 득점왕에 올랐다. 같은 시즌 호날두는 38경기에서 46골을 터트렸다. 38경기를 치르는 리그에서 46골을 기록하고도 득점왕을 차지하지 못했다는 것은 컴퓨터 게임에서도 나오기 어려운 일이다. 한 시즌에 40골 이상을 터트린 선수가 같은 리그에서 두 사람이 배출됐다는 것도 만화 같은 내용이다.

이들의 기록이 얼마나 비현실적인지는 2011~12 시즌 프리메라리가 20개 팀의 시즌 득점 기록과 이들의 개인 기록을 비교해 보면 명확히 알 수 있다. 2011~12 시즌 프리메라리가에서 팀 득점이 50골을 넘은 구단은 7개뿐이다. 13개 팀의 전체 득점은 메시의 개인 득점에도 미치지 못했다. 10팀은 호날두의 개인 기록 이하의 팀 득점을 기록했다. 프리메라리가 한 팀은 골키퍼를 제외하고 20명 안팎의 필드 플레이어로 한 시즌을 난다. 20명의 한 시즌 골을 통틀어도 메시나 호날두 한 사람이 기록한 골을 넘어서지 못하는 것이다.

이런 놀라운 득점력을 지닌 이들의 포지션은 엄밀히 말하자면 '전통적인 골게터'와는 차이가 있다. 호날두는 중앙 공격수 같은 움직임을 보이지만 엄밀히 말하자면 윙 플레이어다. 오른발잡이지만 양발을 모두 잘 쓰는 호날두는 맨체스터 유나이티드 시절 좌우 측면을 가리지 않았지만 주로 왼쪽 측면에 기용됐고 레알 마드리드로 이적한 후에도 주로 왼쪽 측면에 나선다. 측면 돌파와 크로스 등 '도우미' 임무에 치중하기보다는 측면에서 중앙으로 파고 들며 적극적으로 골 찬스를 노리는 플레이를 펼친다.

호날두는 윙 플레이어지만 정통 스트라이커 못지않은 파괴력을 지니고 있다. 2007~08 시즌 윙 플레이어로는 사상 처음으로 유러피언 골든 부트(유럽 리그 통합 득점왕)를 수상한 것을 시작으로 본격적인 골잡이로 나섰다.

골 결정력이 좋은 윙 플레이어가 호날두 이전에도 없었던 것은 아니다. 그러나 호날두 이후로 '득점력 높은 윙 플레이어'는 새로운 트렌드가 됐고 각 팀의 공격 전술에서 차지하는 비중이 높아졌다. 2013년 8월 8,600만 파운드(약 1,447억 원)의 사상 최고 이적료 신기록을 세우며 토트넘 핫스퍼(잉글랜드)에서 레알 마드리드로 이적한 가레스 베일이 '호날두형 공격수'의 전형이다. 측면 수비수로 출발한 베일은 폭발적인 스피드와 정확성, 파워를 겸비한 슈팅력으로 윙 포워드로 전진 배치됐고, 2012~13 시즌 토트넘에서 잠재력을 활짝 꽃피운 후 호날두의 파트너로 지목돼 레알 마드리드 유니폼을 입었다.

'홍명보호'의 새로운 에이스로 떠오르는 손흥민(레버쿠젠)도 호날두 유형의 선수다. 왼쪽 측면을 기반으로 중앙으로 파고들며 득점 기회를 노린다. 호날두를 우상으로 삼고 있는 손흥민은 독일 집 벽면에 호날두의 포스터를 걸어 놓고 레버쿠젠 이적 후 등 번호도 호날두와 같은 7번을 선택했다.

메시는 바르셀로나에서 데뷔한 후 2010년까지 주로 4-3-3 포메이션의 오른쪽 윙으로 기용됐다. 왼발잡이로 오른발 사용이 제한적인 메시를 왼쪽이 아닌 오른쪽에 위치시킨 것은 측면에서 페널티 지역으로 침투해 들어가 슈팅을 노리는 플레이에 초점을 맞추기 위함이었다. 오른발잡이가 오른쪽 측면에 서면 사이드를 침투해 크로스를 올리기에는 유리하지만 중앙으로 파고들어 슈팅을 날리는 것은 왼발잡이에게 훨씬 유리하다.

　　그러나 호셉 과르디올라 바르셀로나 감독은 2010~11 시즌부터 메시를 중앙으로 이동시켰다. 전통적인 중앙 스트라이커와 달리 미드필드에서 볼을 받아 상대 수비진의 공간을 헤집는 새로운 임무를 맡기는데, 이것이 이후 세계적으로 대유행하는 '가짜 공격수^{False 9}', 혹은 '제로톱'으로 불리는 공격 전술이다. 전형적인 최전방 공격수를 세우지 않는 대신 중앙 미드필더를 한 명 더 늘리고 그 가운데 공격력이 빼어난 선수 한 명을 미드필드와 최전방을 오가도록 하는 전술이다.

　　'제로톱'을 사용한 팀이 바르셀로나가 처음은 아니다. 그러나 메시의 존재로 인해 '제로톱'은 바르셀로나에서 첨단 전술로 각광을 받게 됐고 이후 여러 팀이 이를 차용하며 국제 축구계에 '새로운 첨단 전술'로 인식됐다. 바르셀로나에서 '제로톱'이 성공할 수 있었던 요인은 메시의 존재 때문이다. 폭발적인 스피드와 드리블로 미드필드와 페널티 지역을 가리지 않고 볼을 잡았을 때 상대 수비진에 극도의 압박을 가한다.

　　메시를 '가짜 9번'으로 사용한 바르셀로나의 전술은 무서운 위력을 발휘했다. 2010~11 UEFA 챔피언스리그 결승전에서 맨체스터 유나이티드를 일방적으로 몰아붙인 끝에 3-1 완승을 거뒀고, 2011~12 UEFA 챔피언스리그에서는 우승에 실패했지만 각국에서 손꼽히는 명문 클럽들을 일방적으로 두들겼다. 바르셀로나는 16강 2차전에서 레버쿠젠을 7-1로 도륙냈다. 역대 본선 토너먼트 최다 점수 차 승리였다. 2011~12 UEFA 챔피언스리그 우승팀인 첼시(잉글랜드)는 준결승에서 바르셀로나를 꺾기는 했지만 정상적인 경기를 포기한 채 페널티 지역에 8명이 수비진을 치는 굴욕적인 경기 운영을 택한 끝에 승리할 수 있었다.

바르셀로나의 제로톱이 이토록 위력적인 것은 메시의 역량 때문이다. 제로톱에서 '가짜 9번'은 미드필더와 중앙 공격수의 1인 2역을 완벽하게 해 낼 수 있어야 하고 상대 수비수의 허를 찌르는 임기응변 능력을 지니고 있어야 한다.

바르셀로나가 제로톱을 앞세워 '공포의 팀'으로 군림한 후 스페인 대표팀이 유로 2012에서 '제로톱' 전술로 우승을 차지하자 '가짜 9번' 임무를 수행할 수 있는 이들이 각광받고 있다. 스페인이 유로 2012에서 '가짜 9번'의 중임을 맡긴 세스크 파브레가스는 '도우미'와 '해결사'로서 모두 뛰어난 재능을 보유하고 있다. 홍명보 감독이 지휘봉을 잡은 한국 축구 국가대표팀도 고질적인 골 결정력 부족을 해결하기 위한 방안으로 '제로톱'을 검토하고 있다.

호날두와 메시의 맹활약으로 과거와 같은 전형적인 스트라이커가 설 자리는 점점 좁아지고 있다. 다양한 포지션에서 제 몫을 할 수 있는 '팔방미인형' 공격수들이 스포트라이트를 받는 시대다. 정교하고도 강력한 프리킥 능력도 유능한 공격수의 필수 조건이 되고 있다.

'무회전 프리킥'은 호날두의 전매특허다. 문전 40m 거리에서 날린 호날두의 '무회전 킥'은 시속 110km의 속도로 골문을 향해 날아가다 공기 저항으로 인해 궤적이 급격히 변화한다. 골키퍼로서는 가장 부담스러운 슈팅이다. 메시의 프리킥 솜씨도 날이 갈수록 진화하고 있다. 파워에서는 호날두에 미치지 못하지만 골문 구석구석을 정교하게 찌른다.

하늘이 내린 매력적인 캐릭터

 프로 스포츠는 스타플레이어 없이는 버텨낼 수 없다. 스타 플레이어가 있어야 공격적인 마케팅을 펼쳐 시장을 넓힐 수 있고 자본이 유입된다. 앞서 NBA의 세계화에 미친 마이클 조던의 공헌을 언급한 바 있는데, 일각에서는 마이클 조던을 NBA와 미국 자본의 세계 시장 진출을 위한 '기획 상품'으로 보는 시각도 있다.

어쨌든 프로 스포츠에서 스타플레이어의 존재는 필수적이다. NBA는 조던이 은퇴한 후 십 수년간 '포스트 조던'에 목마르다 최근 르브론 제임스(마이애미 히트)가 조던에 필적할 만한 활약을 펼쳐 희색이 만면하다. 도처에서 조던과 제임스를 비교하는 얘기가 나오고 있다.

골프의 세계화는 타이거 우즈가 이끌었다. 유색 인종으로는 처음으로 스타로 등극한 '천재 골퍼' 타이거 우즈의 신화는 백인들의 전유물이었던 골프에 새로운 시장을 열어줬다.

국경을 초월한 세계 최고 인기 스포츠인 축구에도 스타플레이어의 존재는 필수적이다. 펠레, 마라도나 급의 '월드스타'는 축구 산업의 가치를 더욱 끌어 올릴 수 있다.

마라도나가 슈퍼스타가 된 가장 큰 원인은 뛰어난 축구 기술이겠지만 그가 매력적인 스토리를 담고 있다는 점도 무시할 수 없는 요인이다. 부에노스아이레스의 빈민가 출신인 그는 포클랜드 전쟁의 패배와 군부 독재, 장기 경제 침체 등으로 실의에 빠진 아르헨티나 국민들에게 월드컵 우승 트로피를 선사하며 희망을 안겨줬다. 여기에 1986년 멕시코 월드컵 8강전에서 잉글랜드(포클랜드 전쟁에서 아르헨티나에 쓰라린 패배를 안긴)를 상대로 터트린 '신의 손' 골과 70여 미터를 단독 드리블해서 만들어낸 '월드컵 사상 최고의 골'은 또 얼마나 극적인 요소인가.

마라도나는 이후 세리에 A 바닥권의 나폴리로 이적해 유럽 정상으로 끌어 올리는 기적 같은 결과를 만들어냈다. 밀라노와 토리노 등 경제적으로 번영한 북부 이탈리아 도시를 연고로 한 거대 구단(AC 밀란, 인터밀란, 유벤투스)에 상대가 될 수도 없었던 나폴리 시민에게 마라도나는 그야말로 '구세주' 같은 존재였다. 그를 신처럼 떠받드는 '마라도나교'가 나폴리와 아르헨티나에서 10만이 넘는 교도를 확보한 것은 결코 우연이 아니다.

그러나 마라도나 이후 20년 넘도록, 세계 축구계에는 이 같은 매력적인 캐릭터가 배출되지 않았다.

지네딘 지단(프랑스), 호나우두(브라질), 호나우지뉴(브라질), 데이비드 베컴(잉글랜드), 루이스 피구(포르투갈) 등이 있었지만 '축구 황제'나 '축구 영웅'으로 떠받들어지기에는 '2퍼센트 부족한 느낌'을 떨칠 수 없었다.

크리스티아누 호날두와 리오넬 메시는 완벽한 스타성을 지니고 있다. 모두가 원하던 '축구 메시아'가 되기에 필요한 모든 조건을 갖추고 있다. 일단 두 사람 모두 풍부한 스토리를 지니고 있다. 성장 과정이 드라마틱하다. 두 사람을 소재로 한 다큐멘터리를 보고 있노라면 '일부러 이런 각본을 만들려고 해도 쉽지 않겠다'는 생각이 든다.

호날두는 비가 오면 지붕이 샐 정도의 가난한 집에 태어났다. 어머니가 요리와 청소일로 어렵게 생계를 꾸려가던 중에 천재적인 재능을 보여 프로팀에 스카우트된다. 스포르팅 CP의 유망주로 평가될 정도로 실력도 있었지만 운도 따랐다. 세계 최고의 명장 알렉스 퍼거슨 맨체스터 유나이티드 감독의 눈에 제대로 꽂혀 거액의 몸값을 받고 잉글랜드 프리미어리그EPL에 입성하는 행운을 누린다.

스포츠 스타에게 실력만큼이나 중요한 것이 '비주얼'이다. 때로는 실력이 조금 처져도 외모가 수려한 쪽이 뛰어난 실력을 지니고 있지만 외모가 떨어지는 쪽보다 높은 가치를 지닌 것으로 평가된다.

테니스의 안나 쿠르니코바(러시아)는 별 볼일 없는 성적에도 불구하고 세계적인 지명도를 누렸다. 영화배우 뺨치는 외모 때문이다. 데이비드 베컴이 매해 미국 경제 전문지 〈포브스〉가 집계하는 스포츠 스타 순위에서 톱에 랭크되는 것은 할리우드 스타 같은 외모와 패션 감각 탓이다. 우리나라에서도 '얼짱'으로 불리는 운동선수들이 각광받는 것을 흔히 볼 수 있다. 이런 관점에서 볼 때 호날두는 '하늘이 내린 선수'라고 할 만하다. 역대 최고 수준의 골 결정력에 완벽한 몸매와 수려한 마스크를 지녔다.

메시의 경우 성장호르몬 이상으로 키가 자라지 않는 장애를 이겨냈다는 감동적인 스토리가 평생을 따라다니고 있다. 그가 세계적으로 유명해진 결정적인 계기는 그가 자신의 어렸을 적 질병을 소개하며 '불가능, 그것은 아무것도 아니다Impossible is Nothing'라는 카피로 마무리하는 아디다스 광고 시리즈를 통해서였다.

성장호르몬 이상이라는 장애를 극복하고 세계 최고의 선수로 우뚝 서기까지 그의 스토리가 얼마나 극적인지는 미국 영화사 '에픽 픽처스'가 이탈리아의 축구 전문가 루카 카이올리가 2009년 발간한 그의 전기 『메시, 전설이 된 소년』의 판권을 사들여 메시의 일대기를 영화화하기로 결정했다는 사실에서 확인할 수 있다.

미국 영화 전문지 〈버라이어티〉의 보도에 따르면, 메시의 전기 영화는 가난한 무명 복서가 세계 챔피언에 도전하는 과정을 그린 1970년대 영화 〈록키Rocky〉와 같은 형태로 제작될 것이라고 한다.

미국 시사주간지 〈타임〉이 미국 판을 제외한 2012년 1월 29일자 표지 모델로 메시를 등장시킨 것도 그가 얼마나 매력적인 캐릭터인지를 설명해 준다. 1923년 〈타임〉 지 창간 이래 스포츠 스타 가운데 단독 표지 모델로 등장한 인물은 무하마드 알리(미국·복싱), 비요른 보리(스웨덴·테니스), 마이클 조던(미국·NBA), 타이거 우즈(미국·골프)에 이어 메시가 사상 다섯 번째이며 축구 선수로서는 처음이다.

펠레가 '축구의 신'으로 불릴 때도, 마라도나가 1986년 멕시코 월드컵 우승으로 세상을 떠들썩하게 할 때도 〈타임〉 세계판의 표지에 등장하지는 못했다.

축구 산업 전체의 맥락에서 볼 때 호날두와 메시는 '하늘이 내린 선물'이나 마찬가지다. 이렇게 뛰어난 재능을 지닌 선수가 동시대에, 그것도 같은 리그에서, 게다가 불구대천의 원수지간인 라이벌 팀에서 활약하고 있다는 것 자체가 일어날 확률이 극히 낮은 일이기 때문이다.

메시, 호날두와 동시대를 살아가며 이들이 만들어 나가는 전설들을 지켜본다는 것 자체가 축구 팬으로서 축복받은 일일 수 있다.

네가 있어 나는 멈출 수 없다

아무리 뛰어난 재능을 지닌 선수라고 해도 슬럼프를 겪기 마련이다. 부상으로 인한 문제가 아닐 경우에, 슬럼프는 원인을 알 수 없는 경우가 많다. 대부분은 심리적인 요인으로 발생하는 경우가 많다. 거듭된 부진으로 인한 자신감 상실은 운동 선수에게는 재앙과 같은 일이다.

리오넬 메시, 크리스티아누 호날두의 놀라운 점 가운데 하나는 슬럼프를 모르고 지낸다는 것이다. 호날두가 레알 마드리드 유니폼을 입으며 두 사람의 라이벌 대결이 본격화된 이래, 메시도 호날두도 슬럼프를 잊고 지내고 있다. 간간히 부상으로 경기에 나서지 못하는 경우를 제외하면 두 사람의 득점포는 식을 틈이 없다.

메시와 호날두는 서로의 존재를 전혀 의식하지 않고 있다고 말하지만 어떤 상황에서, 누구에게라도 지는 것을 용납할 수 없는 승부욕의 화신이라는 점을 고려할 때 사소한 것에서도 상대방에게 뒤처진다면 배겨 내지 못할 것이 불 보듯 뻔하다.

사상 최고의 맞수와 대치하고 있는 상황에서 슬럼프는 사치일 수 있다. 쉼 없이 달려 나가는 상대방의 페이스에 맞추려다 보면 피로를 느낄 새도 없는 형국이다.

호날두와 메시의 맞대결은 여러 차례 있었지만 그 가운데 백미는 2012년 10월 8일 캄 노우에서 열린 2012~13 스페인 프리메라리가 7라운드 경기다.

메시와 호날두는 이날 한 치도 양보 없이 맞섰고 두 골을 주고받았다. 승부는 2-2로 가려지지 않았다. 호날두가 전반 23분 카림 벤제마의 어시스트로 선제골을 터트리자, 메시는 전반 31분 동점골을 터트리며 응사에 나섰고 후반 16분 왼발 프리킥으로 역전골을 뽑아냈다. 호날두는 후반 21분 메수트 외질의 어시스트로 골 네트를 가르며 승부를 원점으로 되돌렸다.

두 사람이 맞대결에서 나란히 '멀티 골(한 경기에서 2골 이상을 득점하는 것)'을 기록한 것은 이때가 처음이다.

당시 레알 마드리드를 이끌던 조세 무링요 감독은 경기 후 메시와 호날두의 초인적인 활약에 혀를 내둘렀다. 그는 "두 사람 모두 외계에서 온 것이 틀림없다"는 말로 메시, 호날두 모두 다른 선수와는 차원이 다른 경지에 올라 있다고 말했다. 이어 "해마다 투표로 세계 최고 선수 한 명을 뽑는 것(FIFA 발롱도르)이 과연 필요한 일인가 하는 생각이 든다"고 메시와 호날두 중 누가 더 뛰어난가를 가리는 것은 무의미하다고 덧붙였다.

'메시와 호날두 가운데 누가 최고의 선수인가'에 대한 논쟁은 5년 넘도록 이어지고 있지만 결론은 나지 않는다. 취향에 따른 선택의 문제는 가능할지 몰라도 우열을 가리는 판단의 문제라면 결론을 내기는 쉽지 않다. 두 사람의 경쟁은 마치 시소 놀이와 같다. 한쪽이 올라가면 다음 차례에는 어김없이 반대쪽이 올라간다. 놀라운 것은 두 사람 모두 시즌을 치를수록 발전된 경기력을 보이고 있다는 점이다.

메시와 호날두가 이처럼 쉼 없이 진화해 나가는 것은 서로의 존재 때문이라고 여겨진다. 달리기를 할 때 누군가 옆에서 나와 비슷한 속도로 뛰고 있으면 지지 않기 위해 옆에 있는 사람만큼 속도를 내게 되는 이치와 비슷하다. 메시와 호날두가 서로에게 이 같은 '페이스 메이커' 역을 하고 있는 셈이다. 이 책의 제목이 『네가 있어 나는 멈출 수 없다』가 된 것은 이런 이유 때문이다.

메시는 호날두, 호날두는 메시가 있는 한 결코 마음을 늦출 수 없다. 잠시라도 마음을 놓는 순간 상대는 모습이 보이지 않을 정도로 달아나 버릴지도 모를 일이다. 모든 사람들은 두 사람의 관계를 라이벌로 보고 있지만 그보다 한길을 함께 하는 동반자라는 표현이 더 어울릴 수도 있다.

한 사람의 득점포가 터지면 다른 한 명이 뒤질세라 응사한다. 2013년 9월 하루 간격으로 열린 2013~14 UEFA 챔피언스리그 조별 리그 첫 경기는 이 같은 사실을 확인시켜 주는 좋은 예가 됐다.

9월 18일 이스탄불에서 열린 갈라타사라이(터키)와의 원정 경기에서 레알 마드리드가 6-1로 대승을 거두는 가운데 호날두가 해트트릭을 달성하자 다음 날 캄 노우에서 열린 아약스 암스테르담(네덜란드)과의 홈 경기에서 메시도 해트트릭쇼를 펼치며 4-1 완승을 이끌었다.

스페인 일간지 〈마르카〉에 따르면, 호날두와 메시가 비슷한 시기에 해트트릭을 성공한 것은 2009년 이후 7번이나 된다.

2010년 11월 20일 메시가 알메리아와의 스페인 프리메라리가 경기에서 3골을 터트리며 8-0 대승을 이끌자, 2시간 뒤 호날두가 아틀레틱 빌바오를 상대로 3골을 넣었다. 이듬해 1월엔 호날두가 비야레알 전에서 먼저 3골을 쏜 뒤, 메시는 레알 베티스 전에서 3골로 맞섰다. 2011년 9월 24일에도 3시간차를 두고 벌어진 베예카노전과 아틀레티코 마드리드전에서 호날두와 메시가 나란히 해트트릭을 기록했다.

심지어는 현 소속팀과의 계약 기간도 똑같다. 메시는 2013년 2월 바르셀로나와의 기존 계약을 2년 연장, 2018년까지 머물기로 했다. 팀과의 불화설, 이적설이 끊이지 않았던 호날두는 같은 해 9월 연봉 1,700만 유로의 파격적인 금액에 2018년까지 연장 계약을 체결했다.

메시는 여러 차례에 걸쳐 선수 생활을 마감할 때까지 바르셀로나에서만 뛰겠다는 뜻을 밝혀왔다. 2013년 9월의 재계약으로 호날두도 레알 마드리드 소속으로 축구화를 벗을 가능성이 높아졌다. 이로써 세계 축구팬들은 2018년까지 메시와 호날두가 펼치는 '지상 최고의 라이벌 전'을 감상할 수 있게 됐다.

CHAPTER 2

총성 없는 전쟁, 엘 클라시코

　리오넬 메시와 크리스티아누 호날두의 라이벌 대결이 관심을 모으고 재미있는 가장 큰 까닭은 두 사람이 '불구대천의 원수' 관계인 FC 바르셀로나와 레알 마드리드에 각각 몸담고 있기 때문이다.

　FC 바르셀로나와 레알 마드리드는 스페인은 물론 전 세계를 통틀어 최고의 라이벌로 꼽힌다. 잉글랜드 프리미어리그의 맨체스터 유나이티드와 리버풀 전, AC 밀란과 인터밀란(이탈리아)의 '밀라노 더비', 글래스고 셀틱과 글래스고 레인저스(스코틀랜드)의 '올드 펌 더비', 보카 주니어스와 리버 플라테(아르헨티나)의 '수페르 클라시코' 등의 라이벌전은 바르셀로나–레알 마드리드전의 적대감에 비하면 '친선 경기'에 불과하다.

　바르셀로나와 레알 마드리드의 라이벌전을 가리키는 '엘 클라시코(El

Clasico)'는 '총성 없는 전쟁'이라는 표현이 딱 들어맞는다. 바르셀로나와 마드리드에 '엘 클라시코'는 단순한 축구 경기 이상의 의미를 지닌다. 정치, 역사, 문화적으로 팽팽하게 대립해 온 바르셀로나 중심의 '카탈루냐주의'와 마드리드를 중심으로 스페인의 정통을 주장해온 '카스티야주의'의 정면충돌이다. 300년이 넘는 시간 동안 축적된 카탈루냐와 카스티야 지역의 묵은 원한과 라이벌 의식이 표출되는 수단이다. '엘 클라시코'는 어찌 보면 극단적인 대립을 반복해 온 양쪽 세력 모두에 '카타르시스'의 역할을 해 왔는지도 모른다.

카탈루냐와 카스티야는 축구를 통해서라도 상대를 시원하게 꺾어버리지 않으면 안 될 만한 감정이 켜켜이 쌓여 있다.

스페인 속의 또 다른 국가 카탈루냐

 메시의 활약으로 '카탈루냐'라는 스페인 지역에 대한 관심이 크게 높아졌다.

스페인 축구는 2008년 이후 대표팀과 클럽 팀을 막론하고 세계 축구 흐름을 좌지우지하고 있다. 스페인 대표팀은 2008년 스위스와 오스트리아가 공동 개최한 유럽축구선수권(유로 2008)과 2010년 남아프리카공화국(남아공) 월드컵 본선에 이어 2012년 폴란드와 우크라이나에서 열린 유로 2012까지 우승, 사상 유례가 없는 '메이저 대회 3연속 정상'의 위업을 세우며 명실상부한 '세계 최강'을 확인시켰다.

남아공 월드컵은 스페인 축구의 전성기를 세계에 선포한 대회였다. 스페인이 연장 접전 끝에 네덜란드를 물리치고 월드컵 우승 트로피를 품에 안은 날, 흥미로운 광경이 카메라에 잡혔다. 월드컵 우승이라는 감격적인 순간, 스페인 대표팀 선수들이 국기를 들고 환호하고 있는 가운데 수비진의 핵 카를레스 푸욜과 그라운드의 지휘관 사비 에르난데스(이상 바르셀로나)는 스페인 국기와 다른 붉은 색과 주황색 가로 줄무늬가 새겨진 깃발을 들고 그라운드를 누볐다. 바로 카탈루냐의 주기州旗다.

푸욜과 사비는 월드컵 우승을 차지한 순간에도 스페인 대표팀 선수이기에 앞서 '카탈루냐 사람'이라는 사실을 알리고 싶었던 것이다.

카탈루냐는 프랑스와 접경한 스페인 북동쪽 지역을 가르킨다. 총 4개의 주로 구성돼 있고 바르셀로나가 정치 · 경제 · 문화의 중심지다. 스페인 연방에 소속돼 있지만 자치권을 행사하고 있다. '스페인 영토 내의 독립국가'와 같은 개념이다. 지방색이 강한 스페인의 여러 지역 가운데 바스크와 함께 끊임없이 분리 독립을 요구하고 있는 곳이 카탈루냐다.

면적으로 따지자면 스페인에서 차지하는 비중은 10분의 1에 불과하다. 그러나 카탈루냐는 작지만 강하다. 스페인 경제에서 차지하는 비중이 20% 가까이 된다. 이 때문에 정치적인 중요성도 높아졌다. 카탈루냐가 스페인에서 차지하는 중요성은 1992년 스페인이 처음으로 유치한 올림픽의 개최 도시가 마드리드가 아닌 바르셀로나였다는 사실에서도 잘 알 수 있다.

바르셀로나 올림픽 당시에도 대회조직위원회는 올림픽이 스페인에서 열리는 것이 아니라 카탈루냐에서 열린다는 사실을 강조했다.

카탈루냐는 지금도 여전히 독립을 원한다. 그러나 카스티야 지방을 중심으로 한 스페인 중앙 정부는 결코 카탈루냐의 분리를 원하지 않는다. 정치 · 경제적으로 받을 타격 때문이다.

지역색, 스페인에 비하면 우리는 양반

지역색은 우리나라에서 한때 '망국병'으로 불렸다. 지금도 동서 갈등은 여전히 치유되지 않고 있다. 그러나 우리나라의 지역색은 스페인에 비하면 양반이다. 말이 같은 스페인일 뿐 카스티야와 카탈루냐, 바스크, 안달루시아 등은 이질감이 짙다. 특히 바스크와 카탈루냐는 사실상 다른 나라라고 해도 무방할 정도다.

카스티야는 마드리드를 중심으로 한 스페인의 서부와 중앙부를 지칭한다. 역사·문화적으로 '스페인 적통 계승자'를 자처하고 있다. 바르셀로나를 중심으로 한 카탈루냐와 빌바오를 중심으로 한 바스크는 스페인의 일부임을 정면으로 거부한다. 세비야를 중심으로 한 안달루시아 지방은 오랜 이슬람 지배로 인해 독특한 지역색을 지니고 있다.

카탈루냐와 바스크는 언어부터 카스티야와 다르다. 오늘날 '스페인 공용어'라고 하는 것은 카스티야어를 지칭한다. 멕시코와 아르헨티나, 우루과이를 비롯한 중남미 지역에서 쓰는 스페인어도 모두 '카스티야어'다. 이처럼 카스티야는 오랫동안 스페인의 '지배 계급'을 상징해 왔다.

카탈루냐와 카스티야의 대립과 반복은 연원이 깊다. 정치적 대립의 승자는 언제나 카스티야였다. 카탈루냐의 '반골 기질'이 짙어지게 된 까닭이다.

15세기 말엽, 마드리드를 중심으로 한 카스티야 왕국의 이사벨 1세 여왕과 바르셀로나를 중심으로 한 아라곤 왕국의 페르난도 2세가 결혼함으로써 스페인 왕국이 성립된다. 200년간 근근이 이어지던 왕국은 1700년, 카를로스 2세가 후사가 없이 사망한 후 왕위 계승권을 놓고 전쟁이 벌어진다. 영국과 프랑스, 오스트리아가 개입하며 국제전으로 번진 '스페인 왕위 계승 전쟁'이다.

바르셀로나를 중심으로 한 카탈루냐 세력은 신성로마제국의 정통성을 승계한 오스트리아의 합스부르크 왕가를 지지했다. 반면 마드리드를 축으로 한 카스티야는 프랑스 부르봉 왕가의 후손이 스페인 왕통을 잇는 것을 지지했다. 14년간 이어진 전쟁은 최초 합스부르크 왕가 쪽에 섰던 영국이 부르봉 왕가로 돌아서면서 프랑스의 승리로 끝났고 루이 14세의 외손인 펠리프 5세가 스페인 왕으로 즉위했다. 전쟁에 패배한 카탈루냐는 이후 정치적으로 큰 핍박을 받았다.

그러나 바르셀로나는 산업 혁명기를 거치며 섬유 공업을 중심으로 한 상공업 발달로 큰 부를 축적했고 정치력에서 뒤지지만 경제력에서는 카스티야 지방을 압도하기 시작했다. 바르셀로나는 마드리드를 제치고 스페인 제 1도시로 성장했다. 급속한 공업화로 노동자 계층이 많아지며 새로운 정치 사상도 싹트기 시작했다. 카스티야 중심의 왕정에 반대하는 급진적인 사상이 바르셀로나를 중심으로 퍼져 나갔다.

프랑코 정권, 축구를 전쟁으로 만들다

바르셀로나는 스페인의 공화주의자와 무정부주의자, 사회주의자의 메카로 떠올랐다. 20세기 초반 왕정이 무너지고 군사 정부와 사회주의 정권이 들어서는 등 스페인 정정의 불안 속에 카탈루냐는 1930년대 초반 자치권을 획득하며 분리 독립의 꿈을 이루는 듯했다. 그러나 1936년 사회주의 정권이 들어선 것을 계기로 프란시스코 프랑코를 중심으로 한 군부가 쿠데타를 일으켰고 피비린내 나는 내전이 벌어진다.

이탈리아와 독일의 파시스트 세력의 후원을 등에 업은 '프랑코군'이 내전에서 승리하며 반대파는 혹독한 탄압을 받게 된다. 무정부주의자와 사회주의자의 최후 보루였던 바르셀로나가 함락된 후 카탈루냐주에는 피바람이 몰아쳤다. 내전 발발 당시 FC 바르셀로나 회장이었던 호셉 수뇰은 1936년 프랑코군에게 살해됐다. 프랑코군이 입성한 바르셀로나에서는 보복의 피바람이 몰아쳤다. 1992년 바르셀로나 올림픽 주경기장이 들어선 몬주익 언덕은 프랑코에 학살당한 사람들이 암매장된 곳으로 유명하다.

정권을 잡은 프랑코 총통은 카탈루냐에 강경책으로 일관했다. 카탈루냐어와 카탈루냐기의 사용이 금지됐다. 중앙 정부의 마드리드에 대한 집중 투자로 바르셀로나는 스페인 제 2의 도시로 전락했다. 프랑코 정권의 카탈루냐에 대한 탄압은 일제 시대 일본 군국주의의 한반도 통치를 연상시킬 정도로 가혹했다.

축구에서도 예외는 아니었다. 프랑코 총통은 레알 마드리드의 광적인 팬이었다. FC 바르셀로나는 프랑코 총통에 '눈엣가시' 같은 존재였다. 카탈루냐어와 카탈루냐기의 사용이 금지되며 바르셀로나는 강제적으로 팀 이름과 엠블럼이 교체되는 수난까지 당한다. FC^{Futbol Club} 바르셀로나라는 팀 명이 카탈루냐어를 사용했다는 이유로 C.F^{Club De Futbol} 바르셀로나로 개명당한다. 바르셀로나는 프랑코 정권이 무너진 1975년 이후에야 FC 바르셀로나라는 이름을 되찾을 수 있었다. 프랑코 정권은 구단 엠블럼에서도 카탈루냐기를 제거하고 'FC'로 된 구단 엠블럼을 'CF'로 수정하도록 했다.

스페인 내전과 프랑코 독재 정권의 탄압은 현재 바르셀로나와 레알 마드리드의 '불구대천 관계'를 성립시키는 데 가장 결정적인 영향을 미쳤다.

프랑코 정권의 탄압으로 엄청난 희생을 강요당한 바르셀로나 팬들에게 '엘 클라시코'는 단순한 축구 경기일 수 없었다. 캄 노우는 금지된 카탈루냐어와 카탈루냐기를 사용할 수 있는 유일한 장소였다. 축구장은 억압당하는 바르셀로나 시민에게는 '해방구'였다.

프랑코는 스페인 중앙 집권화의 상징으로 레알 마드리드를 이용하려고 했다. 스페인 프리메라리가에 '레알 마드리드 왕조'를 열기 위해 엄청난 지원을 쏟아 부었다. 레알 마드리드는 지배층, 부유층, 주류 계급을 상징하는 팀이 됐다.

레알 마드리드에도 '엘 클라시코'는 양보할 수 없는 승부였다. 레알 마드리드는 특별한 팀이라는 자부심을 지니고 있었다. 게다가 무소불위의 권력을 휘두르는 독재자의 후원을 받는 팀에게 실패란 있을 수 없다. 그 패배의 상대가 '반골'의 상징, 바르셀로나라면 곤란하다. 마드리드 팬들에게도 분리 독립을 요구하며 '잘난 척 했던' 바르셀로나를 꺾는 것은 큰 쾌감을 안겨줬다.

프랑코 정권이 무너졌고 스페인이 민주화된 지 오랜 시간이 지났지만 오랫동안 '불구대천'으로 지냈던 두 팀의 앙숙 관계는 전혀 개선되지 않고 있다.

알프레도 디 스테파노 강탈 사건

프랑코 시대에 바르셀로나의 '반 마드리드' 정서가 고조된 것은 정치적인 탄압이 이유의 전부는 아니었다. 레알 마드리드가 스페인 최고가 되기를 바란 프랑코 총통은 세계에서 유래가 없는 기상천외한 방법으로 레알 마드리드가 바르셀로나에 승리하게끔 만들었다.

레알 마드리드와 바르셀로나는 1943년 코파 델레이 준결승에서 격돌한다. 바르셀로나에서 열린 1차전에서는 바르셀로나가 3-0 완승을 거뒀다. 그러나 마드리드에서 열린 2차전에서는 레알 마드리드가 11-1의 대승을 거둔다.

바르셀로나의 어처구니없는 패배는 프랑코 정권의 압력 때문이었다. 경기가 열리기 전 프랑코 정권의 실력자가 바르셀로나 선수 대기실에 와서 공포 분위기를 조성했다. 생명의 위협을 느낀 바르셀로나 선수들은 '이기면 신변에 큰일이 생긴다'는 공감대 속에서 실력을 제대로 발휘할 수 없었고 전반전에만 8골을 허용하는 무기력한 플레이를 했다.

바르셀로나 선수들의 폭로로 협박 사실이 밝혀졌고 2차전 경기는 무효가 선언됐지만 재경기는 열리지 않았고, 결승에 진출한 레알 마드리드는 결국 우승 트로피를 차지했다.

바르셀로나 팬들을 분노하게 만든 결정적인 사건은 아르헨티나 출신의 골잡이 알프레도 디 스테파노를 레알 마드리드가 가로채기한 것이다. 디 스테파노의 레알 마드리드행과 이를 둘러싼 흑막은 아직까지도 완전히 밝혀지지 않고 있다.

1945년 아르헨티나 리버 플라테에서 프로 선수 생활을 시작한 디 스테파노는 스페인으로 건너간 1953년 당시 콜롬비아 밀리오나리오스에서 임대 선수로 뛰고 있었다. 당시 남미 최고의 골잡이로 불리던 디 스테파노에게 먼저 접근한 팀은 바르셀로나. 원 소속팀인 리버 플라테와 협상 끝에 밀리오나리오스를 무단이탈한 디 스테파노와 부에노스아이레스에서 이적 계약을 체결하는 데 성공한다. 국제축구연맹FIFA은 밀리오나리오스에서의 무단이탈 사실을 모르고 디 스테파노의 바르셀로나 이적을 승인했다.

그러나 문제는 스페인에서 불거졌다. 바르셀로나와 디 스테파노의 계약을 뒤늦게 알게 된 레알 마드리드는 각종 편법을 동원해 디 스테파노 가로채기에 나선다. 디 스테파노는 1953년 5월 바르셀로나 이적을 마무리하기 위해 스페인에 도착했다. 그러나 스페인 축구협회의 승인을 기다리는 동안 산티아고 베르나베우 레알 마드리드 회장은 디 스테파노에게 바르셀로나 대신 자신들과 계약하라고 설득한다.

디 스테파노의 소유권을 둘러싼 암투가 이어지자 스페인 체육협회는 8월 '외국인은 스페인에서 뛸 수 없다'는 규정을 신설했다고 발표한다. 바르셀로나가 "규정이 만들어지기 전에 계약을 맺었다"고 항의했지만 소용없었다. 극적인 반전은 1953년 9월 일어난다. 스페인 축구협회는 "디 스테파노가 4년간 스페인에서 활약하는 것을 승인하지만 바르셀로나와 레알 마드리드에서 한 시즌씩 교대로 뛰기로 양 팀이 합의했다. 디 스테파노에 한해서만 외국인 금지 규정의 예외를 적용한다"고 발표했다.

바르셀로나 팬들의 격렬한 항의 속에 디 스테파노의 '양분'에 합의한 마티 카레토 회장을 비롯한 이사진은 퇴진했다. 그러나 새롭게 꾸려진 바르셀로나 이사진이라고 해서 디 스테파노를 독점할 뾰족한 수가 있을 수는 없었다. 오히려 440만 파세타를 받고 디 스테파노에 대한 권리를 포기하는 결단을 내린다.

디 스테파노를 레알 마드리드에 넘긴 것에 대해서는 설이 분분하지만 프랑코 정권의 압력 아래서 바르셀로나가 현실적으로 최선의 선택을 하기 위해 금전적인 보상을 받고 포기했다는 설이 유력하다.

디 스테파노는 레알 마드리드 유니폼을 입은 후 바르셀로나와의 첫 경기에서 세 골을 터트리며 승리를 이끌었고 이후 프랑코 총통이 그토록 바랐던 '레알 마드리드 왕조' 창건의 선봉장이 된다. 1932년 이후 스페인 리그에서 우승하지 못했던 레알 마드리드는 디 스테파노가 입단

한 첫 시즌인 1953~54 시즌에 챔피언에 등극한다. 디 스테파노는 28경기에서 27골을 터트렸다.

디 스테파노 입단 후 레알 마드리드는 전성기를 구가한다. 헥토르 리알(아르헨티나 · 1954년), 레이몽 코파(프랑스 · 1956년), 페렌크 푸스카스(헝가리 · 1958년) 등 세계적인 선수를 잇달아 영입해 막강 전력을 구축, 스페인은 물론 유럽 최고 클럽으로 도약했다. 특히 1956년 창설된 유러피언컵(UEFA 챔피언스리그 전신)에서 5연속 우승을 차지한 것은 전무후무한 위업이다. 레알 마드리드가 디 스테파노를 바르셀로나로부터 강탈하지만 않았다면 만들어지지 않았을 역사다. 바르셀로나 팬들의 대對 마드리드 감정은 더욱 악화될 수밖에 없었다.

반역의 아이콘, 루이스 피구

 역사적 배경으로 볼 때 바르셀로나 팬들의 입장에서 레알 마드리드로 둥지를 옮기는 것은 반역으로 밖에 받아들일 수 없다.

그러나 자의건 타의건 이 같은 '반역 행위'를 저지른 이들은 의외로 많다. 이 가운데 바르셀로나 팬들에게 가장 큰 충격을 준 인물은 루이스 피구다. '배신자'의 낙인이 찍혀 캄 노우에서 바르셀로나 팬들로부터 혹독한 응징을 받기도 했다. 호날두가 캄 노우에 서면 바르셀로나 팬들은 포르투갈인을 비하하는 욕설을 퍼붓는데, 이는 피구가 남기고 간 유산이다.

1991년 자국에서 열린 청소년 월드컵(20세 이하)에서 포르투갈을 우승으로 이끌며 여러 명문 클럽의 표적이 됐던 피구는 1995년 스포르팅

CP로부터 바르셀로나로 이적한다. 히바우두, 호나우두, 파트릭 클루이베르트 등과 함께 바르셀로나 공격의 중추로 활약했고 주장 호셉 과르디올라가 결장하는 날에는 대신 주장 완장을 차고 출전하는 등 명실상부한 팀 간판으로 팬들의 절대적인 지지를 얻는다.

피구가 입단한 후 바르셀로나는 1997~98, 1998~99 시즌 프리메라리가를 2연패했고 1996~97 시즌에는 UEFA 컵 위너스 컵에서 정상에 올랐다. 그러나 피구는 유로 2000이 끝난 후 레알 마드리드로 이적을 발표, 바르셀로나 팬들을 충격과 분노에 빠트린다.

레알 마드리드 회장 선거에 당선된 플로렌티노 페레즈 회장은 피구의 계약에 걸려 있는 5,600 만 달러의 바이아웃 조항을 이용, 피구를 바르셀로나로부터 빼오는 데 성공한다. 피구는 자신의 활약만큼의 대우를 받지 못한다는 데 불만을 품고 있었고 페레즈 회장은 이를 이용, 피구에게 금전 공세를 편 끝에 대어를 낚는 데 성공했다. 바르셀로나는 설마 레알 마드리드가 선수 한 명을 영입하는 데 5,600만 달러(약 636억 원)라는, 당시로서는 천문학적인 금액을 들일 것이라고는 상상도 하지 못했다.

알프레도 디 스테파노를 영입한 후 레알 마드리드가 선수 보강에 가속을 붙였듯이 페레즈 회장은 피구를 손에 넣은 후 잇달아 세계 최고의 선수를 영입, 스쿼드를 화려하게 장식한다. 피구에 이어 프랑스의 '마에스트로' 지네딘 지단이 2001년 4,600만 파운드(약 836억 원)라는 사상 최고 이적료 신기록을 수립하며 유벤투스(이탈리아)에서 넘어왔다.

레알 마드리드는 피구를 영입한 2000~01 시즌 프리메라리가에서 우승을 차지했고 지단이 합류한 2001~02 시즌에는 UEFA 챔피언스리그에서 정상에 오른다. 페레즈 회장의 선수 보강은 여기서 멈추지 않았다. 2002 한일 월드컵에서 득점왕에 오른 브라질 대표팀의 스트라이커 호나우두가 2002~03 시즌을 앞두고 레알 마드리드 유니폼을 입는다.

슈퍼스타들을 끌어 모아 호화 멤버를 구성하는, 이른바 '갈락티코' 정책의 시발점은 피구의 영입이었다.

바르셀로나 팬들이 피구를 가만히 놔뒀을 리가 없다. 이런저런 이유로 레알 마드리드 유니폼을 입은 후 캄 노우 그라운드에 서지 않았던 피구는 2002년 12월 드디어 레알 마드리드 소속으로 캄 노우에서 열린 '엘 클라시코'에 출전했고 바르셀로나 팬들은 '배신자'에게 잊을 수 없는 밤을 선사했다.

관중석에는 피구를 저주하는 현수막과 깃발이 가득했고 바르셀로나 팬들은 피구가 볼을 잡으면 일제히 야유를 퍼부어댔다. 드로 인이나 코너킥을 차기 위해 관중석 가까이 위치하면 각종 오물이 일제히 쏟아졌다. 특히 코너킥을 차려고 준비하던 피구를 향해 돼지머리가 날아든 사건은 10년이 지난 지금도 인구에 회자되고 있다.

스카우트 전쟁의 새옹지마

 바르셀로나가 레알 마드리드와의 선수 영입 경쟁에서 밀린 것이 '전화위복'이 된 경우도 있다. 대표적인 사례가 미남 축구 스타 데이비드 베컴(LA 갤럭시)이다.

지금도 축구 선수 수입 세계 랭킹에서 메시, 호날두와 선두를 다툴 정도의 스타 파워를 자랑하는 베컴, 2003년 당시의 인기는 대단했다. 전 세계를 통틀어서 베컴의 인기에 대적할 상대를 찾기 어려웠다. 맨체스터 유나이티드에서 성장하고 전성기를 맞은 베컴이지만 2002~03 시즌 도중 알렉스 퍼거슨 감독과 심각한 갈등을 빚었고 이로 인해 잉글랜드 프리미어리그를 떠난다는 소문이 파다했다.

팔을 걷어붙이고 나선 팀은 바르셀로나와 레알 마드리드.

특히 페레즈 회장의 취임 후 피구를 빼앗긴 데 이어 지단과 호나우두까지 마드리드 유니폼을 입어 '스타 파워'에서 절대적으로 열세를 보이던 바르셀로나가 적극적인 움직임을 보였다. 당시 회장 선거에 출마한 후안 라포르타는 당선 공약으로 베컴의 영입을 내걸었다. 맨체스터 유나이티드 쪽에서도 바르셀로나로 베컴을 이적시키는 데 마무리 협상만 남겨 놓고 있을 뿐이라는 얘기가 흘러나왔다. 그리고 베컴 영입을 천명한 라포르타가 바르셀로나 신임 회장으로 취임했다. 베컴의 바르셀로나 입단이 가시화되는 듯 했다.

그러나 레알 마드리드는 3,500만 유로(약 530억 원)의 이적료를 지불하고 베컴 영입을 발표했다. 베컴의 입단식에서 그에게 레알 마드리드 유니폼을 전달한 이는 다름 아닌 알프레도 디 스테파노. 바르셀로나는 닭 쫓던 개가 됐다. 팬들로서는 디 스테파노와 피구 사건의 악몽을 떠올릴 법한 상황이었다.

그러나 결과적으로 베컴을 놓친 것은 바르셀로나에게 크나큰 행운을 안겨줬다.

전력 보강을 위해 발등에 불이 떨어진 바르셀로나는 베컴을 놓친 대신 3,000만 유로(약454억 원)의 이적료를 지불하고 파리 생제르망(프랑스)으로부터 호나우지뉴를 데려왔다.

베컴은 레알 마드리드에서 아무것도 이루지 못했다. 레알 마드리드는 2006~07 시즌 프리메라리가 우승을 차지했지만 베컴의 활약은 미미했다. 당시 레알 마드리드를 지휘하던 파비오 카펠로 감독은 전력에서 차지하는 베컴의 비중을 평가절하했고 베스트 11에서 제외했다. 베컴은 출전 시간이 줄어들자 카펠로 감독과 갈등을 빚었고 결국 우승 시즌을 마지막으로 레알 마드리드를 떠나 미국 메이저리그 LA 갤럭시로 전격 이적했다. 베컴은 레알 마드리드 입단 초기에 피구와 포지션(오른쪽 날개)이 겹쳐 중앙 미드필더로 뛰었고 피구가 인터 밀란(이탈리아)으로 옮긴 후 자신의 원 포지션을 되찾았지만 강렬한 인상을 남기지 못했다.

반면 호나우지뉴는 바르셀로나 입단 후 자신의 전성기를 열어 젖혔다. 화려한 발 재간으로 명실상부한 '세계 최고 선수'로 우뚝 섰다. 입단 첫 시즌인 2003~04 시즌 프리메라리가 32경기에서 15골 11도움을 올리며 유럽 진출 후 최고 성적을 냈고, 2004~05, 2005~06 시즌 바르셀로나의 프리메라리가 2연패를 이끌었다. 호나우지뉴의 활약으로 바르셀로나는 2005~06 UEFA 챔피언스리그 정상에 오르는 감격을 맛보기도 했다. 바르셀로나가 유럽 챔피언에 오른 것은 요한 크루이프가 사령탑으로 재직하던 1991~92 시즌 이후 13년 만에 맞는 경사였다. 이 같은 활약으로 호나우지뉴는 2004년과 2005년 FIFA 올해의 선수상을 2연패했고 2005년에는 발롱도르도 품에 안았다.

호나우지뉴가 바르셀로나에 미친 가장 큰 공로는 메시가 1군에 올라왔을 때 그의 후견인 역을 했다는 점이다. 메시는 '세계 최고수'로 각광받던 호나우지뉴의 보호 아래 1군에서 뼈를 키웠고 2008년 그가 남기고 간 등 번호 10번을 이어 받으며 '세계 최고'로 떠올랐다.

베컴이 레알 마드리드로 가지 않고 바르셀로나 유니폼을 입었다면 2004~05, 2005~06 시즌 바르셀로나의 영광이 가능했을까? 베컴이 메시의 '멘토'가 될 수 있었을까? 바르셀로나의 2004~05, 2005~06 시즌은 호나우지뉴 없이는 불가능했다. 내성적인 메시가 자신과 달리 '할리우드 스타' 같은 삶을 사는 베컴과 가깝게 지냈을 것이라고 생각하기도 어렵다.

디 스테파노와 피구를 놓친 것은 바르셀로나 팬들에게 큰 상처가 됐지만 베컴 대신 호나우지뉴를 영입한 것은 '축복'이 됐다.

갈락티코 VS 라마시아

 앙숙 관계를 맺고 있는 양 팀은 구단 운영 철학도 판이하게 다르다.

레알 마드리드와 바르셀로나에는 구단주가 존재하지 않는다. 잉글랜드 프리미어리그의 경우 거대 자본가인 구단주가 누가 되느냐에 따라 팀의 운영 방침이 좌우된다. 런던을 연고로 한 그저 그런 팀이었던 첼시는 러시아 석유 재벌 로만 아브라모비치가 인수한 후 맨체스터 유나이티드, 아스널, 리버풀과 어깨를 나란히 하는 명문 구단이 됐고, 맨체스터 시티는 아부다비 투자그룹이 팀을 인수한 후 막대한 자금을 투자해 전력을 강화해 신흥 강호로 부상하고 있다.

그러나 레알 마드리드와 바르셀로나는 이와 다르게 일종의 시민 구단 형태로 운영되고 있다. 원래 스페인 프리메라리가 구단들은 '쏘시오

Socio’라고 하는 클럽 회원들의 연합체로 출범했다. 이들이 연회비를 내서 구단을 운영하고 쏘시오가 선출한 회장이 구단 운영의 방침을 정한다. 그러나 현재까지 이 같은 형태로 운영되고 있는 팀은 레알 마드리드와 바르셀로나 그리고 아틀래틱 빌바오 정도다.

레알 마드리드와 바르셀로나는 쏘시오들이 선거를 통해 회장을 뽑고 이들이 구단 운영을 책임진다. 첼시나 맨체스터 유나이티드, AC 밀란(이탈리아) 등 다른 나라 클럽의 운영 형태가 왕정이라면 이들은 공화정 체제로 운영된다고 할 수 있다.

그러나 레알 마드리드와 바르셀로나의 철학은 상반된다.

레알 마드리드의 운영 방침은 ‘갈락티코Galactico’에서 잘 드러난다. 갈락티코는 스페인어로 은하수를 뜻하는데, 막대한 자금을 풀어 스타들을 끌어 모아 마케팅을 활성화하는 정책을 뜻한다. 2000년 레알 마드리드 회장에 취임한 플로렌티노 페레즈 회장은 루이스 피구, 지네딘 지단, 호나우두, 데이비드 베컴, 클로드 마켈렐레 등을 영입해 ‘제 1기 갈락티코’를 완성한다. 2006년 사임한 페레즈 회장은 2009년 재취임, ‘제 2기 갈락티코’를 선언하고 크리스티아누 호날두와 카카, 카림 벤제마, 메수트 외질 등을 영입했다. 레알 마드리드는 쏘시오 체제로 운영되지만 구단주 체제와 유사한 행보를 보인다.

반면 FC 바르셀로나는 쏘시오 체제의 근본 정신에 좀 더 충실하다. 바르셀로나의 쏘시오는 전 세계적으로 17만 5,000여 명에 달하는 것으로 알려져 있다. 자본이 축구 본연의 숭고한 정신을 외면한다며 배척해 왔다. 캄 노우 관중석에도 새겨져 있는 ‘클럽 그 이상Mas que un Club’이라는 바르셀로나의 구호에는 단순한 축구팀이 아니라 같은 철학을 공유하는 사람들의 결집체라는 자부심이 흐르고 있다.

바르셀로나는 독특한 자부심을 지니고 있다.

유니폼 스폰서는 모든 축구팀의 주요 수입원이다. 바르셀로나는 2006년까지 유니폼에 구단 엠블럼 외에 어떤 광고도 붙이지 않았다. 2006년 유니세프(UNICEF · 국제연합아동기금) 로고가 등장했는데 돈을 받는 것이 아니라 역으로 유니세프에 자금을 지원하기 위한 조치였다.

최근 경영의 압박을 견디지 못하고 카타르 파운데이션으로부터 거액의 유니폼 스폰서 계약을 맺었다. 구단의 오랜 전통이 깨졌지만 바르셀로나는 카타르 파운데이션이 비영리 재단이라는 점을 강조하고 있다. 라이벌 레알 마드리드 유니폼에 카지노와 베팅 전문업체인 Bwin의 로고가 찍혀 있는 것과는 극히 상반된다.

바르셀로나도 슈퍼스타를 영입하는 데 인색하지 않다. 2009년 2기 갈락티코를 추진하는 레알 마드리드에 맞서 즐라탄 이브라히모비치를 영입했고, 2010년 남아프리카공화국 월드컵이 끝난 후에는 다비드 비야를 데려왔다. 2013년에는 레알 마드리드와의 쟁탈전 끝에 브라질의 초신성 네이마르를 손에 넣는 데 성공했다. 그러나 바르셀로나의 중심축은 유소년 육성에 맞춰져 있다. 연령별로 선수를 육성하는 '스타 양성소'인 '라마시아'에 들이는 예산만 매년 1,500만 유로(약 230억 원)다.

레알 마드리드와 바르셀로나는 역사 · 사회적으로 반목하고 있는 지역을 상징하고 있을 뿐 아니라 구단 운영과 기본 철학까지 모든 면에서 대칭 점에 있다. 물과 기름이다. 영원히 하나가 될 수는 없을 듯하다.

호날두 – 베일 VS 메시 – 네이마르

 2011~12 시즌에 이어 2012~13 시즌 유럽축구연맹UEFA 챔피언스리그에서 고배를 든 레알 마드리드와 바르셀로나는 2013년 여름 이적 시장에서 거액을 들여 전력을 보강했다.

레알 마드리드는 '제 2의 호날두'로 불리는 가레스 베일(24)을 영입했다. 베일의 전 소속팀인 잉글랜드 프리미어리그의 토트넘 핫스퍼에 이적료로 지불한 돈만 8,600만 파운드(약 1,447억 원)에 이르는 것으로 알려졌다.

2012~13 시즌 잉글랜드 프리미어리그에서 21골을 터트린 베일은 측면 공격수가 본업이지만 파괴력이 뛰어나고 특히 프리킥 솜씨가 빼어나 레알 마드리드 팬들은 호날두와 시너지 효과를 일으킬 것으로 기대하고 있다. 베일이 레알 마드리드를 선택한 배경에는 호날두의 존재가

자리 잡고 있다.

2013년 9월 2일 산티아고 베르나베우에서 등번호 11번의 흰색 유니폼을 입고 홈 팬들 앞에 첫 선을 보인 베일은 "레알 마드리드에 온 이유는 호날두 때문이다. 세계에서 가장 뛰어난 선수인 호날두를 도와 우승할 수 있도록 노력하겠다"고 말하며, '호날두 도우미'의 임무에 충실하겠다는 각오를 다졌다. 일부에서는 베일이 호날두보다 높은 이적료를 기록한 사실을 지적하며 호날두가 베일의 영입을 불쾌해할 수도 있다고 관측했다. 게다가 레알 마드리드는 베일을 영입하기 위해 구단 안팎의 거센 반대 여론에도 불구하고 '호날두의 최고 도우미'로 꼽혔던 메수트 외질을 아스널로 이적시켰다. 호날두는 자신과 호흡이 잘 맞았던 외질의 이적에 불편한 심기를 드러냈다. 일부에서는 호날두와 베일이 불협화음을 빚을 가능성을 우려하기도 했다.

그러나 베일이 호날두와 불화를 일으킬 확률은 높지 않아 보인다. 스스로를 한껏 낮추고 있다. 그는 레알 마드리드 입단 기자회견에서 "이적료는 구단 간의 문제일 뿐이다. 내가 호날두보다 나은 선수라고 생각해본 적 없다. 호날두는 레알 마드리드의 보스"라고 겸손한 모습을 보였다.

바르셀로나는 브라질의 차세대 슈퍼스타 네이마르의 영입에 성공했다. 네이마르는 펠레-지코-호마리우-호나우두-호나우지뉴로 이어진 브라질 슈퍼스타 계보를 이을 후보자로 꼽히는 특급 유망주다. 브라질 축구 관계자들은 네이마르의 재능이 메시와 호날두를 능가한다고 호언장담할 정도다.

2012년 3월 8일 네이마르는 인터나치오날과의 코파 리베르타도레스(남미 챔피언스리그) 32강전에서 70미터를 단독 드리블해 골을 터트리는 묘기를 보여 세계적인 화제로 떠올랐다. 2011년 국제축구연맹FIFA 발롱도르 시상식에서는 가장 멋진 골을 터트린 선수에게 주어지는 '푸스카스상'을 거머쥐기도 했다.

브라질 리그 산토스에서 활약했던 네이마르는 당초 2014년 브라질 월드컵이 끝난 후 유럽 진출을 모색할 것으로 알려져 왔다. 그러나 2011년 12월 FIFA 클럽 월드컵에서 리오넬 메시가 이끄는 바르셀로나에 충격적인 0-4 완패를 당한 후 유럽 진출 시기를 앞당기기로 결심을 굳혔다. 당시 메시는 두 골을 터트리며 네이마르에 '한 수'를 지도했다.

2011년부터 레알 마드리드, 바르셀로나가 네이마르 영입을 위해 치열한 물밑 접전을 벌인 것으로 알려졌다. 결국 네이마르는 바르셀로나를 택했다.

2013년 5월 바르셀로나는 5,700만 유로의 이적료에 네이마르를 영입한다고 밝혔다. 6월 4일 바르셀로나와 5년 계약을 마무리하고 캄 노우에 운집한 5만 6,000여 관중들 앞에서 입단식을 치른 네이마르는 "팀에 도움이 되는 선수가 되겠다"며, 메시가 세계 최고의 선수로 계속 남을 수 있도록 돕겠다고 강조했다.

메시와 호날두 가운데 누가 더 훌륭한 선수인지를 따지는 논쟁이 많이 벌어지는 것처럼, 호날두-베일과 메시-네이마르의 콤비 플레이 중 어떤 쪽이 더 화려하고 위협적일지에 대한 다양한 견해들이 오가고 있다.

이 가운데 눈길이 가는 것은 레알 마드리드에서 활약했던 구티의 견해다. 그는 개인적인 능력으로는 호날두보다 메시가 낫다고 평가했다. 두 사람 모두 놀라운 결정력을 지니고 있지만 메시가 큰 경기에 더 강하다는 이유에서다. 반면 호날두-베일, 메시-네이마르 조합의 대결에서는 호날두-베일이 유리할 것으로 내다봤다. 스피드에서 호날두와 베일이 한 수 위이고 경기가 뜻대로 풀리지 않을 경우 호날두-베일 듀오가 더 많은 옵션을 제공할 수 있기 때문이란다.

베일과 네이마르의 가세가 호날두-메시의 라이벌전과 '엘 클라시코' 전체 판도에 얼마만큼의 영향을 미칠 수 있을지 주목된다.

CHAPTER 3

재능에 앞선 열정, 축구공이 전부였던 두 소년

　최근 들어 유소년 축구 바람이 거세다. 박지성과 이영표를 필두로 여러 명의 한국 선수가 유럽에 진출해 좋은 활약을 펼치는 것을 보고 꿈을 키우는 어린이들이 갈수록 늘어나고 있다. 내 주위에도 축구 선수를 꿈꾸는 아들, 혹은 조카를 둔 이들이 여럿이다. 이들이 한결 같이 하는 소리가 있다. 엘리트 선수로 성장할 수 있을 만한 잠재력을 지니고 있는지 판단이 서지 않는다는 것이다. 취미 생활에 머물게 하고 공부나 다른 소질을 개발시켜야 할지, 좋아하는 축구에 인생을 걸 수 있도록 최선을 다해 뒷바라지를 해야 할지 갈피를 잡지 못하겠다는 게 고민의 요지다. 이들이 가장 걱정하는 것 중의 하나가 비용 문제다. 운동을 제대로 시키려면 여러 모로 적지 않은 돈이 든다. 살림이 넉넉하지 못한 이들의 고민은 더욱 깊어진다.

　그러나 엘리트 선수로 성장시키는 데 드는 비용을 걱정하기에 앞서, 또 천부적인 재질을 타고 났는지를 냉정하게 판단하기에 앞서서 과연 축구를 얼마만큼이나 사랑하는지를 헤아려 보는 것이 먼저라고 생각된다. 축구를 사랑해야 선수 생활을 하면서 찾아오는 어려움을 이겨낼 수 있고 고되고 힘든 훈련을 견뎌낼 수 있다. 즐겁고 자발적으로 축구를 할 수 없다면 선수 생활은 시작하지 않는 편이 좋을 듯하다.

　리오넬 메시와 크리스티아누 호날두의 성장 과정은 축구에 대한 진로를 놓고 고민하는 어린이와 학부모들이 한번쯤 되새겨 볼 만하다. 불세출의 천재라고 불리는 두 사람이지만 지금의 슈퍼스타로 성장한 가장 큰 이유는 어렸을 때부터 그 어떤 것보다 축구를 사랑했기 때문이다. 축구에 대한 열정이 너무나 컸고 스스로의 꿈에 대한 확고한 자신감을 갖췄기에 그들은 뒤를 돌아보지 않고 앞만 보고 정진할 수 있었다.

　메시와 호날두가 천재적인 재능을 타고 난 것은 부인할 수 없는 사실이다. 그러나 현재 그들이 갖추고 있는 '슈퍼맨급'의 재능은 피나는 후천적 노력으로 완성된 것이다. 넉넉한 집안에서 태어나지도 않았고 시설과 장비를 제대로 갖춘 환경에서 '영재 교육'을 받지도 않았다. 소극적이고 수줍음을 잘 타는 자그마한 체구로 부모님의 걱정을 샀던 어린이였다. 그러나 축구에 대한 열정으로 악착같이 공에 매달린 끝에 재능을 인정받았고 뼈를 깎는 노력을 거듭해 세계 최고 선수로 성장할 수 있었다.

화목함이 길러낸 로사리오의 꼬마 사자

영웅, 난세에 나다

리오넬 메시Lionel Messi의 애칭은 '레오Leo'다. 이탈리아와 스페인 등 남부 유럽어의 뿌리가 되는 라틴어로 사자라는 뜻을 지니고 있다. 그라운드를 누비는 모습과 딱 들어맞는 애칭이다.

메시는 1987년 6월 24일 아르헨티나 로사리오의 가리발디 병원에서 태어났다. 아버지 호르헤 메시는 제철공장 관리 사원이었고 어머니 셀리아 쿠티치니도 회사 사무원이었다. 메시가 태어날 때 이들 부부에게는 7살 난 아들 로드리고와 5살 난 둘째 아들 마티아스가 있었다.

아르헨티나 대부분 국민들은 남부 유럽 이민의 후손들이다. 메시도 마찬가지다. 이탈리아계 혈통을 지니고 있다. 19세기 그의 조상 안젤로 메시가 이탈리아 마체라타라는 곳으로부터 이민해 로사리오에 정착하며 메시의 가문이 시작됐다. 로사리오는 아르헨티나에서 세 번째로 큰 항구 도시다. 북동부 산타페주에 위치하고 있고 곡물 수출항으로 유명하지만 그보다는 '영원한 혁명아' 체 게바라의 고향으로 더 널리 알려져 있다.

메시가 태어났던 1987년 아르헨티나는 정정 불안의 소용돌이 속에 있었다. 오랜 군사정권이 1980년대 초반 무너졌지만 아르헨티나는 안팎으로 불안하기만 했다. 1983년 포클랜드 전쟁에서 영국에 참패하며 국민의 사기는 땅에 떨어졌고 민간 정부로 이양된 후에도 막강한 영향력을 휘두른 군부와 이에 반대하는 시위대의 대립으로 아르헨티나 사회는 내전 발발 직전의 어수선한 분위기였다.

아르헨티나의 이 같은 불안한 상황과 경제 침체는 결국 훗날 메시가 스페인으로 떠나게 되는 데 영향을 미친다. 최악의 경제 악화로 인해 성장 호르몬 장애 치료비를 국내에서 조달할 길을 잃게 된 메시의 부모님이 해외로 눈을 돌렸기 때문이다.

메시는 국내 팬들 사이에서 '메신' 혹은 '메느님'이라고 불린다. 인간으로 볼 수 없는 능력을 보여주고 있기 때문에 붙여진 별칭이다. 메신은 메시+신神, 메느님은 메시+하느님의 합성어다.

메시의 플레이를 보면 감탄사가 절로 난다. 현대 축구의 전술 목표가 '어떻게 하면 골을 넣는가'보다 '어떻게 하면 골을 허용하지 않는가'에 초점을 맞춰 발전해 왔음을 고려하면 더욱 경이적이다. 펠레, 디에고 마라도나보다 메시가 뛰어나다고 하는 이들은 과거에 비해 최근 축구의 수비 전술이 엄청나게 발달했고 선수들의 체력적인 능력이 비교도 되지 않을 정도로 좋아졌다는 사실을 지적한다.

이 같은 메시의 능력은 어디서부터 비롯됐을지가 궁금해지지 않을 수 없다. 부단한 자기 개발이 있었겠지만 메시의 천재성은 '타고났다'는 것이 정설이다. 메시가 처음 볼을 잡았던 그란돌리의 거친 운동장에서부터 바르셀로나 캄 노우의 영웅으로 우뚝 서기까지 메시를 접한 지도자들은 입을 모아 "특별한 것을 가르칠 필요가 없었다. 이미 깜짝 놀랄 만한 기술을 가지고 있었다. 처음 봤을 때부터 눈에 띄었다"고 말하고 있다.

외할머니 손에 끌려 빛을 본 천부적 재능

아르헨티나는 축구의 나라다. 프로 선수가 되지 않을지라도 많은 사람들이 축구 클럽에서 꿈을 키운다. 메시의 가족도 마찬가지다. 그의 부친 호르헤는 프로 입문에 실패했지만 메시가 본격적으로 축구를 시작한 뉴웰스 올드보이스에서 수비형 미드필더로 활약했다. 형 로드리고와 마티아스도 뉴웰스에서 꿈을 키웠다.

그러나 메시는 다른 가족들과 달리 특별했다. 볼을 처음 잡았을 때부터 모든 사람을 놀라게 했다. 〈인포메 로빈슨 Informe Robinson〉은 스페인 TV 채널 플러스의 스포츠 프로그램이다. 아일랜드 축구 대표팀에서 활약했던 마이클 로빈슨이 진행하며 축구 스타들의 알려지지 않은 이면을 조명하는 것으로 유명하다.

〈인포메 로빈슨〉은 메시의 가족과 어렸을 적 이웃을 통해 메시가 어린 시절 어떻게 천재성을 드러냈는지를 집중 취재해 방영했다.

메시와 축구의 인연은 운명적이었다고 밖에 표현할 수 없다. 메시의 이웃과 가족에 따르면 그는 걸음을 제대로 걷지도 못할 때부터 축구공에 달려들었다. 4살 때부터 가족들과 공놀이를 시작했는데 난생 처음 축구공을 접한 메시의 놀라운 소질은 아버지 호르헤가 깜짝 놀랄 정도였다. 그러나 메시가 축구와 본격적인 인연을 맺도록 해 준 이는 그의 외할머니였다.

메시가 다섯 살 때 큰 형 로드리고는 그란돌리라는 동네 클럽에서 축구를 하고 있었다. 로드리고는 월요일과 수요일, 금요일마다 연습을 위해 운동장을 찾았고 맞벌이를 하는 메시의 부모님을 대신해 손자를 돌보던 외할머니 셀리아는 로드리고와 마티아스는 물론 메시까지 데리고 운동장을 찾았다.

메시와 외할머니가 운동장을 찾은 어느 날, 마침 1986년생 팀에 결원 한 명이 생겼다. 그란돌리에서 어린이들을 지도하던 살바도르 아파리시오 코치가 난감해하고 있을 때 메시의 외할머니가 자신의 손자로 모자란 인원을 채우라고 권유했다. 아파리시오 코치는 메시의 작은 체구를 보고 '과연 경기에서 뛸 수 있을까' 하는 의구심이 들었지만 경기를 치르기 위해서는 어쩔 도리가 없었다.

메시는 자신에게 처음 볼이 왔을 때는 멍하니 보고만 있었다. 그러나 두 번째 볼이 왔을 때는 '천재성'을 드러냈다. 볼을 몰고 상대를 하나씩 제치며 골문으로 돌진하기 시작한 것이다. 아파라시오 코치는 영원히 그 광경을 잊을 수 없을 것이라고 한다. 아파라시오 코치가 즉시 메시를 팀에 영입했음은 물론이다.

외할머니는 메시를 축구로 이끌어 준 은인이자 첫 번째 열성 팬이었다. 메시의 경기를 지켜보며 손자에게 패스를 주라고 고래고래 소리를 지를 정도로 메시의 축구에 열광했다. 그러나 그는 손자가 세계로 비상하는 모습을 보지 못한 채 메시가 열 살 되던 해에 눈을 감았다.

메시는 골을 넣을 때마다 양손을 치켜들며 하늘을 바라보곤 한다. 자신을 축구로 이끌어 주신 후 떠난 외할머니에 대한 경의를 표하는 골 셀러브레이션으로 알려져 있다.

축구에 중독되기 시작한 신동

그란돌리에서 축구를 본격적으로 시작한 메시는 2년간 친구들과 즐거운 시간을 보낸 후 7살 되던 1994년 지역 명문 클럽 뉴웰스 올드 보이스로 적을 옮긴다. 좀 더 본격적으로 축구 재능을 개발하기 위한 선택이었다. 큰 형 로드리고는 공격수, 둘째 형 마티아스는 수비수로 뉴웰스에서 훈련을 받는 중이었다.

메시는 뉴웰스에서도 단연 발군이었다. 플레이메이커로 기용된 그는 체구는 작았지만 놀라운 개인기를 지니고 있었고 어린 나이에도 팀을 위한 플레이를 할 줄 알았다.

뉴웰스에서 그를 지도한 가브리엘 디게롤라모 코치는 〈인포메 로빈슨〉과의 인터뷰에서 "처음 왔을 때부터 뭔가 특별하다는 걸 알았다. 기대한 것 이상이었다"고 메시와의 첫 만남을 회상했다. 카를로스 모랄레스 코치는 "메시는 처음부터 놀라운 기술을 뽐냈다"고 말했다. 일본 WOW가 제작한 다큐멘터리에서는 "매우 얌전한 아이였다. 그러나 경기에 나가지 못하고 벤치에 있으면 참지 못할 정도로 고집스러운 면이 있었다"고 말했다.

메시가 9살 때부터 11살 때까지 지도했던 에르네스토 베치오는 다음과 같은 유명한 말을 남겼다.

"가르쳐 줄 것이 아무것도 없었죠. 타고난 재능이었습니다. 누구도 그에게 뭔가를 가르치지 않았습니다. 당연한 일이었습니다. 펠레나 마라도나에게 누가 뭘 가르칠 수 있단 말입니까?"

그가 활약한 1987년생 팀은 축구 기계처럼 뛰어난 플레이를 펼친다는 의미의 '마키나(Maquina · 기계) 87'이라는 별명을 얻을 정도로 막강한 전력을 과시했다. 인근에서 열리는 크고 작은 대회를 휩쓸었다. 7-0, 8-0으로 승리하는 일이 흔할 정도로 또래 팀과의 실력 차이가 컸다. 메시는 플레이메이커를 맡았다. 학교 수업에는 그다지 열의를 보이지 않았지만 축구에 대한 열정은 대단했다.

당시 메시의 가장 친한 친구였던 레기사몬의 부친 〈인포메 로빈슨〉과의 인터뷰에서 메시의 어린 시절을 다음과 같이 기억했다.

"축구에 완전히 빠져 있었다. 탁자 위에서 플라스틱 인형을 가지고 보카 주니어스와 리버 플라테의 라이벌전을 가상한 놀이를 하지 않으면 마당으로 나가서 축구공을 가지고 놀았다. 벽에 가상의 골대를 그려준 적이 있는데 메시는 두 시간 동안이나 벽에다 슈팅 연습을 하곤 했다."

메시는 일본 WOW 방송이 제작한 다큐멘터리에서 축구에만 매달렸던 어린 시절을 다음과 같이 회상했다.

"나는 어렸을 때부터 축구에만 매달렸다. 학교가 끝나면 점심 먹고 나서 축구를 했고 저녁이 되면 클럽에 가서 연습을 했다. 클럽에서의 연습이 끝나면 또 다시 친구들과 축구를 했다. 밤 9시가 되기 전에는 집에 들어가지 않았다."

타고난 승부사의 DNA

메시는 조용하고 수줍음을 많이 타는 성격으로 알려져 있다. 그러나 그라운드에 서면 180도 달라진다. 승부욕에 불타오르고 때때로 논란을 불러일으킬 행동을 저지르기도 한다. 지기 싫어하는 것으로 유명하다. 경기에서 지고 나면 집에서 잠을 이루지 못할 정도고 아르헨티나 대표팀에서 경기에 지고 나면 라커룸에서 동료들이 민망할 정도로 눈물을 흘린다고 한다.

메시의 이 같은 승부 근성은 어렸을 때도 여전했다. 다음 일화는 메시의 승부 근성과 집중력이 어렸을 때부터 범상치 않았음을 잘 보여준다.

어느 날 메시는 자전거가 우승 상품으로 걸린 결승전에 나타나지 않았다. 하프 타임이 되도록 메시는 모습을 드러내지 않았고 팀은 0-1로 뒤지고 있었다. 동료들은 메시가 무슨 일로 이처럼 중요한 경기에 빠지는지 의아했다. 후반전이 시작되기 직전 메시가 헐레벌떡 달려왔다. 집 화장실 문이 고장 나 갇히는 바람에 늦었고 경기 출전을 위해 유리창을 깨고 탈출했다고 사정을 설명한 그는 곧바로 유니폼을 입고 그라운드에 나섰다. 메시는 결국 후반전 세 골을 작렬하며 역전승을 이끌었다.

메시는 심지어 뉴웰스 성인 팀의 홈 경기 하프 타임에 '팬 서비스'용으로 그라운드에 투입되기도 했다. 메시의 놀라운 키피 어피(Keepy Uppy · 발과 무릎, 어깨를 이용해 공을 떨어뜨리지 않고 묘기를 부리는 것)는 모든 팬들을 열광시켰다. '키피 어피'를 하며 관중석 계단을 통해 그라운드에 등장한 메시는 센터 서클 부근에서 갖가지 묘기를 연출하며 후반전을 위해 선수들이 그라운드에 설 때까지 공을 땅에 떨어뜨리는 법이 없었다. 당시 일부 관중은 메시가 유소년 팀의 선수가 아닌 곡예단의 난장이라고 생각했다고 한다.

메시는 팀이 원하는 모든 포지션을 완벽히 소화했고 2000년 10부 리그 우승을 이끌며 뉴웰스 최고의 유망주로 떠올랐다. 어린 나이와 작은 체구를 무색하게 하는 놀라운 활약에 지역 일간지 〈라 카피탈〉은 메시를 지면에 소개하기에 이른다. 메시가 생애 처음으로 한 인터뷰다.

여러 가지 제시어에 메시가 간단한 답변을 하는 식으로 이뤄진 인터뷰다. 놀라운 것은 '겸손함'에 대한 답변이다. 13세 소년임에도 불구, 메시는 "겸손함이란 사람이 결코 잃어버려서는 안 되는 덕목"이라고 대답했다. '친구'라는 제시어에 "신의 도움으로 많은 좋은 사람들을 알게 됐다. 내가 그들의 이름을 말하면 잊어버리는 사람이 있을 것 같다"고 답한 것도 13세답지 않다.

　메시가 훌륭한 선수로 성장한 것은 그의 타고난 재능과 노력 때문이었지만 안정된 가정 속에서 자라난 것도 큰 배경이 됐다. 메시 외에 뉴웰스 유소년 팀에는 구스타보 아리엘 로다스, 아카 빌리와 같은 유망한 선수들이 있었지만 이들은 프로 선수로 꽃을 피우지 못했다. 빈민가 출신의 이들은 가정에서 축구에 집중할 만한 지원을 받지 못한 때문이다.

　반면 풍족한 살림은 아니었지만 당시 아르헨티나의 상황에서는 중산층이라고 할 만한, 그리고 무엇보다 화목한 가정에서 나고 자란 메시는 부모 형제의 전폭적 지원으로 세계 최고의 반열에 오를 수 있었다.

　'가화만사성家和萬事成'은 동서고금을 꿰뚫는 진리 중 하나다.

'대서양의 진주' 마데이라에서 피어난 꽃

원치 않은 임신, 그러나 축복 속에 태어난 막내

마데이라는 포르투갈 남동부 쪽 대서양에 있는 작은 화산섬이다. 관광 명소다. 깎아지른 절벽과 아름다운 해안으로 유명하다. 우리나라로 치면 제주도 정도에 해당한다. 실제로 마데이라는 2007년 1월 제주도와 자매 결연을 맺기도 했다. 연중 기온이 20~25도 정도로 항상 덥지도 않고 춥지도 않은 날씨를 유지하는 축복받은 곳이다. '영원한 6월'이라는 별명이 붙어 있다. 1976년 포르투갈 정부로부터 자치권을 얻었다. 엄밀히 말하자면 '포르투갈령' 마데이라다.

해산물을 재료로 한 음식과 마데이라 와인이라는 독특한 증류주는 관광객들을 매혹시킨다. 영국을 비롯한 유럽 사람들이 느긋하게 휴가를 즐기러 찾는 곳이다. 세계의 명승지를 소개하는 우리나라 TV 프로 그램에도 등장했다. 아름다운 풍광과 따뜻한 햇살, 편안한 휴식으로 알려졌던 이 섬은 이제 크리스티아누 호날두라는 세계 최고의 슈퍼스타를 배출한 곳으로 더 유명하다. 호날두가 나고 자란 마을을 방문하는 것은 마데이라의 새로운 관광 코스로 자리잡았다고 한다.

호날두는 1985년 2월 5일, 마데이라 푼찰의 빈민가에서 태어나 성장했다. 아버지 디니스 도스 산토스 아베이로는 정원사였고 어머니 돌로레스는 요리사와 청소부로 일했다. 위로는 형(우구)과 누나(엠마, 카티야) 두 명이 있다. 부모님이 카톨릭 신자가 아니었다면 호날두라는 대스타는 존재하지 않았을 수도 있다. 넉넉하지 않은 살림에 이미 세 명의 아이가 있었던 호날두의 부모는 아이를 더 가지려는 뜻이 없었다. 의도하지 않았던 임신으로 태어난 넷째가 호날두다.

계획하지 않았던 아이지만 호날두는 부모와 친지들의 축복 속에 태어났다. 어머니 돌로레스는 귀여운 넷째에게 어떤 이름을 지어줄까 고민을 거듭했다. 친척들이 추천한 이름은 크리스티아누Cristiano. 매력적인 이름이었지만 뭔가 아쉬웠다. 기발한 생각이 떠올랐다. 당시 미국 대통령이었던 로널드 레이건Ronald Reagan의 이름을 따서 크리스티아누 뒤에 호날두Ronaldo라는 이름을 추가했다. 레이건 전 대통령은 호날두가 태어날 당시 힘을 앞세운 강경한 외교 정책으로 소련 등 동구권 공산 국가를 압박하고 미국 경제 불황을 극복시키는 지도력, 그리고 할리우드 배우 출신다운 환한 미소와 뛰어난 언변으로 세계의 시선을 한 몸에 받은 '스타 지도자'였다.

로널드 레이건처럼 큰 인물이 되라는 부모의 바람이 호날두의 이름에 담긴 셈이다. 호날두는 거창한 이름을 붙여준 부모님의 뜻에 어긋남 없는 인물로 성장했다. 3.5kg의 무게, 50cm의 키로 세상에 나온 아이는 스무 살이 되기도 전에 부모 형제들을 지긋지긋한 가난에서 탈출시켰고 평생 먹고 살 걱정을 하지 않도록 만들어줬다.

골목 축구로 꿈을 키운 미래의 슈퍼맨

호날두의 고향인 마데이라는 아름다운 곳이다. 그러나 호날두가 태어나고 자라난 환경은 결코 아름답다고 할 수 없다.

호날두가 유년 시절을 보낸 퀸타 도 팔카우 거리는 마데이라의 대표적인 빈민가다. 골대를 갖춘 운동장은커녕 아이들이 뛰어 놀 수 있는 공터도 변변치 않은 척박한 곳이었다. 호날두의 꿈은 이 거리에서 처음 싹을 틔웠다. 30대 중반 이상의 독자라면 골목이나 공터에서 돌멩이나 연탄재를 일정한 간격으로 벌려 골문을 만들어 놓고 공을 찼던 기억이 있을 것이다. 이른바 '골목 축구'다. 호날두의 축구 인생은 '골목 축구'에서 시작됐다.

그는 2007년 영국에서 출판된 자서전 『모멘트Moment』에서, "다섯 살 무렵부터 차가 다니는 거리에서 돌멩이를 늘어놔 골대를 만들고 축구를 즐겼다. 버스가 지나다니는 큰 길이었는데, 버스가 우리의 경기장으로 다가올 때면 잠시 멈춰서 우리가 '골대'를 치우기를 기다려야만 했다. 이와 같은 길거리 축구는 리스본으로 떠날 때까지 5~6년간 지속됐다”고 과거를 회상하고 있다.

호날두는 장난꾸러기였다. 책보다는 축구공, 길거리와 친숙했다. 축구공은 그의 가장 친한 친구였다. 꼬마 호날두는 학교에서 돌아오면 가방을 집안에 내팽개친 후 간단한 먹을 것과 축구공을 끼고 길거리로 내달렸다. 9시가 넘어 어머니가 찾아 나서기 전에는 집에 돌아올 생각을 하지 않았다. 자서전에서 그는 어렸을 때부터 수업을 종종 빼먹고 축구를 했다고 고백하고 있다.

영국 ITV가 제작한 다큐멘터리 ‘꿈을 가졌던 소년The Boy Who Had A Dream’에서 퀸타 도 팔카우의 이웃들은 “늘 경사진 거리를 오르락 내리락 하면서 축구공을 가지고 놀았다. 머리와 발, 무릎, 어깨 등을 이용해 볼을 땅에 떨어뜨리지 않고 한나절 동안 다뤘고 늘 전속력으로 거리를 누볐다”고 어렸을 적 호날두의 모습을 기억했다.

단거리 육상 선수와 비교되는 호날두의 폭발적인 스피드도 길거리 축구 시절의 습관을 통해 길러졌다는 분석이 있다.

어렸을 때 골목에서 공을 찼던 사람이라면 잘 알겠지만 골목에서의 축구란 담장을 넘어 이웃집으로 공이 넘어가기 일쑤다. 화분을 깨뜨린다든가 널어놓은 빨래를 더럽히는 등 본의 아니게 ‘민폐’를 끼치게 된다. 불호령이 떨어지면 잠시 골목에서 자취를 감추지만 개구쟁이들의 축구에 대한 열정은 결코 사라지지 않는다.

호날두가 길거리 축구에 빠져 있을 때 아고스틴호라는 이름의 이웃집 아저씨는 그에게 공포의 대상이었다. 아고스틴호 씨는 공이 담장을 넘어 오면 터트려버리겠다고 위협했고 호날두의 어머니에게 아이들의 축구 탓에 겪는 불편함을 항의했다.

호날두는 '골목의 염라대왕'이 두려웠지만 축구공을 빼앗길 수는 없었고 자신의 빠른발을 이용해 문제를 해결했다. 그는 아고스틴호 씨의 집안으로 공이 넘어갈 때면 전속력으로 달려 들어가 공을 낚아채 길거리 경기장으로 돌아오곤 했다. 아고스틴호 씨가 호날두의 어머니에게 매번 항의를 했지만 '염라대왕'은 호날두의 축구에 대한 열정을 꺼뜨릴 수 없었다.

마데이라가 감당할 수 없던 울보의 재능

호날두가 처음으로 입단한 클럽은 안도리냐라는 지역 아마추어 클럽 산하 유소년팀이었다. 호날두의 아버지 디니스가 장비 매니저를 맡고 있었고 사촌 누나가 몸담고 있는 인연으로 안도리냐에 입단했다. 그의 나이 여섯 살 때의 일이다. '낭중지추'라 했던가. 호날두의 놀라운 재능은 곧 마데이라 섬 전체로 퍼져 나갔고 열 살 때 생애 첫 이적을 기록하게 된다. 마데이라에서 가장 큰 축구 클럽인 나시오날이 호날두의 뛰어난 재능에 대한 소문을 듣고 손을 뻗었다.

나시오날로 적을 옮기게 된 데는 대부代父인 페르낭 소사의 힘이 결정적으로 작용했다. 당시 나시오날에 몸담고 있던 페르낭은 자신의 대자代子에 대한 자자한 소문을 듣고 자신의 눈으로 직접 확인한 후 그를 구단에 추천했다. 호날두의 첫 이적 조건은 유니폼과 축구화 그리고 축구공이 전부였다.

호날두의 재능을 알아보고 나시오날에 추천한 대부 페르냥은 이후 호날두가 포르투갈 본토로 건너갈 때와 맨체스터 유나이티드로 이적할 때도 조언자 역을 할 정도로 호날두의 축구 인생에 있어 큰 영향력을 행사하고 있다.

나시오날로 이적한 후 호날두에 대한 평가는 더욱 높아졌다. 호날두의 어머니는 아들이 당대 포르투갈 최고의 선수였던 루이스 피구처럼 성장하기를 기대하기 시작했다. 호날두는 나시오날에서 자신보다 나이 많은 선수들과 맞서야 했지만 조금도 물러섬이 없었고 항상 그들을 압도했다. 11살 때 호날두는 마데이라 유소년 대회에서 우승을 차지했다. 거침 없는 그의 플레이는 보는 이를 매료시켰다. 이미 그때부터 '될성 부른 떡잎'의 자질을 확실히 뽐내고 있었다.

나시오날에서 그를 지도했던 안토니오 멘돈사는 다큐멘터리 '꿈을 가졌던 소년'에서 11세 당시의 호날두를 다음과 같이 설명했다.

"거침 없이 질주하고 골을 터트리는 모습이 지금과 비슷하다. 폭발적인 스피드와 짧은 드리블을 이용해 골을 넣었고 자랑스럽게 그라운드를 거닐었다. 지는 것을 싫어했고 나이 많은 상대를 만나도 기죽지 않고 맞섰다."

호날두는 현재 '신이 내린 육체'라고 표현될 정도로 완벽한 몸을 자랑한다. 공을 다루는 기술을 제외한 운동 능력만 놓고 비교하자면 라이벌 리오넬 메시를 압도한다. 186cm의 큰 키에 군살 하나 없는 근육질 몸매를 지니고 있다. 피지컬 면에서 그 누구와 비교해도 뒤지지 않는다. 그러나 나시오날에서 활약할 때만 해도 호날두는 작고 가녀린 소년이었다. 어머니가 '덩치 큰 상대 아이가 걸어차면 그대로 다리가 부러지지 않을까' 걱정할 정도로 가냘픈 체구였다. 그러나 그의 압도적인 스피드는 상대 수비수가 다리를 걸어찰 틈조차 주지 않았다.

나시오날에서 뛰면서 처음으로 별명도 붙었다. 첫 번째 별명은 '울보'. 지금으로서는 상상이 되지 않지만 호날두는 어릴 때 눈가에 물기가 마르지 않을 정도로 마음이 약하고 눈물이 많았다. 심지어 동료가 좋은 골 찬스를 놓쳤다는 이유로 눈물을 보일 정도로 연약한 마음을 지닌 소년이었다.

두 번째 붙은 별명은 '작은 벌'이다. 그라운드에서의 날렵한 모습 때문에 붙었다. 누구도 그를 잡을 수 없다는 의미에서 붙은 애칭이다.

마데이라가 떠들썩할 정도였던 소년 호날두의 재능은 바다 건너 포르투갈까지 전해졌다. 포르투갈 최고 명문 팀들이 호날두에 관심을 보이기 시작했다. 자신의 꿈을 향해 날개를 펴고 비상할 순간이 다가오고 있었다.

호날두는 길거리 축구에서 보여준 재능에 이웃들이 감탄하고 축구 관계자들 사이에서 재능이 뛰어나다는 평판을 받았지만 정작 그의 가족들은 그가 대스타가 될 것으로 전혀 생각하지 못했다고 한다. 그의 누나 엘마와 카티야는 "동생은 축구를 너무나 좋아했고 축구와 관련된 거라면 늘 자신이 중심이 되야 한다고 생각했다. 그라운드에서도 언제나 상대를 쉽게 제치곤 했다. 그러나 호날두가 지금처럼 유명한 선수가 될 것으로는 상상하지 못했다"고 한다.

그러나 마데이라는 호날두라는 '잠룡'에게는 너무 작은 연못이었다. 호날두는 스포르팅 CP 유소년 아카데미로 이적, 본격적인 비상을 준비하게 된다.

CHAPTER 4

새는 알에서 나오려고 투쟁한다

독일 문호 헤르만 헤세의 『데미안』에서 가장 유명한 구절은 다음과 같다. '새는 알에서 나오려고 투쟁한다. 알은 세계다. 태어나려는 자는 하나의 세계를 깨뜨려야 한다. 새는 신을 향해 날아간다. 그 신은 아브락사스다.'

어둠 속에서 안락하게 머물던 새는 바깥 세상으로 날아오르기 위해 껍질을 깨고 나오는 고통을 감내해야 한다. 리오넬 메시와 크리스티아누 호날두는 '축구의 신'으로 군림하기까지 무수한 고통을 참아내며 '극기(克己)'의 과정을 통해 오늘날을 맞이했다. 메시와 호날두가 자신들이 머물던 좁은 테두리에서 벗어나기를 거부했다면, 푸근한 가족의 품을 떠나기를 주저했다면 오늘날 같은 영광은 존재할 수 없었다.

메시는 청천벽력 같은 성장호르몬장애라는 희귀 질환과 싸우며 축구에 대한 꿈을 키워 나갔고, '울보'라는 별명이 붙을 정도로 심약했던 호날두는 가족의 품을 떠나 타향살이를 하기로 어려운 결단을 내린다.

이들이 현재 누리고 있는 부와 명예는 행복했던 유년의 추억이라는 값비싼 대가의 결과물일지 모른다.

불가능 그것은 아무것도 아니다

고향을 등질 수 밖에 없었던 이유

키가 자라지 않는 선천적인 질환을 극복하고 세계 최고 선수가 된 사연은 리오넬 메시를 더욱 유명하게 만들었다. 일반적으로 메시가 아르헨티나를 떠나 FC 바르셀로나로 간 이유는 키가 자라지 않는 질환을 치료하기 위한 돈이 없어서라고 알려져 있다. 대부분의 사람들이 메시의 집안은 치료비를 댈 만큼 경제적으로 넉넉하지 않았고 치료비 지원을 받기 위해 아르헨티나 최고 명문 리버 플라테를 찾아갔지만 거절 당해 바르셀로나로 향했다고 알고 있다. 그러나 이는 정확하지 않은 정보다.

메시의 집안은 알려진 것과 달리 가난하지 않았다.

메시는 아르헨티나가 정치·사회적으로 매우 혼란할 때 태어났고 그가 자라나면서 국가 경제는 침체를 거듭하고 있었다. 특히 살인적인 인플레이션과 고용 불안으로 아르헨티나 사회는 매우 불안했다.

그러나 메시의 집안은 부유하지는 않았지만 로사리오에서는 중간층 이상이었다. 아버지는 빌라 콘스투티시온에 위치한 아신다르라는 이름의 제철회사 부장이었다. 일부에서 어머니가 청소부로 일했다고 하지만 결혼 당시에는 회사원으로 근무하고 있었고 아이들이 자라나면서 직장을 그만두고 전업 주부로 돌아섰다. 앞에서 말했듯이 메시가 축구 선수로 대성할 수 있었던 배경에는 화목한 가정이 있다. 아르헨티나 출신 축구 스타들의 상당수는 불우한 가정 환경을 지니고 있다. 대표적인 이가 박지성과 맨체스터 유나이티드에서 한솥밥을 먹었던 카를로스 테베스다. 테베스는 부에노스아이레스의 유명한 슬럼인 푸에르테 아페체 출신이다. 그러나 앞에서도 말했듯이 메시는 테베스와는 다른 환경에서 성장했다.

메시가 스페인으로 떠난 배경에는 여러 문제가 복잡하게 얽혀 있다.

이 때문에 그가 아르헨티나를 떠나게 된 경위에 대해서도 이해 당사자간의 견해가 엇갈리고 있다. 메시의 고향 팀인 뉴웰스 관계자들은 "치료비 지원을 받을 수 없게 되자 일언반구도 없이 스페인으로 떠났다"고 아직도 메시의 가족에 대해 섭섭한 마음을 지니고 있다. 돈 한 푼 받지 못하고 세계 최고의 재목을 놓쳤으니 아쉬운 마음이 들 법도 하다.

반면 메시의 가족들은 "뉴웰스가 약속했던 치료비를 지원해 주지 않아서 여러 팀들에게 치료비 지원을 요청해야 했고 결국 메시의 재능을 높이 평가한 바르셀로나로 떠나 보낼 수 밖에 없었다"고 주장하고 있다. 그의 부모는 "돈 때문에 메시를 스페인으로 보냈다"는 언론의 보도를 불쾌하게 생각한다. 메시 때문에 팔자를 고치게 됐다는 시각도 부담스러워하는 듯하다.

뉴웰스 유소년 클럽의 에이스로 한창 활약하던 메시가 10살이 되던 1997년 1월, 어머니 셀리아와 아버지 호르헤는 메시를 로사리오 시내에 있는 클리니카 델 토락스 병원으로 데리고 간다. 내분비 관련 질환을 전문으로 하는 곳이었다.

메시의 키가 지나치게 작은 점이 아무래도 이상했던 것이다. 메시의 부모는 어렸을 때부터 셋째 아들이 또래들에 비해 키가 작았지만 크게 신경쓰지 않았다. 건강 진단에서 별 문제가 발견되지 않았고 나이가 들면 괜찮아질 것이라고 생각했던 것이다. 성장기가 좀 늦을 뿐으로 여겼다. 그러나 나이가 들어서도 메시는 학교에서도 맨 앞 줄에만 앉았고 형들에 비해서도 지나치게 작았다. 10살 당시 메시의 키는 127cm, 8살이나 9살 아이들의 키와 비슷한 정도였다.

1996년 메시는 처음으로 출전한 국제 대회에서 우승을 차지한다. 메시가 가장 소중하게 생각하는 트로피 가운데 하나다. 뉴웰스 유소년 아카데미의 1987년생 팀은 페루 리마에서 열린 칸톨라오 국제 유소년 축구 대회에서 아르헨티나, 칠레, 콜롬비아, 페루에서 온 25개 클럽 가운데 당당히 정상에 올랐다. 메시의 뛰어난 재능은 모든 이들의 시선을 집중시켰다.

뉴웰스 팀 관계자들은 메시의 미래에 대해 진지하게 생각하기 시작했다. 프로 선수로서 대성할 수 있는 소질을 갖춘 것은 분명했다. 그러나 단 하나, 체구가 너무 작았다. 마라도나의 예에서 볼 수 있듯이 키가 작아도 얼마든지 훌륭한 선수가 될 수는 있다. 게다가 나이 어린 메시는 키가 쑥 자라날 수 있었다. 그러나 메시는 작아도 너무 작았다. 거기다가 성장기에 있는 아이가 도무지 클 줄을 몰랐다.

몸보다 마음이 먼저 자라난 소년

1996년 크리스마스를 전후해 뉴웰스의 관계자들은 메시의 부모님에게 정밀 진단을 받아 볼 것을 권했다. 비할 바 없이 뛰어난 재능을 지닌 메시지만 키가 너무 작아 프로 선수로 입문할 수 없게 되는 상황을 맞을까 우려됐던 것이다.

당시 메시를 진단한 담당 의사는 내분비 의학 전문의인 디에고 슈와르슈테인 박사다. 메시와 관련된 서적과 다큐멘터리에 빠짐없이 등장하는 인물이다. 슈와르슈테인 박사는 메시가 '성장 호르몬 분비 부전성 저신장증(Growth Hormone Deficiency · 이하 GHD)' 탓에 키가 자라지 않는다는 진단을 내렸고 정확한 치료법을 찾기 위해 1년간 다양한 검사를 실시했다.

몸에서 성장 호르몬이 만들어지지 않는 희귀한 질병이었지만 방법이 없는 것은 아니었다. 성장이 지속되는 나이까지 꾸준히 호르몬을 투여하면 해결할 수 있었다. 메시는 1998년 1월부터 매일 성장 호르몬 주사를 맞는 치료를 시작했다.

가족들의 걱정은 컸지만 메시는 낙담하지 않았다. 그는 다른 사람의 도움 없이 자신의 양 다리에 주사를 놓을 정도로 어른스러웠고 자신이 처한 상황을 담담하게 받아들였다. GHD로 치료를 받고 있었을 뿐, 그는 여전히 뉴웰스의 최고 유망주였고 천재적인 재능에 대한 소문이 퍼져 나가고 있었다.

주위 사람은 매일 스스로에게 주사를 놓아야 하는 메시를 안타깝게 여겼지만 정작 본인은 대수롭지 않게 여겼다. 메시는 2008년 아일랜드 일간지 〈인디펜던트〉와의 인터뷰에서 자신에게 호르몬 주사를 놓아야 했던 시절에 대해 다음과 같이 말했다.

"특별하게 여기지 않았습니다. 매일 하는 양치질과 같은 거였죠. 내가 주사를 꺼내 다리에 놓는 것을 본 사람들은 '어떻게 된 일이냐'는 표정을 지으며 깜짝 놀랐습니다. 그러나 곧 주위 사람들도 익숙해졌습니다. 호르몬 주사를 맞는 것은 내 장래를 위해 중요한 일이라는 것을 알고 있기 때문에 책임을 져야 했죠. 축구 선수가 되는 꿈을 이루기 위해서라면 어떤 일이라도 했을 것입니다."

뉴웰스 1987년생 팀의 동료였던 루카스 스칼리아(메시의 연인 안토니오 로쿠조의 사촌이기도 하다)는 같은 〈인디펜던트〉와의 인터뷰에서 당시를 이렇게 기억했다.

"메시는 우리 집에 올 때마다 치료약이 든 상자를 가지고 왔습니다. 오자마자 상자를 냉장고에 넣어 둔 후 시간이 되면 주방으로 가서 냉장고에서 약을 꺼내 스스로 주사를 놓은 후 아무렇지도 않다는 듯이 방으로 돌아왔죠. 솔직히 메시가 어렸을 때 희귀 질환을 앓은 경험이 그에게 상처로 남았으리라고는 생각하지 않습니다.”

상상을 해 보자. 축구에 재능을, 그것도 주위에서 '천부적인 소질을 타고 났다'는 칭찬을 듣고 있는 초등학생이 '더 이상 키가 자랄 수 없을 수도 있다. 조금이라도 키를 키우기 위해서는 매일 같이 주사를 맞아야 한다'는 진단을 받는다. 받아들이기 쉬운 상황이 아니다. 그러나 메시는 무덤덤하게 현실을 받아 들였고 자신이 할 수 있는 최선의 노력을 다했다.

메시는 두말 할 나위 없는 천재다. 그러나 그의 천부적인 재능은 축구 기술에만 국한되지 않는다. 강인한 정신력과 포기하지 않는 의지를 타고 난 것이 오늘날의 메시를 가능하게 만들었다. 장기간 병원에 가고 치료를 받아야 한다는 것은 성인에게도 엄청난 스트레스다. 축구 선수들이 재활을 하는 데 있어서 가장 힘든 것은 육체적인 고통이 아니라 정신적인 스트레스로 꼽힌다. 어린이에게는 말할 나위가 없다.

그러나 메시는 여러 검사를 받고 치료를 받는 동안에도 한 번도 고통을 호소하거나 짜증을 내는 일이 없었다고 한다. 자신이 희망하는 축구 선수가 되기 위해 감내할 과정의 하나로 여겼을 뿐이다.

우리는 주어진 현실에서 최선을 다할 생각을 하지 않고 늘 환경 탓, 남의 탓을 하다가 재능을 날려 버리는 경우를 흔히 볼 수 있다. 한국 축구에만도 '박제된 천재'를 일일이 열거하기 힘들 정도로 많다. 자신이 원하는 학교로 진학하지 못해서, 경기에 출전시켜주지 않아서, 고향 팀에 입단할 수 없어서, 해외 리그로 보내주지 않는다는 이유로, 그라운드에서 최선을 다하지 않고 경기장 밖에서 에너지를 낭비하는 프로답지 못한 선수들이 여럿 있었다.

이들과 달리 메시는 철부지 나이에 이미 어른이 돼 있었고 '프로페셔널'이 돼 있었다. 체구는 작아도 그의 속은 이미 어떤 어른보다도 옹골차게 차 있었던 것이다. 메시가 진정으로 축복받은 선수인 까닭은 '타고난 발'에 있지 않고 '타고난 가슴'에 있을지 모른다.

난관, 그리고 돌파구

메시의 치료에 문제가 있다면 비용이 많이 든다는 점이었다. 한 달 치료비에 1,500달러(약 167만 원) 정도가 소요됐다. 당시 아르헨티나의 어려운 사정과 세 명의 자녀를 양육해야 하는 상황을 고려할 때 메시의 부모님에게는 엄청난 부담이었다. 그러나 치료를 시작한 후 2년간은 버텨낼 수 있었다.

메시의 아버지 호르헤의 직장 아신다르 제철사의 보장 제도와 아르헨티나의 의료 보험에서 치료비를 지원했기 때문이다. 그러나 아르헨티나의 경제가 파국으로 치닫기 시작하면서 2000년부터 아신다르와 의료 보험에 의한 지원이 중단됐다. 메시의 장래성을 높이 평가하던 뉴웰스가 치료비 지원을 약속했지만 악화일로의 경제 상황에서 한계가 있었다. 뉴웰스에서 치료비 지원이 차일피일 밀리자 메시의 부모는 새로운 방법을 찾아 나섰다.

메시의 부모님은 뉴웰스가 처음 약속한 것과는 달리 실제로 치료비 지원을 위해 한 것이 없다고 주장한다. 처음 200페소(약 5만 원)를 주고 6개월이 지난 후에 200페소를 추가 지급했을 뿐으로 메시의 치료를 위해 다른 방법을 찾을 수밖에 없는 상황이었다는 것이다. 반면 뉴웰스의 주장은 다르다. 뉴웰스의 스포츠 디렉터 세르히오 알미론은 "메시의 가족들이 원하는 대로 치료비 전액을 지원할 여력은 없었다. 그 대신 매달 치료비의 일정 금액을 부담하기로 했지만 메시의 가족들이 만족하지 못했을 뿐"이라고 반박하고 있다.

메시의 가족은 뉴웰스가 다른 팀으로 이적할 생각을 하지 말라고 사정하면서 실질적으로 경제적 지원을 하지는 않았다고 주장하고 반면 어려운 팀 사정에도 최선을 다했지만 메시가 매정하게 팀을 떠난 후 구단을 비난하고 있다는 것이 뉴웰스의 논리다. 이해 당사자가 아닌 다음에야 정확한 내막을 알 수는 없다.

아무튼 뉴웰스에 대해 회의를 느낀 메시의 가족은 로사리오에 사무실을 낸 리버 플라테를 통한 해결을 시도하기로 했다.

리버 플라테는 보카 주니어스와 함께 부에노스아이레스를 대표하는 명문 구단이다. 1990년대 이후 유소년 시스템에서 많은 유망주들을 배출해 냈고 이들은 '제 2의 마라도나'로 각광받았지만 모두 '반짝 스타'에 머물렀다. 대표적인 인물로는 2001년 청소년 월드컵에서 스타로 떠올랐고 바르셀로나와 레알 마드리드에서 활약했던 하비에르 사비올라(벤피카)와 메시가 존경하는 선수로 꼽았던 파블로 아이마르(벤피카), 그리고 아르헨티나 축구 역사상 손꼽히는 '박제된 천재' 아리엘 오르테가 등이 있다.

좋은 선수를 많이 발굴한 만큼 리버 플라테도 메시의 재능을 높이 평가했다. 그러나 적극적으로 나서지는 않았다. 뉴웰스와 문제를 일으키거나 거액을 지불하는 위험을 감수하면서까지 메시를 영입하고 싶지 않았던 것이다.

메시는 아버지와 함께 리버 플라테의 입단 테스트를 위해 부에노스아이레스로 향했다. 리버 플라테 관계자들은 처음에는 메시에게 별다른 관심을 보이지 않았다. 포지션을 물어본 후 뛸 자리를 지정해 줬을 뿐이다. 그러나 메시가 그라운드에 나선 후 3분여가 지나서 볼을 잡고 3명을 차례로 제치자 리버 플라테 관계자들은 메시의 부친에게 다가와 계약을 맺자고 제안했다. 그러나 그들은 메시의 이적을 위해 뉴웰스와 직접적으로 협상에 나서려 하지 않았다. 이적 동의서를 받아오면 계약을 맺겠다고 제안했다. 손대지 않고 코를 풀려 한 격이다.

메시의 가족이 리버 플라테의 태도에 실망해 다른 방법을 찾아보고 있을 때쯤, 스페인과 끈을 가지고 있는 에이전트가 메시에 접근했다. 유럽 유수의 명문 구단으로 이적할 수 있는 다리를 놓아줄 수 있다고 했다. 금전적인 문제로 곤란을 겪으며 지쳐가던 메시 가족에게 새로운 돌파구가 열리는 순간이었다.

메시의 부모는 처음에는 에이전트의 접근을 그리 달가워하지 않았다고 한다. '뾰족한 수가 있겠느냐'는 심정이었을 것이다. 그러나 이들로 인해 메시의 인생은 바뀌게 된다. 그들의 가족 역시 마찬가지다.

어른이 되기를 강요받은 축구 신동

본토까지 퍼진 마데이라 신동의 소문

포르투갈은 무시할 수 없는 전통을 지닌 축구 강국이다. 가장 유명한 이름은 '흑표범'이라는 별명으로 널리 알려진 에우제비오 다 실바 페레이라(70). 보통 에우제비오라고 불리는 그는 한국에서는 1966년 잉글랜드 월드컵에서 북한이 일으켰던 돌풍을 잠재운 인물로 알려져 있다.

잉글랜드 월드컵에서 이탈리아를 꺾고 8강에 오르는 대파란을 일으킨 북한은 8강전에서 포르투갈과 맞붙어 3-0으로 앞서 나간다. 그러나 포르투갈의 맹반격에 다섯 골을 잇달아 내주고 허물어진다. 에우제비오는 전반과 후반 각각 2골씩 총 4골을 터트리며 대역전극을 이끌었다. 에우제비오가 전성기를 보낸 팀이 포르투갈 최고 명문 벤피카다.

포르투갈 축구의 황금기를 연 에우제비오를 배출한 벤피카는 포르투갈 최고 명문이자 가장 인기가 높은 팀이다. 리스본을 연고로 하고 있는 벤피카와 FC 포르투, 스포르팅 CP는 포르투갈 리그의 '빅 3'로 불리는데 벤피카가 가장 많은 팬을 보유하고 있다.

호날두의 명성이 포르투갈 본토까지 퍼지자 '빅 3'가 관심을 보이기 시작했다. 포르투갈 최고 명문이자 호날두의 아버지가 열렬한 팬이었던 벤피카도 영입 의사를 밝혔다. 그러나 호날두는 벤피카가 아닌 스포르팅 CP로의 이적을 결정했다.

나시오날과 스포르팅의 특수한 관계, 그리고 어머니의 뜻이 호날두의 스포르팅 CP 행에 영향을 미쳤다.

당시 선수 이적 문제로 스포르팅에 2만 2,500유로(약 3,400만 원)의 빚을 지고 있던 나시오날은 부채를 탕감해 주는 조건으로 호날두를 보내주겠다는 제안을 했다. 호날두의 대부인 페르냥이 이적을 추진했고 마데이라 출신으로 스포르팅과 좋은 관계를 맺고 있던 사업가 마르케스 프레이타스가 다리를 놓았다.

스포르팅은 12세에 불과한 어린 소년을 보내는 조건으로 거액의 빚을 탕감해 달라는 나시오날의 제의에 어이가 없었다. 유소년 팀 선수한 명을 영입하는 데 그렇게 큰 돈을 쓴 예는 스포르팅 구단 사상 없는 일이었다. 스포르팅의 유소년 담당 디렉터인 아우렐로 페레이라는 우선 호날두에 대한 기술 보고서를 요구했지만 마르케스는 호날두를 직접 데리고 가 선보이기로 결정한다. 호날두의 잠재력에 대해 그만큼 자신이 있었던 것이다.

그러나 12세에 불과한 호날두를, 게다가 울보라는 별명이 붙을 정도로 마음이 약했던 소년을 생면부지의 타향으로 떠나보내는 것은 쉬운 일이 아니었다. 이번에는 호날두의 어머니가 나섰다. 남편이 벤피카 팬인 것과 달리 스포르팅의 열렬한 팬이었던 돌로레스는 "호날두는 분명히 리스본에서 대성공을 거둘 수 있으니 이번 기회에 그에게 날개를 달아줘야 한다"고 가족을 설득하기 시작했다. 막내아들이 루이스 피구와 같은 훌륭한 축구 선수로 성장하는 것이 어머니의 소망이었다. 피구는 스포르팅에서 성장했고 1996년 FC 바르셀로나로 이적, 세계 최고 선수로 각광받고 있었다.

리스본 입성

호날두는 결국 1997년 4월 테스트를 받기 위해 어머니와 함께 리스본으로 향하는 비행기에 올랐다. 호날두는 스포르팅 같은 명문 구단에 테스트를 받으러 간다는 사실만으로도 잠을 이루지 못할 정도로 흥분했다.

호날두는 입단 테스트를 목적으로 한 연습 경기를 지켜본 스포르팅의 유소년 코치인 오스발두 실바와 파울로 카르두주는 눈을 의심하지 않을 수 없었다. 태어나서 처음 보는 재능이었다. '축구 신동'이라는 사실은 의심의 여지가 없었다. 자신보다 나이 많은 선수들과의 경기에서 2~3명을 쉽게 제쳐 버리는 호날두의 모습에 깜짝 놀란 두 사람은 얼굴을 마주 보고 감탄사를 연발했다. 경기가 끝나자 호날두와 함께 뛴 선수들은 호날두의 실력에 놀란 나머지 그를 둘러쌌다. 경기장에 있는 모든 사람들은 호날두가 특별하다는 사실을 대번에 깨달았다.

1997년 4월 17일 오스발두 실바와 파울로 카르두주가 작성한 기술 보고서에는 호날두의 재능에 대한 평가가 다음과 같이 기술돼 있다.

"매우 뛰어난 재능을 가지고 있음. 기술적으로 굉장히 발전한 상태. 볼 컨트롤과 드리블은 정지 상태와 움직이는 상황에서 모두 최상. 계약할 것."

아우렐로 페레이라는 호날두의 기술 보고서를 확인한 후 계약을 건의하기 위해 경영진을 찾아갔다. 그러나 이적료 격인 2만 2,500유로가 너무 과하다는 의견이 지배적이었다. 페레이라는 경영진을 설득하기 시작했다. 일반적인 유소년 선수 계약의 범위를 훨씬 뛰어넘는 액수를 지불해야 하지만 호날두는 그럴 만한 가치가 충분하다는 점을 강조했다. 페레이라는 호날두의 기술 보고서에 다음과 같이 적음으로써 그를 영입하는 데 드는 비용이 결코 헛되지 않을 것이라고 주장했다.

"12세 소년의 스카우트 비용으로 과다한 면이 있지만 입단 테스트에서 확인된 모습을 고려할 때 좋은 투자가 될 것으로 확신합니다."

페레이라의 간곡한 설득에 결국 시모에스 데 알메이다 스포르팅 회장은 호날두의 계약서에 사인을 했다. 호날두가 테스트를 받은 후 2개월이 지난 1997년 6월 28일의 일이었다. 호날두는 스포르팅 유소년 팀의 1997~98 시즌 준비를 위해 1997년 8월, 혈혈단신으로 스포르팅 유소년 아카데미에 합류했다. 포르투갈 리그의 3대 명문 중의 한 팀인 스포르팅의 식구가 되며 슈퍼스타로 성장할 첫 걸음을 내딛게 된 것이다.

호날두는 리스본으로 떠나는 비행기에 오르기 전 가족들과 눈물로 이별을 했다. 호날두의 재능을 믿어 의심치 않았지만 아직 부모의 품속에서 어리광을 부릴 나이에 혹독한 경쟁이 펼쳐질 프로팀에 보낸다는 사실에 가족들의 마음은 편할 수 없었다.

넉넉하지 않은 살림 탓에 가족 중 한 명이 호날두를 따라갈 수도 없었다. 요리사로 일하는 돌로레스의 수입으로는 여섯 식구가 먹고 살기도 빠듯했다.

유년과의 작별

가족의 품을 떠나 스포르팅 아카데미에 입단하며 호날두의 유년은 사실상 막을 내렸다. 낯선 곳에서의 생활은 소년에게 하루 빨리 어른이 될 것을 요구했다. 눈물 많던 소년은 밤마다 가족 생각에 베개를 적시며 어른이 돼 갔다. 정신적으로 강인해질 수밖에 없었다.

호날두는 모든 인터뷰에서 스포르팅 아카데미 시절을 자신의 인생에서 가장 어려웠던 시기였다고 말하고 있다. 또 스포르팅에서의 단련이 기술적으로도, 육체적으로도, 정신적으로도 현재의 위치에 올라서는 데 결정적인 영향을 미쳤다고 말한다.

호날두의 스포르팅 아카데미 생활을 가장 어렵게 만든 것은 언어 문제다. 마데이라는 포르투갈령이지만 전혀 다른 언어를 쓰고 있다고 해도 좋을 정도로 사투리가 심하다. 앞서 마데이라를 제주도에 비교했었는데, 언어 면에서도 비슷하다. 제주도 토박이가 서울에 처음 올라와서 사투리를 쓰면 제대로 알아들을 수 있는 사람은 거의 없다. 마데이라에서 상경한 호날두도 마찬가지였다. 호날두는 자신의 말을 다른 사람들이 거의 알아듣지 못하는 데 매우 큰 충격을 받았다.

어린 나이, 게다가 생면부지의 장소에 갔을 때 '보통의 것'과 자신이 다르다는 것은 엄청난 스트레스로 다가온다. 호날두는 자신의 독특한 억양으로 의사소통에 곤란을 겪었을 뿐 아니라 친구들로부터 놀림감이 되기도 했다. 호날두가 입을 열 때마다 친구들은 그의 발음과 억양을 흉내 내며 웃었다. 가뜩이나 외로웠던 호날두는 리스본 생활을 이어갈 자신이 없었다. 그러나 결국 이런 어려움을 스스로 극복했다. 가족들의 위로가 있었지만 멀리 떨어져 있는 그들이 호날두에 용기를 북돋워 주는 것은 한계가 있다. 호날두는 어려서부터 고난을 스스로 극복하는 법을 깨우친 것이다.

혼자서 모든 것을 책임져야 했다. 호날두는 마드리드 TV의 다큐멘터리에서 스포르팅 아카데미의 기숙사 생활을 다음과 같이 회상했다.

"모든 것을 스스로 해야 했다. 일반적인 남자 아이들은 그 나이 때 빨래, 청소, 다림질, 요리 등에 신경을 쓰지 않는다. 그러나 나는 스포르팅 기숙사에서 모든 것을 혼자 해야 했다. 그 결과 좀 더 빨리 '남자'가 됐다고 생각한다. 유년 시절을 행복하게 보내지 못한 것은 아쉽다. 사실상 나에게 소년 시절은 없었던 셈이다."

라디오 프로그램인 〈엘라게로〉에 출연했을 때는 자신의 어린 시절을 회상하며 다음과 같이 말했다.

"마데이라에 있을 때 나는 축구를 좋아하는 평범한 꼬마였을 뿐이다. 어머니가 나를 데리러 오기 전까지는 집에 돌아갈 줄 몰랐다. 내 인생에서 가장 행복한 순간이었다. 그러나 마데이라를 떠나 스포르팅에 입단한 결과 꿈을 이룰 수 있었다. 가족들과 헤어져 리스본으로 떠난 것은 굉장히 고통스러웠다. 나를 사랑해 주는 사람들을 떠나 아무도 나를 알지 못하는 생소한 곳으로 와야 했다. 그러나 내가 그런 과정을 거치지 않았다면 지금의 나는 될 수 없었을 것이다. 나를 고향에 머무르지 않도록 결정을 내려준 가족들에게 진심으로 고마워하고 있다."

호날두가 낯선 곳에서의 외로움과 힘겨운 생활을 견뎌낼 수 있었던 것은 그에게 확고한 믿음이 있었기 때문이다. 그는 〈엘라게로〉 프로그램에 출연해서 어렸을 적 자신을 지탱해 준 것은 꿈에 대한 의지라며 다음과 같이 말했다.

"마데이라를 떠난 후 나는 매일 같이 울었다. 아주 힘든 시기를 겪었다. 그러나 나는 포기하지 않았다. 어려움을 극복하고 언젠가 특별한 사람이 될 수 있다는 사실을 믿었기 때문이다. 꿈을 믿고 열심히 노력한다면 자신의 앞에 펼쳐진 인생에서 무엇인가를 이룰 수 있다고 생각한다."

자서전에서는 스포르팅 아카데미에서의 어려움과 성장을 다음과 같이 회상하고 있다.

"나는 축구를 위해 식구들과 떨어져 살아야 하는 대가를 치러야 한다는 사실을 뼈저리게 깨닫게 되었다. 그것은 정말 순교와 같은 괴로움이었다. 고향 친구들과 축구를 하던 거리와 이웃들이 눈가에 맴돌았다. 그러나 차츰 고향 친구들과 거리, 아름다운 장면들을 떠올리는 마음을 어떻게 다스려야 하는지를 알게 됐다. 나는 내가 태어난 고향과 가족, 친구와 떨어져 있었다. 영웅은 이런 상황에 대처하기 어렵지 않겠지만 나처럼 어린 나이에는 많은 어려움을 겪을 수밖에 없다. 나는 또래의 다른 아이들은 하지 않아도 될 일을 알아서 해야 했다. 부모님과 함께라면 나는 그저 어린아이가 되어 압박감도 느끼지 않았고 책임지고 해야 할 일도 없이 평범하게 자랄 수 있었을 것이다. 그러나 나는 12~13세 무렵부터 스스로를 돌봐야 했고 그러면서 나는 성장하기 시작했다. 그런 환경에 놓인다면 누구라도 더 성숙해질 수밖에 없다. "

어린 나이에 외로움과 싸워야 했고 스스로를 책임져야 했던 경험은 호날두를 강철 같이 단련시켜 주었다.

CHAPTER 5

'운명의 부름'
을 받고
축구 영웅의
여정으로

　　미국의 저명한 비교 신화학자 조셉 캠벨(Josep Campbell)은 신화와 영웅 전설에는 일정한 패턴이 존재하고 있음을 분석, 영웅 서사 구조의 이론을 정립한 것으로 유명하다.

　　그에 따르면 세계 각국의 영웅 신화에는 일정한 패턴이 있다. 크게 ‘영웅의 여정’으로 요약되는 캠벨의 이론은 할리우드 영화에 큰 영향을 미쳤다. 조지 루카스의 ‘스타 워즈’는 캠벨의 영웅 서사 구조를 설명할 때 사용되는 대표적인 텍스트다.

　　캠벨의 이론에 따르면 영웅은 일상의 터전에 안주하지 않는다. 자의, 혹은 타의에 의해서 운명적으로 모험의 길로 들어선다. 영웅은 알 수 없는 무엇인가의 부름에 이끌리게 된다. 미지의 세계로 나서기로 마음을 먹은 영웅에게는 조력자가 나타난다. 평범함 속에 감추어져 있는 영웅의 비범한 혈통, 혹은 특출 난 자질을 파악해 이를 개발시키거나 영웅 스스로가 알고 있지 못한 '모험에 대한 소명'을 깨우쳐 주는 역할을 한다.

'스타워즈'를 예로 들자면 주인공 루크 스카이워커를 '포스의 길'로 인도하는 오비완 캐노비, 요다와 같은 존재다.

리오넬 메시와 크리스티아누 호날두의 '현대판 축구 신화'도 조력자의 도움 없이는 만들어질 수 없었다. 메시는 바르셀로나, 호날두는 맨체스터 유나이티드 유니폼을 입으며 신화 건설의 발판이 놓여졌다. '운명적인 부름'을 받은 이들은 영웅의 길로 들어서게 된다.

라마시아가 만들어낸 축구 메시아

바르셀로나와의 운명적인 만남

라마시아La Masia, FC 바르셀로나 유소년 아카데미의 이름이다. 현재는 '스타 사관학교'로 세계적인 명성을 얻고 있다. 백승호, 이승우, 장결희 같은 우리나라 유망주도 현재 '라마시아'에서 스타 등극의 꿈을 키우고 있다.

라마시아가 유명해진 데는 리오넬 메시의 출현이 결정적인 역할을 했다. 희귀 질환을 앓고 있는 아르헨티나의 유소년 유망주를 스카우트해 세계 최고 선수로 길러낸 바르셀로나의 높은 안목과 드라마틱한 스토리는 라마시아의 명성을 널리 퍼지게 했다.

오늘날 메시의 존재는 라마시아 없이는 설명할 수 없다. 성장 호르몬 장애 치료비가 끊기며 자칫 박제될 수도 있던 축구 신동은 라마시아에 입문해 찬란한 날개를 달고 하늘 높이 비상할 수 있었다.

메시가 바르셀로나에 입단하기까지의 과정을 세계 축구를 뒤흔들어 놓을 만한 재능을 찾기 위해 지구촌 구석구석을 누비던 바르셀로나 관계자 중의 한 사람이 아르헨티나 로사리오의 천재 소년의 소문을 듣고 눈으로 확인, 성장 장애 치료비를 전액 지원하는 것은 물론이고 가족의 생계까지 책임지기로 하고 메시를 스카우트했다는 식으로 알고 있는 분이 혹시 있을지 모르겠다.

그러나 이것은 사실이 잘못 알려진 것이다.

바르셀로나와 메시의 만남은 운명적이라고 밖에 설명할 수 없다.

바르셀로나가 메시를 영입한 데는 상당한 행운이 작용했다. 결과를 볼 때 호박이, 그것도 집채만 한 호박이 넝쿨째 굴러들어온 셈이다. 바르셀로나는 메시의 영입을 위해 발 벗고 나선 일이 없다. 계약을 맺자고 통사정하지도 않았다. 구단 최고위층은 메시의 영입에 상당히 회의적이었다.

바르셀로나가 메시를 영입하게 된 데는 세 명의 숨은 공신이 있었다. 호라시오 가지올라, 호셉 민구엘라, 카를레스 렉사흐의 힘이 아니었다면 바르셀로나는 메시를 잡지 못했다. 전 세계의 바르셀로나 '쏘시오 Scios'들은 이들에게 평생 감사해야 한다.

메시의 소문은 모두 세 단계를 거쳐서 바르셀로나 관계자의 귀까지 들어갔다.

메시가 뉴웰스 유소년 팀에서 펼친 활약으로 아르헨티나 축구계에서 그의 지명도는 상당히 높아졌다. 프로 입문을 책임지겠다는 에이전트들이 메시의 가족에게 접근하기 시작했다. 메시의 치료비 문제로 고민하던 메시 부모님은 부에노스아이레스에서 에이전트사를 운영하는 마르틴 몬테로와 파비앙 솔다니의 제안에 귀가 솔깃하지 않을 수 없었다. 이들은 유럽 유수의 명문 구단과 끈을 가지고 있다며 메시를 위해 다리를 놓아줄 수 있다고 했다.

몬테로와 솔다니는 로사리오 출신으로 바르셀로나에서 여러 사업을 하고 있던 호라시오 가지올라에게 메시를 추천했다. 축구에 대한 식견이 있는 사람이라면 누구나 그랬듯이, 가지올라도 메시의 비디오테이프를 보고 범상치 않은 재능이 있다는 사실을 알아차렸다. 그는 역시 아르헨티나 부에노스아이레스 출신으로 바르셀로나에 상당한 영향력을 행사하고 있는 호셉 마리아 민구엘라에게 메시를 추천했다.

민구엘라는 1970년대 통역으로 처음 바르셀로나와 인연을 맺었다. 이후 유소년 팀 코치와 감독 보좌역, 스카우트 업무를 담당했고 선수 에이전트로 여러 스타플레이어들의 바르셀로나 입단에 다리를 놓았다. 디에고 마라도나, 호마리우(브라질), 흐리스토 스토이치코프(불가리아) 등이 민구엘라를 통해 바르셀로나 유니폼을 입었다. 민구엘라는 당시 바르셀로나 회장 호안 가스파르트에 영향력을 행사할 수 있는 위치에 있었다. 바르셀로나 최고위층의 측근인 민구엘라의 눈에 든 것이 메시의 바르셀로나 입단에 결정적인 영향을 미쳤다.

천재 탄생의 숨은 산파, 민구엘라와 렉사흐

민구엘라는 '로사리오의 천재 꼬마'에 대해 처음에는 대수롭지 않게 여겼다. 축구 에이전트를 하다 보면 무수한 '신동'과 '천재'에 대한 보고를 듣게 마련이다. 민구엘라는 메시에 대한 이야기를 들었을 때 '그러려니' 할 뿐이었다. 그러나 수없이 '로사리오 꼬마'의 비범한 재능에 대해 얘기를 들은 민구엘라는 '혹시나' 하는 마음에 마침내 그의 플레이 장면이 담긴 비디오테이프를 보기로 했고 자신의 눈을 의심하지 않을 수 없었다.

민구엘라는 메시를 처음 봤을 때의 충격을 『바르사 ; 세계 최고의 팀을 만들기까지』Barca : The Making Of The Greatest Team In The World'라는 책에서 다음과 같이 말했다.

"신체적으로 봤을 때는 유럽에서 성공할 가능성이 전혀 없었죠. 그렇지만 그가 뛰는 모습이 담긴 비디오테이프를 보자마자 나는 그가 타고 난 천재임을 확인했습니다. 음악가나 건축가, 학자처럼 천부적인 재능을 부여받은 '선택 받은 존재'라고 생각했습니다. 그의 모습은 마라도나를 연상시켰습니다. 왼발잡이에 10번, 그리고 작은 키, 플레이메이커라는 포지션까지 비슷했습니다."

메시의 가능성을 확신한 민구엘라는 바르셀로나 입단 테스트를 주선했고 그를 바르셀로나로 초청하기로 한다. 메시와 아버지 호르헤, 그리고 솔다니는 2000년 9월 17일 바르셀로나에 도착해 플라자 호텔에 여장을 풀었고 약 1주간 유소년 팀에서 훈련하며 가능성을 평가받았다. 그러나 바르셀로나는 메시와 선뜻 계약하려고 하지 않았다. 입단 테스트에서 가능성을 높이 평가받았지만 좋지 않은 신체 조건이 문제가 됐고 외국인인데다가 나이가 너무 어려 미래를 확신할 수 없다는 비관론이 제기됐기 때문이다.

게다가 민구엘라의 친구로 바르셀로나의 기술 이사로 재직하고 있었던 카를레스 렉사흐가 같은 기간 열린 시드니 올림픽 축구를 관전하기 위해 자리를 비우고 있는 것도 영향을 미쳤다. 렉사흐의 결정이 없이 메시는 바르셀로나와 계약을 맺을 수 없었다.

렉사흐의 시드니 출장이 길어지게 된 것은 이유가 있었다. 당시 스페인 올림픽 대표팀에는 바르셀로나 선수들이 다수 포함돼 있었다. 현재 '바르셀로나의 혼'으로 불리는 사비 에르난데스와 카를레스 푸욜을 비롯해 1군에서는 좋은 활약을 보이지 못했지만 호르디 페론, 가브리 가르시아, 펠리프 오르티스, 토니 벨라마산 등도 올림픽 대표팀에서 활약하고 있었다. 스페인은 시드니 올림픽에서 승승장구, 결승까지 진출했다. 렉사흐의 귀국 일정은 연기될 수밖에 없는 상황이었다. 결국 스페인은 9월 30일 결승전에서 카메룬에 승부차기 끝에 3-5로 패배하며 은메달에 머물렀다.

아르헨티나에서 뉴웰스, 리버 플라테의 미온적인 태도에 실망한 경험이 있던 메시의 부친 호르헤는 마음이 편할 수가 없었다. 바르셀로나에 도착한 지 2주가 되도록 가타부타 결정을 내려주지 않자 아르헨티나로 돌아가기로 결심했다. 그러나 바르셀로나는 담당자가 도착했으니 하루만 더 기다려 달라고 했고 10월 3일, 캄 노우 옆의 미니에스타디(바르셀로나 B팀용 연습 구장)에서 열리는 14~15세 유소년 팀의 연습 경기에 메시의 출전이 결정됐다. 바르셀로나 입단 여부가 결판 날 마지막 시험 무대에 서게 된 것이다.

렉사흐는 바르셀로나에서 현역 시절을 보내며 1978년 아르헨티나 월드컵에 스페인 대표팀으로 출전했다. 은퇴 후에는 수석 코치로 요한 크루이프 감독을 보좌하며 1990년대 초반 '바르셀로나 드림 팀'을 만들었던 화려한 이력을 자랑한다. 산전수전 다 겪은 렉사흐지만 메시의 플레이를 보자마자 한눈에 반했다. 세계 최고의 선수를 찾아냈다고 확신했다.

렉사흐는 경기가 시작된 후 5분 정도 늦게 경기장에 들어섰다. 그는 그라운드를 바라보자마자 메시의 존재를 발견할 수 있었다. 그의 눈부신 플레이에 매료된 렉사흐는 그 자리에서 계약을 결심했다. 그는 한 스페인 TV와의 인터뷰에서 "메시는 바르셀로나에 도착해서 15일이나 계약을 기다려야 했지만 사실 결정을 내리는 데는 하루밖에 필요하지 않았다"고 메시를 보자마자 대성할 것을 확신했다고 한다.

실전 테스트에 대만족한 렉사흐는 메시에게 바르셀로나가 그를 영입할 것이라고 말했다.

그러나 메시가 바르셀로나와 정식 계약을 맺는 데는 그로부터 오랜 시간이 필요했다. 렉사흐의 강력한 추천에도 불구, 바르셀로나 최고위층에서 메시와의 계약에 회의적인 시선을 떨치지 못했기 때문이다.

메시는 뛰어난 재능을 지닌 선수였지만 내재된 위험 요소도 만만치 않았다. 정상적인 발육이 이뤄지지 않고 있어 치료가 필요했고 너무 어린 나이라서 가족들까지 이주해야 하는 데 13세에 불과한 소년에 대한 투자비용치고는 너무 많다는 견해가 지배적이었다. 외국인이라는 사실도 걸림돌이었다. 당시만 해도 바르셀로나 유소년 팀은 거의 전부가 스페인 선수들로 이뤄져 있었다. 스페인 국적이 없으면 전국 규모의 대회에 출전할 수 없는 규정 때문이었다. 카탈루냐주에서의 경기만으로 가능성을 평가하고 잠재력을 끄집어 낸다는 것은 한계가 있었다.

레스토랑 냅킨에 쓴 첫 계약서

바르셀로나가 당시 메시와의 계약을 일사천리로 해결하지 못한 데는 구단 내의 어수선한 분위기도 영향을 미쳤다. 민구엘라는 2012년 1월 AP 통신과의 인터뷰에서 "당시는 팀 간판 스타였던 루이스 피구가 레알 마드리드로 팀을 옮긴 직후였다. 바르셀로나에서는 10년 후를 기약할 수 있는 메시 같은 유망주보다 당장 1군 경기에 투입돼 우승에 기여할 수 있는 선수를 어떻게 영입하느냐에 더 큰 관심이 있었다"고 당시 바르셀로나의 내부 사정을 설명했다.

이런 여러가지 제약으로 인해 바르셀로나 회장 호안 가스파르트는 메시의 계약에 대해 결정을 내리지 못하고 있었다. 바르셀로나와의 정식 계약이 2개월이나 지체되자 인내심이 바닥난 메시 측에서는 결단을 축구했다. 바르셀로나에서 입단 테스트를 받은 아르헨티나 유망주와 관련한 정보는 이미 다른 구단, 특히 바르셀로나의 숙적인 레알 마드리드의 귀에도 흘러 들어가 있었다. 메시 측에서는 바르셀로나가 영입할 의지가 없다면 다른 구단을 알아보겠다고 압박을 가했다.

마침내 12월 4일 몬주익에 위치한 레알 소시에다드 폼페이 테니스 클럽의 식당에서 가지올리와 민구엘라, 렉사흐는 담판을 열었다. 메시 가족의 대리인이었던 가지올리는 "메시가 몹시 불안해하고 있고 계약과 관련된 내용을 문서화해 보장하지 않으면 다른 선택을 내릴 것"이라고 렉사흐에게 '최후 통첩'을 보냈다.

렉사흐는 메시의 계약에 대한 자신의 의지를 확인시키기 위해 탁자에 있던 냅킨을 집어 들고 푸른 색 펜으로 '2000년 12월 14일, 카를레스 렉사흐는 바르셀로나 이사 자격으로 리오넬 메시와의 계약을 책임질 것을 약속한다'는 내용의 즉석 계약서를 작성했다. 렉사흐가 만든 즉석 계약서는 아직까지도 민구엘라가 기념품으로 보관하고 있다.

메시가 바르셀로나와 계약을 맺는 데는 당시 재정 담당으로 유소년 팀 경영을 책임지고 있었던 호안 라쿠에바 이사도 큰 영향을 미쳤다. 라쿠에바는 이사회에서 메시와 계약을 맺을 것을 강력히 주장했다. 라쿠에바 이사는 『바르사 ; 세계 최고의 팀을 만들기까지』에서 당시 상황을 이렇게 묘사했다.

"유소년 담당 코치들과 얘기를 나눌수록 대단한 재능일 지녔다는 것을 알게 됐습니다. 이사진에 강력하게 계약을 맺어야 한다고 주장했지만 일부에서는 '메시가 너무 작아서 풋살이라면 모를까 성인 축구팀에서 뛸 수 있을지 확신이 들지 않는다'고 부정적인 반응을 보였습니다. 그러나 결국 이사진은 메시와 계약을 맺기로 최종 결정했습니다. 그 연령대 선수에게는 들인 적이 없던 사상 최고 예산을 투입하기로 결정됐습니다."

라쿠에바 이사의 입김으로 바르셀로나는 GHD 치료비와 가족들이 거주할 주택과 생활비까지 지원받는 파격적인 조건으로 메시와 계약을 맺는다. 메시의 가족은 스페인 정착을 위해 2월 15일 바르셀로나에 도착하고 메시는 3월 바르셀로나와 정식 입단 계약을 체결한다.

바르셀로나가 메시를 영입한 데는 렉사흐의 공이 결정적이었다고 알려져 있다. 실제로 렉사흐는 메시의 재능을 알아보고 불확실한 미래에 대한 투자를 망설이는 구단을 설득해 메시와 계약을 맺도록 했다. 그러나 민구엘라와 가지올리, 그리고 라쿠에바의 존재가 없었다면 메시의 바르셀로나행은 불가능했다.

특히 민구엘라와 가지올리는 사상 최고의 축구 영웅을 탄생시킨 산파라고 해도 과언이 아니다. 민구엘라가 메시의 재능을 알아보는 안목이 없었다면, 확신을 가지고 바르셀로나에 거듭 계약을 권하지 않았다면 메시는 뉴웰스 올드보이스 유소년 팀에서 함께 활약했던 동료들처럼 로사리오의 평범한 시민으로 살아가고 있을지 모를 일이다.

과정이 순탄하지는 않았지만 13세에 불과한, 게다가 성장 질환을 앓고 있는 유소년 팀 선수에게 거액을 들여 투자하기로 결정을 내린 바르셀로나의 안목과 배포도 대단하다. 바르셀로나가 유소년 아카데미에 뿌린 결실은 현재는 찬란한 결실을 맺고 있지만 메시와 계약할 때만 해도 바르셀로나도 숙적 레알 마드리드와 마찬가지로 검증된 스타플레이어의 영입이 전력 보강의 주된 방식이었다.

낳아준 이는 부모, 알아준 이는 퍼거슨

빅 리그 진출의 시도, 그리고 쓴 맛

메시는 바르셀로나 유소년 아카데미에 입단하며 일생의 전기를 마련했다. 바르셀로나가 메시의 스카우트를 거부했거나 그가 입단 초기의 어려움을 극복하지 못하고 아르헨티나로 귀국을 선택했다면 그의 일생은 어떻게 바뀌었을지 모른다.

호날두의 경우 스포르팅 CP 유소년 아카데미에 입단하며 슈퍼스타로 성장하는 기초를 닦았고 시련과 어려움을 극복하는 법을 배우며 정신적으로도 성숙해졌다. 그러나 호날두의 어깨에 날개가 달린 것은 맨체스터 유나이티드의 붉은 유니폼을 입으면서부터다. 알렉스 퍼거슨 감독의 눈에 들지 않았다면 그처럼 빠른 시간 내에 슈퍼스타로 성장할 수 있었을지는 모를 일이다.

메시와 호날두의 경우 출세 가도로 진입하는 과정이 완전히 다를 수밖에 없었다. 메시는 바르셀로나라는 세계 최고의 명문 팀에서 1군 진입을 노리는 것이 목표였다. 구태여 지붕까지 바꿀 필요는 없었다. 바르셀로나 1군에서 확실히 뿌리를 내리는 것이 곧 스타덤 등극을 의미했기 때문이다. 그러나 호날두는 그의 어머니 돌로레스가 바라는 것처럼 '루이스 피구 같은 선수'로 성장하기 위해서는 언젠가 '빅 클럽'으로 이적해야만 했다.

호날두의 소원은 어머니가 일을 그만둬도 좋을 정도로 충분한 수입을 올리는 것이었다. 스포르팅 CP 1군에 입성했지만 그의 바람은 이뤄지지 못했다. 어머니 돌로레스는 여전히 청소부와 요리사로 일해야 했다. 식구들의 생계를 꾸리는 일 외에도 호날두 가족은 많은 돈을 필요로 했다. 호날두의 아버지 디니스와 형 우고의 치료비가 필요했기 때문이다. 디니스는 알코올에, 우고는 마약에 중독돼 재활 치료를 받고 있었다. 이 같은 현실적인 이유에서도 호날두는 좀 더 많은 급여가 보장되는 '빅 리그' 명문 클럽으로의 이적이 간절했다.

호날두의 바람이 이뤄지는 데는 오랜 시간이 필요하지 않았다.

호날두는 스포르팅 CP 청소년 팀에서부터 발군의 활약을 펼친다. 2001년 한 해에 16세 이하, 17세 이하, B팀(2군)과 1군 경기(아틀레티코 마드리드와 친선 경기)에 모두 출전하는 클럽 사상 최초의 진기록을 세웠고 2002년 1군 엔트리에 정식 편입된다.

호날두는 2002년 덴마크에서 벌어진 유럽축구연맹UEFA 17세 이하 챔피언십에 포르투갈 대표로 출전하며 지명도를 더욱 높인다. 포르투갈은 1승 2패로 조별 리그에서 탈락했고 호날두는 득점을 올리지는 못했지만 그의 이름은 잉글랜드 프리미어리그와 이탈리아 세리에 A 등의 전통 명문 클럽에까지 알려지게 된다.

호날두는 2002~03 시즌 포르투갈 1군 리그에 데뷔한다. 일천한 경험 탓에 붙박이로 자리 잡지 못했지만 좌우 측면을 가리지 않고 교체 멤버로 활용되며 25경기에서 3골을 기록하는 성적표를 남긴다. 또 2002년 8월 열린 2002~03 유럽축구연맹UEFA 챔피언스리그 3차 예선 1차전 홈 경기 후반 13분 교체 투입돼 이탈리아 세리에 A의 전통 강호 인터 밀란의 하비에르 사네티(아르헨티나), 마르코 마테라치(이탈리아), 이반 코르도바(콜롬비아) 같은 베테랑 수비수들을 상대로 기죽지 않는 플레이를 펼치며 대성할 재목임을 확인시킨다.

17세의 나이에 이미 성인 팀에서 통할 만한 개인기와 뛰어난 신체 조건을 갖춘 호날두는 유망주 발굴의 귀재로 알려진 아르센 벵거 아스널 감독과 당시 리버풀을 이끌던 제라르 울리에 감독의 레이더에 잡힌다. 호날두는 리버풀과 아스널에서 모두 입단 테스트를 받았고 양 팀 사령탑으로부터 모두 합격점을 받았지만 이적으로 연결되지는 못했다. 울리에 감독은 호날두 영입에 강한 의지를 갖고 있었지만 구단 수뇌부에서는 너무 어리고 미래가 불투명하다는 이유로 울리에 감독의 스카우트 제의를 반려했다.

벵거 감독은 호날두의 성공 가능성을 확신했다. 로베르 피레, 프레드릭 융베리 같은 베테랑 윙 플레이어의 후계자로 호날두를 점 찍은 것이다. 2002년 11월 호날두의 실력을 테스트한 후 정식 계약 체결을 바랐고 오랜 시간 성사되기를 기다렸지만 실현되지 못했다.

벵거 감독은 당시의 아쉬움을 2008년 BBC와의 인터뷰에서 밝혔다.

"스포르팅 CP가 맨체스터 유나이티드와 교류 협정을 맺고 있던 것이 문제가 됐다. 호날두는 우리 선수가 될 수 있었고 매우 구체적인 선까지 협상이 진전됐지만 구단에서 미적거리며 승인해 주려 들지 않았다. 맨체스터 유나이티드의 눈치를 봤기 때문이라고 생각된다. 맨체스터 유나이티드는 당시 스포르팅과의 유대를 공고히 하고 있었고 훗날 카를로스 케이로스를 수석 코치로 영입하기까지 했다."

명장 퍼거슨, 첫눈에 반하다

리버풀 구단 수뇌부의 안목이 조금만 더 높았고 맨체스터 유나이티드가 때마침 스포르팅 CP와 교류 협정을 체결하지 않았다면 잉글랜드 프리미어리그의 역사는 송두리째 바뀌었을지 모른다. 그러나 '헤어 드라이어'라는 별명이 붙을 정도로 선수들을 혹독하게 다그치고 강력한 카리스마를 지니고 있지만 호날두에게만은 여러 가지로 세심한 배려를 하고 곰살 맞게 챙겨준 알렉스 퍼거슨 감독을 만나지 않았더라면 호날두가 오늘날처럼 성공하지 못했을 수도 있다. 당시에는 마음이 상했을 테지만 결과적으로 리버풀, 아스널 테스트 낙방은 호날두에 긍정적으로 작용했다. 인생살이 새옹지마다.

호날두의 재능은 마침내 맨체스터 유나이티드의 거장, 알렉스 퍼거슨 감독의 이목을 끌기에 이른다.

맨체스터 유나이티드는 2003년 8월 6일 스포르팅 CP의 홈 경기장인 알발라데 스타디움의 새로운 개장을 기념하는 친선 경기를 위해 리스본을 방문한다. 호날두에 대한 소문을 익히 알고 있던 퍼거슨 감독은 호날두의 '입도선매'을 결정했다. 스포르팅 관계자를 만난 퍼거슨 감독은 친선 경기가 열리기 하루 전, 호날두를 한 시즌 더 스포르팅에서 경험을 쌓게 한 후 맨체스터 유나이티드로 이적시키기로 원칙적인 합의를 봤다.

그렇지만 호날두는 이런 사실을 모르고 있었다. 세계적인 강팀과 경기를 치른다는 사실에 가슴이 설레었다. 잘하면 힘들게 일하며 가족들을 뒷바라지하고 있는 어머니 돌로레스의 짐을 덜어줄 수 있는 길이 열릴 수도 있는 경기였다. 유소년 아카데미에서 침대를 함께 쓸 정도로 절친했던 친구 세메두는 경기 전날 호날두에게 "맨체스터 유나이티드를 녹여 버려. 그러면 그들이 너를 데려갈지 누가 아니?"라고 친구를 격려했다. 그러나 호날두는 맨체스터 유나이티드와의 경기를 앞두고 뜻밖에 마음이 매우 편했다고 한다. 긴장될 법 했지만 호날두는 편안한 마음가짐으로 경기에 임했고 스포르팅 입단 후 최고 활약을 펼친다.

경기 당일 퍼거슨 감독은 자신의 눈을 의심할 수밖에 없었다. 18세밖에 되지 않은 호리호리한 소년이 현란한 개인기를 펼치며 맨체스터 유나이티드의 수비진을 유린하고 있었다.

왼쪽 날개로 나선 호날두는 미드필드 중앙과 좌우 측면을 넘나들며 끊임없이 맨체스터 유나이티드 수비진을 뒤흔들었다. 잉글랜드 대표팀의 중앙 수비수 리오 퍼디낸드, 필 네빌 같은 베테랑은 물론 존 오서, 미카엘 실베스트르 등 맨체스터 유나이티드의 미드필더와 수비수들이 '애송이' 한 명을 잡지 못해 쩔쩔 맸다. 친선 경기임에도 거친 파울을 해야 할 정도로 호날두의 경기력은 탁월했다.

호날두는 전반 20분 미드필드에서 수비수 2명을 제친 후 페널티 지역 왼쪽에서 대포알 같은 오른발 슈팅을 날렸지만 골키퍼가 가까스로 막아냈고 후반 6분에는 골키퍼와 일대 일 찬스를 맞아 로빙 슛으로 득점을 노렸지만 골로 연결되지는 못했다. 후반 14분에도 오프사이드 트랩을 절묘하게 뚫고 들어가 골 지역 왼쪽에서 날카로운 슈팅을 날렸지만 골키퍼 선방에 걸렸다.

퍼거슨 감독의 눈길을 사로잡기에 충분한 플레이였다. 당장 잉글랜드 프리미어리그에 내놔도 손색이 없을 만큼 농익은 경기력에 선수 대기실에 돌아온 맨체스터 유나이티드 선수들은 입을 모아 호날두를 칭찬하며 퍼거슨 감독에게 영입을 추천하기도 했다. 경기는 리스본이 3-1로 승리했다. 호날두는 골을 넣지는 못했지만 시종 위협적이고 자신감 넘치는 플레이를 선보였다. 호날두의 실력을 눈으로 확인한 퍼거슨 감독은 더 이상 기다릴 필요가 없다고 판단했다. 그는 스포르팅에 호날두의 이적 시기를 앞당기겠다고 말했고 곧바로 정식 계약을 체결했다.

이적료는 무려 1,750만 파운드(약 316억 원). 10대 소년에게 지불하는 몸값으로 당시로서는 상상을 초월하는 금액이었다. 잉글랜드 프리미어리그가 출범한 후 10대 선수에게 지불된 최고 이적료 신기록이었다.

나시오날에서 호날두를 영입하며 2만 2,500유로를 투자한 스포르팅 CP
는 5년 만에 800배가 넘는 거금을 챙기게 됐다. '잭팟'을 터트린 셈이다.
호날두를 영입할 당시에 '어린 선수에게 지나치게 많은 돈을 들여야 한
다'는 이유로 스포르팅 수뇌부가 고민을 거듭했고 유소년 지도자들이
나서서 간곡히 설득한 끝에 계약이 성사됐다는 점을 고려하면 아이러
니하다.

맨체스터 유나이티드로서는 사실 부담이 많이 따르는 계약이었다.
호날두는 사실 가능성을 인정받은 유망주에 불과했을 뿐, 큰 무대에서
검증된 선수는 아니었다. 당시 맨체스터 유나이티드는 퍼거슨 감독과
불화 끝에 레알 마드리드로 이적한 데이비드 베컴의 공백을 메울 수 있
는 확실한 카드가 필요했다. 당초 맨체스터 유나이티드는 베컴을 바르
셀로나로 보내고 호나우지뉴를 영입할 계획을 갖고 있었다. 그러나 베
컴이 마드리드로 떠나며 모든 일이 뒤엉켰다. 바르셀로나는 맨체스터
가 노리던 호나우지뉴를 발 빠르게 손에 넣었다.

이런 상황에서 퍼거슨 감독은 18세의 애송이를 거액을 주고 영입, 베
컴이 달았던 등 번호 7번까지 부여하며 높은 기대를 보였다. 결과는 대
성공으로 귀결됐지만 위험 요소가 큰 도박이었다. 호날두의 재능에 퍼
거슨 감독이 얼마나 반했고 그의 성공을 확신했는지를 보여주는 대목
이다.

라마시아 농장이 만들어낸 최고의 수확물

나는 돌아가지 않는다

바르셀로나와 정식 계약을 맺은 리오넬 메시는 차근차근 프로 데뷔를 준비한다.

메시가 천재적인 재능을 지니고 있음은 말할 나위가 없다. 그러나 바르셀로나 유소년 팀 입단은 그에게 날개를 단 계기가 됐다. 메시는 2012년 3월 영국 스포츠전문채널 〈스카이 스포츠〉와의 인터뷰에서, "내 플레이 스타일은 어렸을 때부터 비슷했지만 바르셀로나 입단으로 많은 것을 배우게 됐다. '점유율 축구'는 아르헨티나에서 했던 것과 매우 다른 스타일이었다. 내가 선수로서 성장하는 데 아주 큰 도움이 됐다"고 말했다.

아르헨티나가 낳은 전설적인 골잡이 가브리엘 바티스투타는 2012년 3월 〈프랑스 풋볼〉과의 인터뷰에서, "메시는 다른 천재들과 함께 성장한 천재다. 진정한 철학을 지닌 집단의 일원"이라고 바르셀로나 유소년 아카데미에서의 성장이 오늘날의 메시를 만들어내는 데 결정적인 기여를 했다고 지적했다.

메시는 2001년 3월부터 바르셀로나 유스 팀에서 활약하기 시작했다. 그러나 출발은 순조롭지 못했다. 스페인 시민권자가 아니었기 때문에 출전에 제한이 있었다. 전국 대회에는 나갈 수 없었고 카탈루냐주의 지역 대회에만 출전할 수 있었다. 아르헨티나에서의 소속팀이었던 뉴웰스가 바르셀로나로의 이적을 동의하지 않아 스페인 축구협회에 선수 등록도 할 수 없었다. 4월에는 토르토사와의 경기에서 상대 수비수의 태클에 왼쪽 다리가 골절돼 2개월간 경기에 나서지 못했다. 부상에서 회복한 후에는 다시 왼발 부상이 찾아 들었다. 거듭된 부상으로 3개월 가까이 그라운드에 설 수 없었다. 일생을 걸고 스페인행을 결정한 메시나 그의 가족에게 견디기 힘든 시간이었다.

새로운 환경에 적응하는 것은 굉장히 어려운 일이다. 말도 통하지 않는 타향이라면 말할 나위 없다. 특히 메시처럼 수줍음을 많이 타고 소극적인 성격을 지닌 사람에게 특히 그렇다. 아르헨티나의 공용어는 스페인어다. 그러나 카탈루냐주는 고유의 말을 사용한다. 스페인어보다는 프랑스어에 가깝다. 메시는 아직까지도 카탈루냐어를 완벽하게 사용하지는 못한다고 한다.

메시와 바르셀로나 유소년 팀에서 함께 성장한 헤라르드 피케와 세스크 파브레가스는 메시를 처음 봤을 때 벙어리인 줄 알았다고 한다. 1년 가까이 말 한 마디하는 것을 보지 못했기 때문이다.

스페인 적응에 애를 먹은 것은 메시뿐이 아니었다. 메시의 꿈을 이루기 위해서 스페인 이주를 결정한 가족도 새로운 환경에 제대로 적응하지 못했다. 특히 메시의 여동생 마리아솔이 바르셀로나에서의 생활을 견디지 못했다.

어머니 셀리아는 모든 가족이 바르셀로나 생활을 청산하고 아르헨티나로 돌아갈 것을 주장했다. 메시만 스페인에 남겨둔다는 생각은 전혀 하지 않고 있었다. 가족은 모든 것을 함께 해야 한다는 것이 메시 어머니의 생각이었다. 그러나 메시는 아르헨티나로 돌아가는 것을 거부했다. 메시는 어머니에게 "바르셀로나에 남아서 반드시 1군 선수가 되겠다"는 다짐을 밝혔다.

단호한 결심이었다. 스페인에 건너온 순간부터 자신의 목표를 확실히 정하고 그것을 이루려는 꿈을 가지고 있었던 것이다. 어렸을 때부터 수줍은 성격으로 언제나 가족들에게 의지했던 메시지만 자신의 꿈을 이루기 위해 가족과의 단란한 생활을 포기한 것이다.

결국 2001년 여름 휴가를 아르헨티나에서 같이 보낸 메시 가족은 당분간 '이산 가족' 생활을 하기로 결정한다. 어머니 셀리아와 형 마티아스, 로드리고는 아르헨티나에 남고, 스페인에 남는 메시 곁에는 아버지 호르헤가 있기로 했다. 메시에게는 힘든 결정이었을 것이다. 그러나 그는 스페인에 남은 아버지에게 한 번도 투정을 하거나 불평을 한 일이 없었다. 눈물을 보이지 않았음은 물론이다.

메시는 〈스카이 스포츠〉와의 인터뷰에서, "바르셀로나에 도착한 후 매우 어려운 시기가 있었다. 가족들도 변화에 적응하지 못했다. 그러나 나는 항상 바르셀로나에 남아 있기를 원한다고 명확하게 내 의사를 밝혔다. 프리메라리가로 승격해서 승리하는 것이 내 목표였다"고 단 한 번도 고향으로 돌아가려는 생각을 한 적이 없다고 말했다.

가족과 헤어진 후에도 바르셀로나에서의 일은 한동안 풀리지 않았다. 스페인 축구협회 등록은 계속 미뤄졌고 이 때문에 좀 더 많은 경기에 나설 기회를 놓칠 수밖에 없었다. 2002년 2월, 드디어 메시의 선수 등록이 아르헨티나 축구협회로부터 스페인 축구협회로 이전된다. 메시가 스페인 전국 대회에 출전할 수 있는 길이 열린 것이다.

바르셀로나 입단 후 꼬이기만 하던 일은 스페인 축구협회 선수 등록 이후 일사천리로 풀려 나갔다. 바르셀로나에 도착했을 때 147cm에 불과하던 메시의 키도 162cm까지 자라났다. 자신이 가지고 있던 잠재력을 그라운드에서 폭발시킬 준비를 마친 메시는 2001~02 시즌 말미부터 식당 냅킨에 즉석 계약서를 써 줄 정도로 그와의 계약에 집착했던 카를레스 렉사흐의 안목이 틀림없었다는 사실을 증명한다.

마침내 비추기 시작하는 서광

메시는 스페인 전국 대회를 휩쓸기 시작한다. 스위스, 이탈리아에서 열린 국제 청소년 클럽 대회에서도 연이어 우승컵을 들어 올린다. 그라운드에서 좋은 활약을 보인 메시는 동료들과도 잘 어울리기 시작했다. 메시의 바르셀로나 생활에 서광이 비치기 시작한 것이다.

2002~03 시즌은 메시가 바르셀로나 유스팀의 에이스임을 확인시키는 계기가 됐다. 플레이 메이커로 주로 기용된 그는 카데테(14~16세) A팀 소속으로 30경기에서 36골을 터트렸고 리가 데 디비시온과 코파 카탈루냐에서 우승 트로피를 거머쥐었다.

메시와 관련된 각종 다큐멘터리에는 이 시기 그의 경기 모습을 담은 장면이 빠짐없이 수록돼 있다. 메시는 지금처럼 거칠 것 없는 기세로 적진을 돌파한다. 현재에 비해 훨씬 호리호리한 체형이지만 상대 수비수와의 몸싸움에서 결코 밀리는 법이 없고 저돌적으로 상대 골문을 향해 쇄도한다.

이 시기에 메시와 한솥밥을 먹은 유스팀의 동료들은 바르셀로나와 스페인 대표팀의 황금기를 여는 데 결정적인 몫을 해 내고 있다. 2004년 맨체스터 유나이티드로 이적했지만 잉글랜드 축구에 적응하는 데 실패, 2군을 전전하던 헤라르드 피케는 레알 사라고사 임대 생활을 거쳐 2008년 바르셀로나에 복귀, 현재 수비진의 중심축으로 활약하고 있다. 2003년 핀란드 청소년 월드컵(17세 이하)에서 스페인 대표팀 소속으로 눈부신 활약을 펼친 세스크 파브레가스는 아르센 벵거 감독으로부터 1군 기용을 보장받고 같은 해 아스널로 둥지를 옮겼다. 티에리 앙리가 바르셀로나로 이적한 후 아스널의 주장 완장을 차고 팀의 기둥으로 활약하며 '세계 최고 미드필더' 반열에 오른 파브레가스는 2011년 '친정'으로 복귀, 메시와 환상적인 궁합을 과시하고 있다.

메시는 2003~04 시즌에 성인 팀에 합류하기 위한 마지막 적응기를 보낸다. 바르셀로나 유스의 주벤빌(16~18세) B팀에서 A팀으로, 다시 바르셀로나 C팀(스페인 3부 리그에서 뛰는 바르셀로나 산하 팀)으로 승격했고 바르셀로나 B팀(2부 리그에서 뛰는 바르셀로나 하부 조직 최상위 팀)으로 뛰어 올랐다. 보기 드문 파격적인 '월반'이었다. 바르셀로나 B팀에 처음 합류했을 때 그의 나이는 만 16세 9개월에 불과했다.

메시의 2003~04 시즌 활약을 보면 바르셀로나가 그를 이처럼 고속 승격시킨 이유가 확인된다. 그는 주벤빌 A팀에 출전한 11경기에서 18골을 터트리며 더 이상 '청소년 레벨'에서 활약하는 것은 무의미하다는 것을 입증한다. 바르셀로나 C팀에서는 10차례 나선 3부 리그 경기에서 5골을 뽑아냈고 시즌 막바지에 합류한 B팀에서는 골을 터트리지는 못했지만 성인 팀에서도 좋은 경기력을 보여줄 수 있다는 사실을 확인시켰다.

메시는 이에 앞서 2003년 11월 포르투갈 리스본에서 열린 FC 포르투 홈 경기장 개막 친선 경기에 출전, 바르셀로나 소속으로 첫 번째 성인 경기에 데뷔해 호평을 받기도 했다.

메시가 그토록 꿈에 그리던 성인 무대로 비상할 준비는 끝났다. 바르셀로나는 진통 끝에 메시의 부친 호르헤와 프로 계약을 맺었다. 파브레가스의 아스널 이적에 충격을 받은 바르셀로나 구단은 메시마저 놓칠까 봐 계약을 서둘렀다. 바르셀로나에 새로운 시대가 도래하고 있었다.

2003년 새롭게 구단 회장에 취임한 호안 라포르타는 '영광의 시대'를 선포했고, '갈락티코'를 선포하고 지네딘 지단, 호나우두, 데이비드 베컴, 호베르투 카를로스 등 스타 플레이어를 영입한 숙적 레알 마드리드에 맞서 바르셀로나는 호나우지뉴와 데쿠를 영입해 팀의 중심을 새롭게 짰다. 그리고 2004년 바르셀로나에 진정한 영광의 시대를 안겨주고 '숙적' 레알 마드리드에 씻을 수 없는 굴욕을 안겨주는 '카탈루냐의 구세주' 리오넬 메시가 1군 경기에 데뷔한다.

네덜란드 출신의 프랑크 레이카르트 감독은 '슈퍼스타 메시'를 가능하게 한 숨은 공신이다. 2003년 바르셀로나 감독으로 부임한 레이카르트 감독은 메시의 가능성을 확신하고 무한에 가까운 신뢰를 보였다. 메시가 유소년 팀과 바르셀로나 B팀에서 굉장한 활약을 펼치기는 했지만 17세에 불과한 소년을 1군에 포함시키는 결단을 내리기는 쉽지 않다. 게다가 바르셀로나는 성적에 대한 부담을 크게 갖고 있었다.

레이카르트 감독이 메시에 대해 얼마나 확신을 갖고 있었는지를 보여주는 일화가 있다. 메시가 2005년 네덜란드 청소년 월드컵에 출전하고 있을 당시 레이카르트 감독은 카리브해의 휴양지 아루바에서 휴가를 즐기고 있었다. 네덜란드 대표팀 출신으로 바르셀로나(1998~2000)에서 활약하기도 했던 미드필더 로널드 데부어가 레이카르트 감독과 동행했다. 아르헨티나 청소년 대표팀의 경기를 TV로 지켜보던 데부어는 메시에 대해 비관적인 평가를 내렸다. 너무 많은 것을 하려는 나머지 집중력이 떨어진다는 이유에서였다. 그러나 레이카르트 감독은 로널드 데부어의 견해에 반대했다. 그는 "메시는 본능에 충실한 플레이를 할 수 있도록 해야 한다. 제약을 주는 것은 그의 특별한 재능을 빼앗는 행위와 같다"고 말했다.

이처럼 자신을 전폭적으로 신뢰하는 감독 밑에서 프로에 데뷔한 것은 메시에게 큰 행운이었다.

메시는 영국 TV 채널 ITV와의 인터뷰에서, "16~17세에 불과한 나에게 확신을 갖고 기회를 줬다는 점에서 항상 레이카르트 감독에게 고마운 마음을 갖고 있다. 내 인생에서 가장 감사해야 할 사람 중 한 명이다"라며 '스승의 은혜'를 늘 마음속에 새기고 있다고 강조했다.

꿈같은 열흘, 맨체스터 유나이티드의 신데렐라

잉글랜드 입성, 이어지는 파격

알발라데 스타디움 개장 경기에서 알렉스 퍼거슨 감독을 반하게 한 크리스티아누 호날두는 계약을 위해 잉글랜드로 건너간다.

당시 호날두는 맨체스터 유나이티드와 계약만 체결한 후 다시 포르투갈로 임대돼 한 시즌을 뛴 후 정식으로 맨체스터 유나이티드에 합류할 것으로 생각했다. 짐조차 제대로 꾸리지 않았을 정도로 바로 잉글랜드 프리미어리그에서 뛸 것이라고는 상상하지 못했다. 그도 그럴 것이 알발라데 스타디움에서 경기를 치른 후 이틀 만에 계약을 맺기 위해 잉글랜드로 건너갔고 메디컬 테스트 등을 거쳐 8월 12일 계약이 공식 발표됐다.

시즌 개막은 코앞으로 다가와 있었다. 18세에 불과하고 스포르팅 CP 에서도 붙박이였다고 할 수 없는 호날두가 잉글랜드 프리미어리그 디펜딩 챔피언이었던 맨체스터 유나이티드 전력에 큰 도움이 될 수 없다고 보는 것이 상식적인 판단이다. 게다가 호날두는 새로운 동료들과 호흡을 맞춰볼 시간이 절대적으로 부족했다.

그러나 호날두의 재능에 반한 퍼거슨 감독은 잇달아 파격적인 결정을 이어간다. 호날두는 계약을 마무리한 후 곧바로 캐링턴 훈련장 합류를 지시받았다.

맨체스터 유나이티드는 호날두가 훈련을 시작한 지 사흘 후인 2003 년 8월 16일 올드 트래퍼드에서 볼턴 원더러스와 2003~04 잉글랜드 프리미어리그 개막 홈 경기가 예정돼 있었다. 프리시즌의 연습 경기라면 몰라도 홈에서 열리는 정규 리그 개막전에 호날두를 엔트리에 포함시킨다는 것은 파격적인 결정이었다.

당연히 호날두도 볼턴전 엔트리에 이름을 올릴 것은 상상조차 하지 못했다. 그는 팀이 경기를 치르는 짬을 이용해 리스본으로 돌아가 제대로 짐을 꾸려 영국으로 돌아올 생각을 하고 있었다고 한다. 그러나 퍼거슨 감독은 호날두에게 볼턴전 출전을 준비하라며 지시했고 엔트리에 포함시켰다. 18세 소년이 불과 3일 훈련 만에 당대 최고로 손꼽히던 맨체스터 유나이티드의 개막전 엔트리에 올라간 것이다. 퍼거슨 감독이 호날두의 경기력을 얼마나 높이 평가하고 있었는지가 단적으로 확인된다.

반면 2002년 한일 월드컵 브라질 우승의 주역으로 호날두와 같은 날 입단식을 치른 클레베르송은 출전 명단에 이름을 올리지 못했다.

볼턴전 출전 엔트리에 이름을 올린 것만 해도 놀라운 일인데 출전 명령까지 떨어졌다. 호날두로서는 '꿈인가 생시인가' 싶을 정도의 파격적인 대우였다. 호날두가 알발라데 스타디움에서 맨체스터 유나이티드와 친선 경기에 나선 것은 2003년 8월 6일이다. 불과 열흘 만에 맨체스터 유나이티드의 유니폼을 입었고 데뷔전까지 치르게 된 것이다.

축구 종가를 흔든 폭풍 같은 데뷔

벤치에서 대기하던 호날두는 1-0으로 앞서고 있던 후반 15분 니키 버트와 교체 투입됐다. 퍼거슨 감독은 이날의 첫 번째 교체 카드로 호날두를 뽑아 들었다. 역시 일반적으로 상상하기 어려운 일이다. 신인 선수의 교체 투입 – 특히 데뷔전일 경우 – 은 승부에 영향이 없는 상황에서 이뤄지는 것이 보통이다. 정신적인 중압감을 고려한 조치다. 특히 나이 어린 선수들은 경기장 분위기에 압도돼 위축된 플레이를 펼칠 우려가 있다. 첫 경기를 그르치게 되면 심적 부담이 가중돼 이후 잠재력을 제대로 발휘하지 못할 수도 있다.

그러나 호날두의 볼턴전 투입은 '분위기를 익히라는 배려' 차원의 투입이 아니었다. 경기의 '분위기 쇄신'을 위한 조커 카드였다. 퍼거슨 감독도 후일 호날두의 데뷔전에 대해 "한 골 앞서고 있는 상황이었지만 경기가 교착 상태에 빠져 있었다. 뭔가 분위기 전환점이 필요했고 그래서 그를 투입하게 됐다"고 말했다.

스포르팅 CP와의 친선 경기에서 호날두의 활약에 충격을 받아 당장 그를 데려온 퍼거슨 감독은 자신이 경험한 '즐거운 충격'을 홈 팬들에게도 하루 빨리 안겨주고 싶었던 듯하다. 호날두는 퍼거슨 감독의 기대에 어긋나지 않는 센세이션한 데뷔전으로 올드 트래퍼드의 팬들을 깜짝 놀라게 했다.

알발라데 스타디움에서 맨체스터 유나이티드의 베테랑을 상대로 펼쳤던 활약은 결코 우연이 아니었다. 리스본에서 건너온 지 10일밖에 안 된 포르투갈의 풋내기는 그라운드를 밟자마자 폭발적인 스피드와 개인기로 볼턴 수비진을 당황시켰다. 동에 번쩍, 서에 번쩍했다.

잉글랜드 프리미어리그 데뷔전이 맞을까 싶을 정도로 담대한 플레이로 팀 공격에 활기를 불어 넣었다. 맨체스터 유나이티드는 호날두가 투입된 후 세 골을 추가, 40 대승으로 개막전을 멋지게 마무리했다.

호날두는 상대 좌우 측면 수비진을 공황 상태에 빠뜨렸다. 차원이 다른 호날두의 스피드에 볼턴 수비수들은 쩔쩔 맸다. 호날두는 30분 동안 활약하며 상대 수비수 2명의 옐로카드를 이끌어냈다. 후반 25분에는 상대 오른쪽 측면을 무너뜨리며 페널티 킥까지 얻어냈다.

페널티 지역 왼쪽 측면으로부터 파고 들어간 호날두는 니키 헌터의 태클을 가볍게 피한 후 박스 안으로 들어섰고 호날두의 개인기에 뚫린 케빈 놀란이 엉겁결에 호날두의 옷자락을 붙들고 늘어져 옐로카드를 받으며 페널티 킥이 선언됐다. 그러나 키커로 나선 뤼트 판 니스텔로이가 실축, 호날두는 잉글랜드 프리미어리그 데뷔전에서 어시스트를 수

확할 기회를 놓쳤다.

이후에도 호날두는 화려한 드리블로 상대 수비진을 농락했다. 이날 수차례 호날두의 개인기에 당한 볼턴 수비수 히카르도 가드너는 경기 종료 직전 왼쪽 측면 돌파를 시도하던 호날두에게 작심한 듯 거친 태클을 넣고 옐로카드를 받았다. 올드 트래퍼드를 메운 7만여 관중은 호날두의 환상적인 플레이에 박수갈채를 아끼지 않았고 다음 날 잉글랜드 언론들은 그의 플레이를 격찬하며 심지어 조지 베스트를 언급하기까지 했다.

충격적인 데뷔전으로 퍼거슨 감독은 물론 맨체스터 유나이티드 팬들의 마음까지 사로잡은 호날두는 이후 꾸준히 경기에 기용된다. 2003년 9월 라이벌 아스널과의 정규 리그 홈 경기(0-0)에 풀타임 출전시키고 10월 슈투트가르트(독일)와의 2003~04 UEFA 챔피언스리그 본선 조별 리그 원정 경기에 선발 출전, 90분간 기용한 것에서 그에 대한 퍼거슨 감독의 기대가 얼마나 높았는지가 확인된다.

많은 출전 기회에도 불구, 좀처럼 터져 나오지 않던 잉글랜드 데뷔 골은 11월 1일 포츠머스와의 정규 리그 경기에서 나왔다. 1-0으로 앞선 후반 30분 디에고 포를란과 교체 투입된 호날두는 1골 1도움의 맹활약으로 승리를 굳히는 데 공헌했다.

호날두의 잉글랜드 프리미어리그 데뷔 골은 '전매특허'인 프리킥으로 뽑어져 나왔다. 후반 35분 페널티 지역 왼쪽 바깥에서 얻은 프리킥 찬스에서 키커로 나선 호날두의 킥은 수비벽을 넘어서 골 지역에서 바운드됐고 시야를 가린 골키퍼가 꼼짝 못하는 사이 골문으로 빨려 들어갔다. 최근의 놀라운 킥 솜씨와 비교하면 이때의 프리킥은 '아기 걸음마' 수준이라고 할 수 있다. 호날두의 데뷔 골은 '행운'에 힘입은 바가 크다. 골키퍼가 시야를 가려서 움직이지 못했을 뿐 슈팅 자체가 위력적이거나 각도가 날카롭지는 못했다. 직접 슈팅을 시도했다고 보기에도 애매한 면이 있다.

그러나 퍼거슨 감독은 장차 '세계 최고 프리키커'가 될 소질을 알아본 듯하다. 그는 경기 후 인터뷰에서 "추가골은 호날두가 박스 안으로 좋은 킥을 해서 비롯된 것이다. 그는 데드볼(프리킥, 코너킥, 페널티 킥)을 처리할 때 대단한 솜씨를 보여준다"고 찬사를 아끼지 않았다. 프리킥 추가골을 터트린 호날두는 2분 후 로이 킨의 쐐기골을 어시스트, 잉글랜드 프리미어리그 1호 도움까지 올리는 겹경사를 맞았다.

호날두는 맨체스터 유나이티드의 데뷔 시즌 40경기에 출전해 6골 4도움을 기록했다. 볼턴과의 데뷔전에서 '신선한 충격'을 줬던 호날두는 시즌 마지막 경기였던 2004년 5월 22일 웨일스 카디프시티에서 열린 밀월과의 2003~04 FA컵 결승에서 다시 한 번 집중 스포트라이트를 받았다.

호날두는 2003~04 시즌 최고의 경기력을 선보이며 데뷔 시즌의 피날레를 화려하게 장식했다. 멋진 헤딩 결승골을 터트리며 3-0 승리를 이끌었고 환상적인 드리블과 개인기를 과시해 잉글랜드 언론으로부터 에릭 칸토나, 데이비드 베컴, 조지 베스트 등과 비교되며 맨체스터 유나이티드의 7번 유니폼을 입을 만한 잠재력이 충분하다는 격찬을 받았다.

오른쪽 날개로 선발 출전한 호날두는 여러 명장면을 연출하며 밀월 수비를 농락한다. 전반 9분에는 왼쪽 측면에서 엔드존까지 돌파한 후 급제동을 걸어 수비 한 명을 따돌린 후 오른발을 왼발 뒤로 돌려 볼을 차는 '라보나킥'으로 정확한 크로스를 올리는 묘기를 부린다. 전반 18분에는 하프라인 근처에서 볼을 받은 후 '크루이프 턴'을 응용, 상대 수비 수 세 명을 따돌리는 개인기를 과시했다. 전반 41분에는 판 니스텔로이가 헤딩으로 떨궈준 볼을 골지역 왼쪽에서 잡아 슈팅을 날렸지만 골라인 직전 상대 수비수가 걷어내 득점에 실패했다.

전반 44분, 호날두는 게리 네빌이 올린 크로스를 골 지역 왼쪽에서 헤딩 슛, 골 네트를 가르고 포효한다. 그의 트레이드마크가 된 '웃통 셀러브레이션'이 처음 연출된 경기이기도 하다. 골을 넣은 호날두는 유니폼 상의를 벗어젖히고 관중석 앞으로 달려가 포효했다. 이때만 해도 지금처럼 헐크를 연상시키는 근육질의 몸매는 아니었다.

호날두는 3-0으로 크게 앞선 후반 39분 올레 군나르 솔샤르와 교체돼 벤치로 물러나며 대망의 '루키 시즌'을 마감했다.

데뷔 시즌의 호날두는 맨체스터 유나이티드에서의 전성기와 현재 레알 마드리드에서의 모습과는 여러 가지 면에서 다르다. 이때만 해도 호날두는 측면 돌파와 크로스를 주 임무로 하는 전형적인 윙 플레이어였고 문전 쇄도로 직접 득점을 노리기보다는 개인기로 상대 수비진을 헤집고 다니며 공간을 만들고 패스를 찔러주는 '도우미' 유형에 가까운 선수였다. 프리킥은 물론 코너킥에도 전문 키커로 기용됐다.

여러 가지를 종합해 볼 때 호날두가 포르투갈 시절 롤 모델로 삼았던 루이스 피구의 모습을 연상시킨다.

어쨌든 호날두는 잉글랜드 프리미어리그 데뷔 시즌의 활약으로 단숨에 세계적인 스타로 발돋움할 기회를 잡게 됐다.

CHAPTER 6

용호상박의 전주곡 세계에 울려 퍼지다

2002년 한일 월드컵은 한국 축구 역사에 한 획을 그었다. 우물 안 개구리인 줄만 알았던 한국 축구는 네덜란드 출신 명장 거스 히딩크의 지휘 아래 월드컵 4강이라는 믿어지지 않는 성과를 일군다. 월드컵에서의 성공은 언감생심으로 여겼던 세계 축구의 본산, 유럽 무대가 한국 선수와 팬들의 시야에 들어오게 된 계기가 됐다. 한국 축구 월드컵 4강 신화의 주역들은 앞다투어 유럽으로 향했고 박지성, 이영표의 대성공으로 인해 국내에서 유럽 축구의 인기가 수직 상승한다.

리오넬 메시와 크리스티아누 호날두의 존재는 이런 와중에 국내 팬들에게 알려지게 된다. 먼저 이름을 알린 쪽은 호날두다. 조국 포르투갈에서 열린 2004년 유럽축구선수권(유로 2004)에서 주전 윙 포워드로 맹활약하며 한국은 물론 세계 축구 팬들에게 자신의 존재를 확실하게 각인시켰다. 2005년 6월 박지성의 맨체스터 유나이티드 입단으로 호날두의 이름은 국내에 더욱 널리 퍼졌다.

메시의 이름이 국내에 알려진 계기는 2005년 네덜란드에서 열린 청소년 월드컵(20세 이하)에서다. 네덜란드 청소년 월드컵은 '축구 천재 신드롬'을 불러 일으킨 박주영의 출전으로 국내에서 초미의 관심사로 떠올랐고 메시는 이 대회에서 우승컵과 득점왕, MVP를 석권하며 '마라도나의 후계자'라는 호칭을 부여받는다. 2004년 바르셀로나가 아시아 투어의 일환으로 수원 삼성과 내한 경기를 치렀지만 메시는 아르헨티나 청소년 대표 팀 일정 탓에 명단에 포함되지 못했다.

전설을 향한 첫 걸음

미약했던 데뷔 시즌

2004년 10월 16일, 리오넬 메시 자신과 가족, 그리고 바르셀로나 팬들에게는 영원히 기억될 날짜다. 성장 호르몬 장애라는 질환을 안고 프로 축구 선수의 꿈을 이루기 위해 스페인 프리메라리가에 도전한 아르헨티나 출신의 작은 소년은 4년간의 수련 과정을 거쳐 1군 무대를 밟는 꿈을 이루게 된다.

메시는 바르셀로나 몬주익 경기장에서 열린 에스파뇰과의 2004~05 스페인 프리메라리가 원정 경기 후반 38분, 팀이 1-0으로 앞선 상태에서 데쿠와 교체돼 데뷔전을 치른다. 데뷔전은 프로 무대에 도전하는 신인에게 늘 설렘의 대상이다. 만 17세 4개월에 불과한 소년이라면 더욱 그렇다. 일선 프로 축구 지도자들은 "2군에서 아무리 잘해도, 동계 훈련에서 펄펄 날아도, 막상 정규 리그가 개막하고 실전에 투입되면 전혀 다른 모습을 보이기 마련이다. 프로 무대 1군은 격이 다르다. 특히 젊은 선수들의 프리시즌 활약을 100퍼센트 신뢰하면 곤란하다"고 입을 모은다.

그러나 메시는 데뷔전에서 짧은 시간이지만 강렬한 인상을 남겼다. 바르셀로나 유스팀 시절과 같은 자신감 넘치고 활기찬 플레이를 펼쳤다. 골과 도움을 기록하지 못한 것은 물론이고 슈팅도 날리지 못했다. 그러나 메시는 하프라인 근처에서 볼을 잡은 후 상대 수비 4명에게 둘러싸인 상태에서 페널티 지역 중앙을 향해 돌파를 시도하는 담대한 모습을 보였다. 169cm의 작은 체구였지만 상대와의 몸싸움도 피하지 않았다. 에스파뇰 미드필더 안토니오 이토와 볼 다툼을 벌이는 과정에서 적극적으로 어깨 싸움을 벌이는 등 조금도 주눅 들지 않았다.

데뷔전을 치렀지만 출전 기회는 많이 오지 않았다. 비록 바르셀로나 유스에서 펄펄 날았지만 메시는 호나우지뉴, 데쿠에 비하면 아직 배울 것이 많은 애송이에 지나지 않았다.

메시가 출전 기회를 많이 잡지 못한 것에는 또 다른 이유가 있다. 스페인 리그 구단은 한 경기에 유럽연합EU 국가 출신이 아닌 선수를 최대 3명밖에 기용할 수 없었다. 2004~05 시즌 바르셀로나에는 이미 스트라이커 사무엘 에토오(카메룬), 에이스 호나우지뉴(브라질), 수비의 핵 라파엘 마르케스(멕시코)가 자리 잡고 있었다. 공격과 수비에서 중추적인 역할을 하는 이들을 제외하고 메시의 출전을 배려한다는 것은 기대하기 어려운 일이었다.

첫 선발 출전은 'EU 쿼터'에 구속받지 않는 유럽축구연맹UEFA 챔피언스리그 경기에서 이뤄졌다. 메시는 2004년 12월 7일 키예프에서 열린 샤흐타르 도네츠크(우크라이나)와의 2004~05 UEFA 챔피언스리그 조별리그 최종전에 선발 출전, 풀타임을 소화했다. 이미 조별 리그 통과를 확정한 프랑크 레이카르트 감독은 에토오, 호나우지뉴 등에게 휴식을 배려하는 대신에 메시를 비롯한 젊은 유망주들에게 기회를 줬다. 그러나 베테랑 없이 스스로 뭔가를 만들어내기에는 부족했다. 메시는 많은 것을 보여주지 못했고 바르셀로나는 0-2로 패배했다.

UEFA 챔피언스리그 16강전에서 바르셀로나가 혈투 끝에 첼시(잉글랜드)에게 패배, 탈락하며 데뷔 시즌 메시가 그라운드에 설 기회는 더욱 줄어들게 된다. 레이카르트 감독의 신뢰가 아무리 두텁다고 해도 호나우지뉴, 에토오 대신 출전 기회를 얻기는 쉽지 않은 일이었다.

그렇지만 레이카르트 감독은 메시가 실전 감각을 유지하도록 배려한다. 승부에 부담이 없는 경기 후반에 주로 교체 멤버로 활용됐다. 들쭉날쭉 기회가 오는 탓이었는지 메시의 득점포는 좀처럼 터지지 않았다.

데뷔 시즌이 막바지로 접어들던 2005년 5월 1일, 마침내 메시의 첫 번째 골이 터졌다. 바르셀로나 역사의 한 페이지를 장식하는 순간이었다. 캄 노우에서 열린 알비세테와의 프리메라리가 경기 후반 43분, 팀이 1-0으로 앞서고 있는 상황에서 메시는 그라운드에 투입된다. 이미 승부가 기운 상태였고 '임팩트'를 보여주기에는 남은 시간이 턱없이 부족했다. 평범한 선수 같았다면 지레 의욕이 떨어져 건성의 플레이를 할 수도 있는 상황. 그러나 메시는 역시 비범했다. 그라운드에 들어선 지 2분 만에 그림 같은 로빙 슛으로 자신의 바르셀로나 데뷔 골을 뽑아냈다.

후반 45분 미드필드 중앙에서 상대 수비수와의 몸싸움 끝에 볼을 따낸 메시는 호나우지뉴에게 볼을 넘기고 페널티 지역 왼쪽으로 파고들었다. 호나우지뉴의 리턴 패스를 받은 메시는 슈팅 각도를 좁히기 위해 달려 나오는 상대 골키퍼의 키를 넘기는 감각적인 왼발 슛으로 골 네트를 갈랐다. 17세 10개월의 바르셀로나 역대 최연소 득점자 신기록이 세워지는 순간(이 기록은 보얀 크르키치에 의해 경신된다).

절묘한 어시스트로 골의 발판을 만든 호나우지뉴의 등에 업힌 메시는 캄 노우 홈 팬들의 열광적인 환호 속에 히오바니 판 브롱크호르스트, 안드레스 이니에스타, 카를레스 푸욜 등 대선배들에 둘러싸여 기쁨을 나눴다. 세사르 로드리게스가 보유한 바르셀로나 역사상 최다 골 기록(232) 경신의 첫 걸음을 뗀 순간이었다. 캄 노우에서 메시의 데뷔 골을 지켜본 팬들도, 그를 얼싸안고 기쁨을 나눈 이니에스타, 푸욜 같은 선배들도, 메시가 불과 8년 만에 세사르의 대기록을 넘어설 것이라고는 예상하지 못했을 것이다.

메시는 비유럽 국가 선수 출전 제한 탓에 데뷔 시즌 많은 경기에 나서지 못했다. 정규 리그 7경기, 코파 델레이 1경기, UEFA 챔피언스리그 1경기에 나서서 1골을 터트린 것이 전부였다. 메시로서는 아쉬움이 클 법한 데뷔 시즌이었다. 그러나 바르셀로나는 호나우지뉴와 에토오의 맹활약을 앞세워 2004~05 시즌 프리메라리가 우승 트로피를 따낸다.

새로운 마라도나 후계자의 출현

메시는 데뷔 시즌의 아쉬움을 2005년 6월 네덜란드에서 열린 국제축구연맹FIFA 청소년 월드컵(20세 이하)에서 풀어버린다. 아르헨티나 대표팀의 에이스로 활약한 메시는 7경기에서 6골을 터트리며 우승 트로피와 득점왕, MVP를 싹쓸이한다. 메시가 바르셀로나 1군으로 진입한 것과 같은 시기에 레알 마드리드로 이적한 아르헨티나 청소년 대표팀 선배, 하비에르 사비올라의 2001년 청소년 월드컵에서의 모습을 연상시키는 맹활약이었다.

메시의 활약에 세계 언론의 스포트라이트가 집중됐다. 네덜란드 청소년 월드컵은 당시 '축구 천재' 신드롬을 일으켰던 박주영(아스널)의 출전으로 국내에서도 큰 관심을 끌었던 대회였다. 트리플 크라운을 달성한 메시는 이 대회를 계기로 국내에도 이름을 널리 알렸다. 전 세계에 메시의 존재를 알리는 계기가 됐고 고국 아르헨티나 국민들에게는 '새로운 마라도나 후계자'의 출현에 대한 희망을 부풀리게 하기에 충분한 결과였다.

메시는 2004년 6월 청소년 대표팀 소집 훈련에서 조국의 부름을 처음 받았다. 이에 앞서 스페인 축구협회는 16세 이하 대표팀 선발 제의를 했지만 메시는 정중하게 이를 사양했다. 비록 어릴 때 고국을 떠났지만 메시의 국가관은 투철했다. 2005년 1월 콜롬비아에서 열린 남미 청소년축구선수권은 메시가 처음으로 조국을 대표해 출전한 국제 대회였다. 팀 주축은 1985년생이었고 메시는 이들보다 두 살이나 어렸고 주로 교체 멤버로 활용됐지만 팀에서 가장 많은 5골을 터트리며 천재성을 드러냈다. 특히 숙적 브라질과의 결승 리그 최종전에서 결승골을 뽑아내며 2-1 승리를 이끌었다. 아르헨티나는 콜롬비아. 브라질에 이어 3위로 결승 진출권을 손에 넣었다.

네덜란드 청소년 월드컵 본선 첫 경기에서도 메시는 베스트 11에서 제외됐다. 조별 리그 D조에 속한 아르헨티나는 미국과 1차전에서 0-1로 졌다. 메시는 하프 타임에 투입됐지만 팀을 패배에서 구해 내지는 못했다.

위기에 몰린 프란시스코 페라로 감독은 2차전부터 메시를 선발 명단에 포함시켰고 아르헨티나는 승승장구하기 시작한다. 선봉장은 메시였다. 16강을 위해 반드시 잡아야 했던 이집트와의 2차전(2-0)에서 선제 결승골을 터트렸고 독일과의 3차전(1-0)에서는 현란한 드리블로 네리 카르도소의 결승골 발판을 만들었다. 16강전에서는 남미 선수권에서 패했던 콜롬비아를 상대로 0-1로 뒤진 후반 13분 동점골을 뽑아내 2-1 역전승을 이끌었다.

8강전에서는 '제 2의 고향' 스페인 대표팀과 맞닥뜨렸다. 바르셀로나에서 함께 성장한 '절친' 세스크 파브레가스와의 첫 대결이기도 했다. 메시는 쐐기골을 터트리며 3-1 승리에 기여했다. 브라질과의 준결승(2-1)에서는 선제골을 작렬했고 나이지리아와의 결승전(2-1)에서는 두 차례 얻은 페널티 킥을 침착하게 성공시키며 첫 번째 출전한 국제 대회에서 우승 트로피를 안는 감격을 누린다.

7경기에서 6골과 2도움을 올린 메시는 현재 유벤투스에서 뛰고 있는 페르난도 요렌테(스페인 · 5골)를 제치고 득점왕을 차지했고 MVP마저 거머쥐었다.

청소년 월드컵은 아르헨티나 스타 탄생의 산실이다. 마라도나는 1979년 일본 대회에서 팀을 우승으로 이끌고 MVP를 차지하며 '축구 신동'으로 세계에 이름을 알렸다. 하비에르 사비올라는 2001년 자국에서 열린 대회에서 7경기 11골의 괴력으로 '마라도나 후계자'로 떠올랐다.

메시의 활약은 새로운 '마라도나 후계자'로 각광 받기에 모자람이 없는 것이었다.

복수 국적 취득, 마지막 장애물 제거

네덜란드 청소년 월드컵에서 메시의 진가를 다시금 확인한 바르셀로나는 6월 30일 대회가 열리고 있던 위트레흐트로 팀 관계자를 파견해 메시와의 계약을 2010년으로 연장한다.

메시는 두 번째 시즌을 맞아 하늘 높이 비상할 것으로 기대됐다. 아르헨티나 출신의 '새로운 축구 천재' 등장 소식은 전 세계 축구 팬들 사이에 빠르게 확산되고 있었다. 그러나 메시는 그다지 기분 좋지 않은 일로 세계의 스포트라이트를 받으며 시즌 개막을 맞는다.

데뷔 시즌 비유럽 국가 출신 선수 제한 규정으로 많은 경기에 출전하지 못했던 메시는 바르셀로나에서 좀 더 많은 출전 기회를 얻기 위해 2005년 9월 스페인 시민권을 취득하기로 결정했다. 4년간 스페인에서 생활한 메시가 시민권을 따는 데는 법적으로 아무런 문제가 없었다. 그러나 스페인 리그의 일부 구단은 바르셀로나가 편법을 동원해 전력을 강화하려 한다며 펄쩍 뛰었다.

국적 문제가 해결될 때까지 UEFA 챔피언스리그 경기에만 출전했던 메시는 스페인 시민권을 딴 후인 10월 1일 레알 사라고사와의 프리메라리가 경기에 출전했다. 이 경기에는 호나우지뉴, 에토오, 마르케스가 모두 선발 출전했다. 바르셀로나와 프리메라리가 경기를 앞두고 있던 데포르티보 라코루냐는 바르셀로나가 불법을 저질렀다고 강하게 반발했다. 메시가 여름 이적 시장 마감일(8월 31일)을 지나서 시민권을 취득했으므로 겨울 이적 시장(1월)이 열리기 전까지는 '이방인'으로 분류돼야 마땅하다는 것이다. 일부 구단에서는 아예 메시의 스페인 국적을 인정하지 말아야 하며 스페인 리그에서 뛰지 못하게 해야 한다는 강경론을 펼치기도 했다.

스페인 축구협회는 10월 18일 스페인 국적을 취득한 메시가 프리메라리가 경기에 뛰는 데 아무런 문제가 없다고 결론을 내렸지만 반발하는 구단들은 계속 법정 투쟁을 이어가겠다고 고집을 굽히지 않았다.

국적 문제는 실질적으로 메시가 바르셀로나에서 선수 생활을 하는 데 아무런 영향을 미치지는 않았다. 그러나 이 문제가 세계적인 화젯거리가 되며 아르헨티나 국민들의 심기를 자극하는 계기가 됐다. 스페인 축구협회가 메시를 대표팀에 선발하려 한다는 풍문도 이때 나왔다. 이는 결과적으로 훗날 메시가 아르헨티나 국민들에게 '애국심이 없다'는 이유로 성토당하는 데 일정 부분 영향을 미쳤다.

바르셀로나가 메시와 연장 계약을 한 지 3개월 만에 새로운 내용으로 계약을 또 다시 연장한 것도 화제가 됐다. 바르셀로나는 메시가 스페인 시민권을 따기에 앞선 9월 16일 메시와 2014년까지 계약을 연장하고 바이아웃 금액을 1억 5,000만 유로(약 2,269억 원)로 책정한다는 내용을 공식 발표했다. 3개월 만에 계약 기간을 연장한다는 것은 전례에 없던 일이다. 바이아웃 금액도 화제가 됐다. 2,269억 원을 지불하기 전에는 바르셀로나의 허락 없이 메시 영입을 시도하지 못한다는 뜻이다. '절대로 다른 팀으로는 보내지 못한다'는 의지가 담겨 있다.

이를 둘러싸고 여러 가지 추측이 나돌았다. 유력한 가설은 메시의 아버지 호르헤(메시의 에이전트를 맡고 있다)가 바르셀로나의 계약 내용에 불만을 품고 'EU 쿼터'가 없는 다른 팀으로 이적하겠다는 것을 무기로 바르셀로나 측을 압박했다는 것이다. 실제로 메시는 네덜란드 청소년 월드컵을 마친 후 이탈리아 세리에 A 등 다른 리그 팀들로부터 이적 제안을 받았던 것으로 알려지고 있다.

첫 번째 유럽 챔피언 메달

국적 문제와 계약 문제로 시즌 출발이 어수선했지만 프리메라리가 그라운드를 마음껏 누비는 데 마지막 장애를 없앤 메시는 지난 시즌과는 격이 다른 플레이를 펼치며 바르셀로나와 세계 축구 팬들의 가슴을 들뜨게 했다.

시즌 첫 골은 유럽축구연맹UEFA 챔피언스리그 경기에서 나왔다. 11월 2일 파나티나이코스(그리스)와의 조별 리그 경기에 선발 출전한 메시는 2-0으로 앞선 전반 34분 상대 미드필드 지역 오른쪽을 돌파하다가 상대 수비수 4명에 에워싸여 볼을 놓쳤지만 다시 이를 빼앗아 골 지역 오른쪽에서 골키퍼를 제치고 왼발 슛으로 골 네트를 흔들었다.

메시는 '꿈의 구연'이라고 불리는 UEFA 챔피언스리그에서의 첫 골이 감격스러운 듯 주먹을 허공에 지르며 포효했다. 벤치에 있던 레이카르트 감독이 벌떡 일어나 두 손을 하늘로 치켜들었을 정도로 멋진 골이었다. 메시는 이 경기를 시작으로 행보에 가속을 붙이기 시작한다. 11월 19일 산티아고 베르나베우에서 열린 첫 번째 '엘 클라시코'에 선발 출전, 어시스트 1개를 기록하며 3-0 완승에 기여했고 2006년 1월 29일 마요르카전(3-0)에는 교체 출전, 2골을 터트리며 처음으로 '멀티 골(한 경기 2골 이상을 기록하는 것)'을 기록했다.

상승세의 메시는 2월 22일 런던 스탬퍼드브리지에서 열린 첼시와의 2005~06 UEFA 챔피언스리그 8강 1차전 원정 경기에서 자신의 '클래스'가 어느 정도인지를 확인시켜 줬다. 석유 재벌 로만 아브라모비치가 거액을 쏟아 부어 세계 각지에서 끌어들인 특급 플레이어들은 19번째 생일도 맞지 않은 애송이에게 90분 내내 쩔쩔매며 자존심을 구겼다.

비록 골이나 어시스트를 기록하지는 못했지만 메시는 첼시전을 통해 이미 '세계 최고'에 근접해 있음을 확인시켜 줬다.

메시는 전반 30분 바르셀로나 미드필드 진영에서부터 단독 드리블, 상대 측면 돌파를 시도한다. 세계 최고의 스피드를 자랑하는 아르연 로

번이 몸싸움 끝에 볼을 빼앗지만 메시는 포기하지 않고 로번으로부터 볼을 가로채 상대 오른쪽 코너 플랙으로 파고들었다. 로번이 태클로 저지를 시도하지만 여유있게 이를 피한다. 로번으로서는 굴욕적인 순간이 아닐 수 없다.

메시의 '당돌한 플레이'에 격앙됐는지 델 오르노가 아이스하키의 보디 체킹을 연상시키는 거친 파울로 메시를 쓰러뜨렸고 주심은 가차 없이 레드 카드를 빼 들었다. 메시가 상대 선수 한 명을 퇴장시킨 것이다. 잉글랜드 클럽은 거칠기로 유명하다. 메시는 당시 첼시 수비수들의 거친 플레이로 수도 없이 그라운드를 나뒹굴었다. 악의적인 파울에 시달리기도 했다. 그러나 메시는 용기를 잃지 않고 당당히 맞섰다. 타고난 집중력과 승부 근성을 확인할 수 있는 대목이다.

메시는 강력한 오른발 슈팅으로 골 포스트를 맞추는 등 경기 종료까지 첼시 수비진을 뒤흔들었고, 바르셀로나는 적지에서 천금 같은 2-1 승리를 거두며 환호한다.

3월 7일 캄 노우에서 열린 첼시전에 메시는 다시 선발 출전했다. 전반 24분 로번과 볼 다툼을 벌이다가 쓰러진 메시는 고통을 참고 다시 뛰려고 안간힘을 썼지만 그라운드에 주저앉고 말았다. 벤치로 물러나 온 메시는 레이카르트 감독의 품에 얼굴을 파묻었다. 심상찮은 분위기는 현실로 이어졌다. 메시는 오른쪽 다리 근육 파열 진단을 받았고 결국 시즌 종료까지 그라운드에 다시 서지 못했다.

바르셀로나는 프랑스 파리에서 열린 결승전에서 아스널을 물리치고 UEFA 챔피언스리그 정상에 올랐지만 메시는 그라운드에서 동료들과 환호하는 대신 관중석에서 이를 지켜봐야 했다. 결승전에서 뛰지 못했지만 메시는 6경기에서 1골 1도움을 기록하며 우승에 공헌한 점이 인정돼 첫 번째 UEFA 챔피언스리그 우승 메달을 받는 기쁨을 누렸다.

브라질의 Ronaldo? 포르투갈의 Ronaldo!

월드스타로의 등용문 유로 2004

호날두의 영문 이름은 'Ronaldo'. 월드컵 본선 최다 골 기록을 지니고 있는 브라질의 골잡이 호나우두와 철자가 같다. 호나우두와 이름이 같아 '작은 호나우두'라는 뜻의 이름을 사용한 호나우지뉴^{Ronaldiho}의 원래 이름도 'Ronaldo'다.

호날두가 처음 국내에 소개될 때는 '크리스티아누 호나우두'라고 많이 표기됐다. 브라질 스트라이커 호나우두가 레알 마드리드에서 녹슬지 않은 골 감각을 과시하고 있던 시절이다. 호나우두와 이름 철자가 같은 19세 청년의 존재가 국내에 널리 알려지게 된 계기는 포르투갈에서 열린 2004년 유럽축구선수권(유로 2004)였다.

유로 2004는 맨체스터 유나이티드의 가능성 있는 유망주였던 호날두의 이름을 세계로 알리는 결정적인 무대가 됐다. 'Ronaldo'라는 이름에 브라질의 호나우두만을 생각하던 사람들은 유로 2004 이후로 'Ronaldo'라는 철자에 크리스티아누 호날두도 떠올리게 됐다. 유로 2004에서 그만큼 강렬한 인상을 남겼다.

맨체스터 유나이티드로의 이적은 호날두 인생의 여러 부분을 바꿔놓았는데 그 중 하나가 포르투갈 대표팀 선발이다.

화려한 멤버 구성으로 우승 후보로까지 꼽혔지만 2002 한일 월드컵에서 지리멸렬, 조별 리그 탈락의 충격을 당한 포르투갈 축구협회는 자국에서 열리는 유로 2004에서 명예 회복을 이끌 사령탑으로 한일 월드컵에서 브라질 우승을 이끈 명장 루이스 펠리프 스콜라리를 임명했다.

2003년 포르투갈 대표팀 지휘봉을 잡은 스콜라리 감독은 8월 20일 카자흐스탄과의 친선 경기를 앞두고 맨체스터 유나이티드와의 계약으로 화제를 뿌린 호날두를 전격적으로 대표팀에 선발했고, 유로 2004 본선에서는 쟁쟁한 베테랑을 제치고 8강 토너먼트 이후 붙박이로 기용, 대회가 배출한 최고 스타로 만들어냈다.

호날두는 A매치 데뷔전이었던 카자흐스탄과의 친선 경기(1-0) 후반 출전해서 호평을 받았다. 당시 포르투갈 언론으로부터 경기 최우수 선수에 뽑힐 정도로 인상 깊은 경기력을 보였다.

이후 포르투갈 대표팀의 유로 2004 모의고사에 꾸준히 얼굴을 내비친 호날두는 23명의 최종 엔트리에 이름을 올렸다. 맨체스터 유나이티드 데뷔 시즌 인상적인 활약을 펼쳐 큰 주목을 받았지만 경험이 일천한 호날두는 당초 '벤치 전력'으로 분류됐다. 오른쪽 측면 미드필더에 루이스 피구라는 에이스를 보유한 포르투갈은 반대편 측면에 시망 사브로사가 주전으로 기용되고 호날두가 백업을 맡을 것으로 전망됐다. 실제 대회 개막을 앞두고 치른 잉글랜드, 이탈리아와의 친선 경기에서 스콜라리 감독은 이 같은 형태의 용병술을 테스트했다.

그러나 잉글랜드 프리미어리그 명문 맨체스터 유나이티드에서 한 시즌을 풀로 뛰며 머리를 키운 호날두의 실력은 백업에 머무를 정도로 만만하지는 않았다.

호날두는 그리스와의 개막전에서 시망과 교체 투입돼 만회골을 터트렸고 러시아와의 조별 리그 2차전에서는 1-0으로 앞선 후반 늦게 피구 대신 투입돼 루이 코스타의 쐐기골을 어시스트하는 임팩트를 과시했다.

포르투갈 축구의 새로운 날개

스콜라리 감독은 8강 진출을 좌우할 스페인과의 조별 리그 최종전부터 호날두를 선발 투입했고 이후 그는 포르투갈 대표팀의 붙박이로 확고부동한 입지를 확보했다. 포르투갈은 '이베리아의 전쟁'이라고 불린 조별 리그 최종전에서 스페인을 1-0으로 물리치고 8강에 올랐고, 8강전에서는 잉글랜드와 120분 혈투 끝에 승부차기에서 승리해 4강에 진출했다.

호날두는 두 경기 모두 선발 출전했다. 스페인전에서는 후반 39분 벤치로 물러났고 잉글랜드전에서는 120분 풀타임을 소화했다. 스콜라리 감독은 잉글랜드전에서 팀 간판 피구를 벤치로 물러나게 하면서도 호날두만은 끝까지 그라운드를 지키게 했고 승부차기에서 4번 키커로 기용했다. 그에 대한 믿음이 어느 정도였는지 확인할 수 있는 대목이다.

호날두의 진가가 발휘된 것은 네덜란드와의 준결승에서였다. 2년 후 열린 2006년 독일 월드컵에서 한국을 지휘한 딕 아드보카트 감독이 이끄는 네덜란드는 당시 유력한 우승 후보로 꼽혔다. 2002년 한일 월드컵 지역 예선을 통과하지 못하는 충격을 겪었던 네덜란드는 당시 마르코 판 바스턴, 루드 굴리트, 프랑크 레이카르트가 이끌었던 1988년 유럽선수권 우승 멤버에 비견될 정도로 화려한 진용을 갖추고 있었다. 클라렌스 세도르프, 에드가 다비즈, 마르크 오베르마스, 필립 코쿠, 야프 스탐 등 산전수전 다 겪은 베테랑에 유로 2004에서 떠오른 신예 아르연 로번, 맨체스터 유나이티드의 간판 골잡이 뤼트 판 니스텔로이가 포진한 휘황찬란한 라인업을 자랑했다.

그러나 겁 없는 19세의 신예 호날두는 왼쪽 날개로 선발 출전, 네덜란드의 베테랑들을 상대로 종횡무진 그라운드를 누비는 활약을 펼치며 이미 '월드 클래스'의 반열에 올랐음을 확인시킨다. 경기가 열린 장소는 마침 호날두의 운명이 바뀐 맨체스터 유나이티드와 스포르팅 CP의 친선 경기가 열렸던 알발라데 스타디움이었다.

호날두는 전반 26분 승부의 균형을 깨는 선제골을 작렬하며 홈 팬들을 열광시켰다. 왼쪽 코너킥 기회에서 데쿠가 감아 올린 크로스를 골 지역 정면에서 뛰어 오르며 정확히 헤딩 슛, 골 네트를 가른 후 관중석 쪽으로 달려가 유니폼 상의를 벗고 포효했다. 과도한 골 셀러브레이션으로 인해 주심에게 경고를 받았지만, '친정' 스포르팅 CP의 홈 구장에서 열린 준결승에서 선제골을 터트린 희열을 고려한다면 웃통을 벗어붙이고도 남을 만한 일이었다.

포르투갈은 월드컵과 유럽선수권에서 단 한 번도 결승 무대를 밟아본 적이 없었다. 호날두의 선제골은 조국 포르투갈의 축구사에 새로운 페이지가 만들어질 수 있음을 의미했다.

호날두는 1-0으로 앞선 후반 13분 코너킥 기회에서는 키커로 나서 마니셰의 결승골을 어시스트했다. 코너 플랙에 선 호날두는 페널티 지역 왼쪽 바깥에 있던 마니셰에게 짧고 빠른 패스를 내줬고 마니셰의 발끝을 떠난 볼은 절묘한 곡선을 그리며 골 네트 오른쪽 구석으로 빨려 들어갔다. 포르투갈은 2-1로 승리하고 결승에 진출했다.

호날두는 처음 출전한 국제 대회 본선에서 우승을 차지하는 감격에 1승만을 남겨 놓고 있었다. 대항해 시대 이후로 국제 무대에서 존재감이 미미했던 포르투갈은 대표팀의 결승 진출이라는 국가적 경사로 열광에 휩싸였다.

포르투갈은 개막전에서 만나 불의의 일격을 당했던 그리스와 결승전에서 다시 만나게 됐지만 객관적 전력에서 열세에 있는 그리스에게 두 번 당할 것으로 예상되지는 않았다. 루이스 피구, 누누 고메스, 루이 코스타 같은 베테랑들이 팀의 중심을 확실히 잡고 신예 호날두가 가세한 포르투갈의 위력은 준결승에서 확인됐다. 네덜란드는 1-2라는 스코어 이상으로 내용적으로 포르투갈에 밀렸다. 아드보카트 감독은 경기 후 "최고의 팀이 승리했다"는 말로 완패를 시인했다. 누가 봐도 개최국 포르투갈의 유럽 정상 등극 가능성이 높았다.

그러나 포르투갈은 그리스 돌풍의 마지막 희생양이 되고 말았다. 8강전에서 프랑스, 준결승에서 체코를 상대로 무실점으로 버틴 그리스의 방패는 견고했다. 최대 8명이 페널티 박스 근처에 진을 치는 극단적인 수비 축구는 포르투갈의 창을 무력하게 했다. 포르투갈은 0-1로 패배했다.

네덜란드와의 준결승에서 선제골을 터트린 후 상의를 벗어 제치는 화끈한 골 셀러브레이션으로 세계적인 화제가 됐던 호날두는 그리스와의 결승전에서는 눈물로 다시 한 번 세계의 시선을 한 몸에 받는다. 경기가 끝난 후 그라운드에서 망연자실하던 호날두는 격한 감정을 누르지 못하고 하염없이 눈물을 흘렸다. 티아구 등 동료와 스콜라리 감독의 위로에도 눈물은 멈추지 않았다.

우승의 감격을 누리지 못했지만 호날두는 유로 2004를 통해 샛별로 떠올랐다. 개막 전만 해도 잉글랜드의 웨인 루니가 집중 조명됐고 4골을 터트리며 이름값을 했지만 대회를 치르며 호날두의 지명도는 크게 높아졌고 UEFA가 선정한 23명의 대회 올스타에 이름을 올리는 영예를 누렸다.

1년간 호날두는 브레이크 끊긴 열차처럼 초고속 질주를 거듭했다. 2003년 8월 알발라데 스타디움에서 맨체스터 유나이티드와 친선 경기를 치르기 전까지만 해도 그는 일반에 전혀 알려지지 않은 무명이었다.

그러나 맨체스터 유나이티드가 거액의 몸값을 지불하고 계약을 맺으며 유명세를 탔고 잉글랜드 프리미어리그에서 인상적인 데뷔 시즌을 보낸 데 이어 참가 팀이나 경기의 질적 수준에서 월드컵보다 높다는 평가를 받는 국제 축구의 '메이저 토너먼트'인 유럽선수권에서 올스타에 뽑히는 영광까지 누렸다.

CHAPTER 7

라이벌 시대의 개막, 호날두의 기선 제압

리오넬 메시와 크리스티아누 호날두가 처음 라이벌로 거론된 것은 2006년 독일 월드컵을 앞두고서다. 국제축구연맹(FIFA)은 독일 월드컵에서 처음으로 '신인왕'의 개념에 해당하는 베스트 영 플레이어(Best Young Player)상을 도입했는데, 메시와 호날두는 웨인 루니(잉글랜드), 루카스 포돌스키(독일) 등과 함께 유력한 후보로 꼽혔다. 영예는 포돌스키가 차지했다.

이탈리아의 우승으로 끝난 독일 월드컵은 축구사적으로 봤을 때는 한 세대를 마무리하는 장이 됐다. 세계적인 축구 강호의 간판으로 군림했던 스타들이 이 대회를 마지막으로 국제 무대에서 은퇴하거나 뚜렷한 하향곡선을 그리기 시작했다.

1998년 프랑스 월드컵과 2000년 유럽선수권에서 프랑스의 우승을 이끈 '마에스트로' 지네딘 지단(프랑스)이 이탈리아와의 결승전에서 마르코 마테라치의 가슴팍을 머리로 들이받아 퇴장을 당하며 축구화를 벗었고 2002

년 한일 월드컵 득점왕 호나우두(브라질)는 3골을 추가, 월드컵 본선 최다 골 신기록(15)을 세웠지만 눈에 띄게 떨어진 스피드와 파괴력으로 그의 시대가 저물었음을 확인시켰다.

수려한 외모와 신기의 프리킥으로 축구 아이콘으로 군림한 데이비드 베컴도 독일 월드컵이 국제 대회 마지막 무대가 됐다. '외계인' 호나우지뉴는 독일 월드컵에서 원인 모를 부진을 보인 후 소속 팀에 복귀해서도 페이스를 회복하지 못했다. 포르투갈 축구의 부흥기를 이끈 루이스 피구도 독일 월드컵을 끝으로 국제 무대 은퇴를 선언했다.

새로운 축구 황제 등극을 노리는 신성 가운데 유난히 반짝거리는 두 별, 메시와 호날두는 독일 월드컵 이후 단연 눈에 띄는 화려함으로 '양웅쟁패(兩雄爭覇)' 시대의 개막을 알린다. 초반 기세는 호날두가 메시에 앞섰다.

거듭되는 부상, 유리 몸이 철인이 되기까지

첫 번째 월드컵, 씁쓸한 기억

네덜란드 청소년 월드컵과 바르셀로나에서 맞은 두 번째 시즌에서의 활약으로 메시는 세계적인 스타로 떠올랐다. 기록으로만 따지자면 25경기에서 8골 4도움에 불과했지만, 당시 세계 최고로 꼽혔던 첼시와의 UEFA 챔피언스리그에서 펼친 활약은 그가 지닌 무서운 잠재력을 확인시키고도 남는 것이었다.

2005~06 시즌을 조기 마감시킨 허벅지 부상 탓에 메시의 2006년 독일 월드컵 출전은 어려울 것으로 전망됐다. 그러나 아르헨티나는 예상을 깨고 그를 23명의 최종 엔트리에 포함시킨다. 메시의 월드컵 엔트리 포함은 '즉시 전력감'이라기보다 미래의 대표팀 에이스를 위한 투자적

측면의 성격이 큰 선택이었다. 브라질의 축구 황제 호나우두가 1994년 미국 월드컵에서, 역시 브라질의 꽃미남 미드필더 카카가 2002년 한일 월드컵 본선에서 비슷한 경험을 했다. 잉글랜드를 이끈 스벤 예란 에릭손 감독은 17세에 불과한 시오 월콧을 독일 월드컵 최종 엔트리에 포함시켜 화제를 뿌렸다.

메시는 네덜란드 청소년 월드컵의 활약을 발판으로 2005년 8월 17일 헝가리와의 친선 경기에서 A매치 데뷔전을 치른다. 공교롭게도 A매치 데뷔전 상대마저 디에고 마라도나와 같다. 마라도나는 1977년 2월, 17세의 나이로 헝가리와의 친선 경기에서 처음으로 대표팀 유니폼을 입고 그라운드에 나섰다.

메시의 A매치 데뷔전은 인상적이었다. 그라운드에 나선 지 1분 만에 퇴장을 당했기 때문이다. 후반 18분 교체 투입된 메시가 두 번째로 볼을 연결하여 드리블을 치고 나가려고 할 때 헝가리 수비수 빌모스 반자크가 메시의 유니폼을 잡아 당겼다. 메시는 반자크의 손길을 뿌리친다는 것이 그만 그의 얼굴을 가격하고 말았고 주심은 고의적인 반칙이라고 판단, 지체 없이 레드카드를 꺼내 들었다.

기대했던 A매치 데뷔전이 허무하게 끝났지만 메시는 2005년 9월 열린 독일 월드컵 남미 지역 예선전에서 다시 기회를 얻는다. 파라과이와의 원정 경기(1-0) 후반 35분 세사르 델가도와 교체 투입돼 재차 테스트를 받았고, 10월 페루와의 홈 경기에 선발 출전해 호세 페케르만 아르헨티나 대표팀 감독으로부터 호평을 받았다. 2006년 1월에는 크로아티아와의 친선 경기에 선발됐고 부상을 당하기 직전인 3월에는 크로아티아와의 친선 경기에서 감격의 A매치 첫 득점을 기록하게 된다.

독일 월드컵 당시 아르헨티나 대표팀에는 메시가 파고 들 만한 자리가 마땅치 않았다. 최고의 플레이 메이커라는 평가를 받던 후안 로만 리켈메가 버티고 있었고, 한때 '마라도나의 후계자' 후보였던 하비에르 사비올라가 있었다. 아르헨티나는 세르비아 몬테네그로, 코트디부아르, 네덜란드와 함께 '죽음의 조'에 편성됐지만 코트디부아르와 세르비아 몬테네그로를 연파하고 가볍게 16강에 진출한다.

메시는 코트디부아르전에서는 벤치를 지켰지만 세르비아 몬테네그로전에서는 눈부신 월드컵 본선 데뷔전을 치렀다. 4-0으로 앞선 후반 29분 막시 로드리게스와 교체 투입된 메시는 에르난 크레스포의 골을 어시스트하고 팀의 마지막 골을 터트리는 맹활약으로 6-0 완승의 대미를 장식하며 '역시 물건'이라는 평가를 받았다.

승패에 큰 부담이 없는 네덜란드와의 조별 리그 최종전에 선발 출전했지만 별다른 활약을 펴지 못했고 멕시코와의 16강전 후반 막판 '조커'로 투입돼 날카로운 움직임으로 주목받았다. 독일과의 8강전에서는 줄곧 벤치를 지킨 끝에 팀의 승부차기 패배를 지켜봐야 했다. 당시 조별 리그 세르비아 몬테네그로전과 멕시코와의 16강전 후반 교체 투입돼 인상적인 활약을 펼친 메시를 끝까지 벤치에 둔 페케르만 감독의 용병술은 논란을 불러일으켰다.

엘 클라시코의 사나이 탄생

독일 월드컵의 아쉬움을 뒤로 하고 메시는 2006~07 시즌을 맞는다.

출발은 좋지 않았다. 메시는 지난 시즌에 이어 부상 악령에 발목을 잡힌다. 11월 12일 레알 사라고사와의 경기에서 중족골이 부러지며 3개월 재활 진단을 받는다. 2007년 2월 팀에 복귀하지만 이후 출전한 7경기에서 골을 터트리지 못하는 부진을 보인다.

그러나 메시는 2007년 3월 10일 캄 노우에서 열린 '엘 클라시코El Clasico'에서 그간의 골 가뭄을 시원하게 해갈한다. FC 바르셀로나와 레알 마드리드의 라이벌전을 지칭하는 '엘 클라시코'는 지구에서 종목과 나라를 통틀어 최고의 앙숙 대결로 꼽힌다. 메시가 높은 평가를 받는 이유 중의 하나는 '엘 클라시코'에서 강한 모습을 보이기 때문이다.

메시는 3-3으로 승부를 가리지 못한 레알 마드리드와의 홈 경기에서 팀이 얻은 세 골을 모두 뽑아내는 괴력을 발휘한다. 1군 무대에서의 첫 해트트릭을 '숙적'을 상대로 기록했다는 것에서 그의 스타 기질이 다시 한 번 확인된다.

레알 마드리드가 골을 뽑아내 도망가면 메시는 기어코 동점골을 만들어내며 승부를 원점으로 돌렸다.

전반 5분 레알 마드리드의 뤼트 판 니스텔로이가 선제골을 만들었다. 메시는 6분 후 사무엘 에토오의 패스를 받아 페널티 지역 왼쪽에서 왼발 슛으로 '엘 클라시코' 첫 골을 뽑아냈다. 메시는 골 셀러브레이션을 미리 준비했다. 유니폼을 걷어 올리자 흰색 티셔츠에 'Fuerza Tio(힘내요 아저씨)'라는 문구가 드러났다. 부친상을 당한 자신의 대부代父, 클라우디오를 위로하기 위한 특별한 이벤트였다.

레알 마드리드는 전반 13분 뤼트 판 니스텔로이의 페널티 킥으로 다시 달아났다. 전반 28분, 메시는 다시 득점포를 터트리며 2-2 균형을 맞췄다. 호나우지뉴가 환상적인 드리블로 페널티 지역 왼쪽을 돌파해 슈팅을 시도했지만 이케르 카시야스 골키퍼가 막아냈다. 메시는 리바운드된 볼을 골 지역 정면으로 달려들며 왼발 슛, 다시 골 네트를 흔들었고 고향에 있는 대부에게 다시 한 번 격려의 메시지를 보냈다.

이날 경기는 양 팀을 합해 옐로카드가 9장이나 나올 정도로 격렬했다. 바르셀로나는 전반 45분 수비수 올레게르가 퇴장당하며 수적 열세에 몰렸고 레알 마드리드는 후반 28분 세르히오 라모스의 골로 앞서 나갔다.

레알 마드리드의 승리로 혈전이 끝나는가 싶었던 후반 추가 시간, 메시가 극적인 동점골을 터트리며 해트트릭을 완성한다. 미드필드 중앙의 호나우지뉴가 아크 정면 쪽으로 패스를 찔러줬고 메시는 상대 수비수 4명 사이를 뚫고 볼을 낚아채 페널티 지역 왼쪽으로 돌진했다.

레알 마드리드 선수들이 필사적인 태클로 저지하려 했지만 소용없었다. 메시는 이반 엘게라의 태클을 여유 있게 따돌리고 골 지역 왼쪽으로 침투했고 라모스의 태클에 한 발 앞서 왼발 슛, 적지에서 승점 3점을 따내려는 레알 마드리드의 꿈을 산산조각냈다.

몸을 던졌지만 메시의 슈팅을 막지 못한 카시야스 골키퍼는 한동안 그라운드에 머리를 파묻었고 레알 마드리드 수비수들은 좌절감에 모두 얼굴을 감싸 안았다.

메시의 두 번째 골이 터졌을 때 어이없다는 듯이 웃음을 지었던 파비오 카펠로 레알 마드리드 감독도 굳은 표정으로 그라운드를 응시할 뿐이었고 경기 후 메시를 '악마'라고 표현했다.

화려한 멤버 구성으로 '지구 방위대'라는 별칭까지 붙은 레알 마드리드를 상대로 '원맨쇼'를 펼친 메시의 놀라운 활약에 다시 한 번 세계가 주목한다. '제 2의 마라도나'는 결코 과한 수식어가 아니었다.

부상을 당한 2006년 3월 첼시와의 경기를 시작으로 레알 마드리드전 해트트릭까지 1년간은 메시에게 힘든 시기였다. 어린 선수로서 감당하기 어려울 정도의 스포트라이트를 집중적으로 받았다. 두 차례의 큰 부상을 겪기도 했다. 그러나 메시는 흔들림 없는 집중력을 발휘하며 숙적을 상대로 최고의 활약을 펼쳤다. 새로운 '엘 클라시코'의 사나이가 탄생하는 순간이었다.

캄 노우에 다시 나타난 마라도나

'엘 클라시코'에서의 해트트릭을 기점으로 메시는 수직 상승 곡선을 긋기 시작한다. 레크리에아티보, 데포르티보 라코루냐전에서 연속해서 득점포를 작렬하며 3경기 연속 골을 기록한다. 그리고 2007년 4월 18일, 메시는 마라도나가 1986년 멕시코 월드컵 잉글랜드전에서 터트렸던 '역사상 최고의 골'을 재현하며 세계를 경악시킨다.

캄 노우에서 열린 헤타페와의 코파 델레이 준결승에서 메시는 2골을 터트리며 5-2 완승을 이끈다. 사비의 선제골로 1-0으로 앞서고 있던 전반 22분, 메시는 상대 수비수와 골키퍼까지 6명을 연달아 제치고 골 네트를 가르는 믿어지지 않는 플레이를 펼치며 전 세계를 충격의 도가니로 몰아넣었다.

메시는 하프라인 오른쪽 측면에서 사비로부터 패스를 연결받았다. 볼을 잡자마자 한 사람을 제쳤고 하프라인을 넘어서며 또 한 명의 상대 선수를 따돌렸다. 하프라인을 넘어서 상대 오른쪽 미드필드를 돌파하며 메시의 발에 가속이 붙기 시작했다. 상대 수비들이 따라 붙었지만 메시를 따라 잡지 못했다. 태클을 시도하는 수비수 두 명을 여유 있게 제친 메시는 골 지역 오른쪽으로 쇄도했고 골키퍼마저 침착하게 제친 후 상대 수비수의 태클을 피해 오른발 슛을 성공시켰다.

아이두르 구드욘센, 데쿠, 사무엘 에토오 등 동료들은 메시의 슈팅이 골 네트를 가르는 순간 머리와 얼굴을 감싸 안으며 경악했다. 카를레스 푸욜은 머리 위로 손을 치켜들어 박수를 보내며 경의를 표했다. 모두의 할 말을 잃게 만드는 장면이었다.

경기 후 언론은 메시에 '메시도나(Messidona = 메시+마라도나)'라는 칭호를 붙였다. '친^親 레알 마드리드 성향의 대표적인 스포츠 전문지 〈마르카〉Marca마저 '메시, 20년 10개월 26일 만에 마라도나의 골 재현'이라는 헤드라인을 1면에 게재했다. 〈마르카〉는 웬만해서는 숙적 바르셀로나 관련 소식을 1면 톱으로 보도하지 않는 것으로 유명하다.

세계는 메시와 마라도나의 골을 비교하느라 분주했다. 스페인과 아르헨티나 언론에서는 '두 골 중에 어느 것이 더욱 환상적인가'라는 설문 조사를 했고 그래픽을 동원해 메시와 마라도나 득점 장면의 같은 점과 차이점을 비교하는 등 법석을 떨었다.

세계가 흥분할 만했다. 1986년 멕시코 월드컵에서 마라도나가 하프라인에서부터 상대 수비수 6명을 차례로 제친 후 골키퍼 피터 실턴마저 따돌리고 골을 터트린 장면과 너무나 흡사했다. 언론의 관심은 '메시가 과연 마라도나가 잉글랜드전에서 넣은 '세기의 골'을 염두에 두고 모방했을까'에 쏠렸다.

메시는 "마라도나를 따라 하려는 뜻은 전혀 없었다. 잉글랜드전 득점 장면은 단 한 차례 TV를 통해 봤을 뿐이다"라고 우연의 일치라고 선을 그었다. 그러나 메시는 채 2개월이 되기 전에 마라도나가 멕시코 월드컵 잉글랜드전에서 넣은 '신의 손' 골과 똑같은 장면을 만들어 내 다시 한 번 스포트라이트를 집중받았다. 우연이라고 하기에는 마라도나와 메시가 넣은 골은 너무나 일치점이 많았다.

마라도나는 멕시코 월드컵 잉글랜드전에서 '세기의 골'을 넣기 전 상대 문전으로 길게 넘어오는 패스를 점프한 후 교묘하게 주먹으로 쳐올려 골키퍼의 키를 넘겼다. 명백한 핸드볼 파울이었지만 주심은 잉글랜드 선수들의 항의에도 불구, 득점을 인정했다. 마라도나는 경기 후 "그 골은 신의 손이 만들어낸 것이다"라는 말로 자신의 핸드볼 파울을 시인했다. 그 후 마라도나에는 '신의 손'이라는 별칭이 붙었다.

2007년 6월 9일 에스파뇰과의 프리메라리가 경기에서 메시는 '신의 손'을 완벽하게 재현한다. 0-1로 뒤지고 있던 전반 42분 오른쪽 측면에서 데쿠가 올린 낮고 빠른 크로스가 에스파뇰 수비수의 발에 맞고 굴절되자 골 지역 정면으로 뛰어 오른 메시는 왼손으로 볼을 쳐 골 네트로 집어넣는다. 명백한 핸드볼 파울. 레드카드를 받을 수도 있는 상황이었다. 그러나 주심은 득점을 인정한다. 에스파뇰 선수들이 몰려들어 강력하게 항의했지만 판정은 번복되지 않았다.

'세기의 골'에 '신의 손'까지 재현하며 메시는 세계로부터 '마라도나의 후계자'로 공인받았다. 아르헨티나 출신에 작은 키, 왼발잡이에 바르셀로나에 몸담았던 공통점까지, 심지어 마라도나를 신처럼 받드는 아르헨티나에서는 '마라도나의 재림'이라는 표현까지 나왔다.

바르셀로나는 2006~07 시즌 무관無冠의 수모를 당했다. 메시는 40경기에 출전, 17골을 기록했고 충격적인 마라도나 골의 재현으로 세계를 놀라게 했지만 우승 트로피를 차지하지 못하며 아쉬움을 남겼다. 시즌이 끝난 후 베네수엘라에서 열린 2007 코파 아메리카 대회에서도 좋은 활약을 펼쳤지만 아르헨티나는 숙적 브라질에 0-3으로 패배, 준우승에 머물렀다.

끝없는 부상, 유리 몸 스타

2007~08 시즌은 바르셀로나에게 힘든 시즌이었다. '에이스' 호나우지뉴의 슬럼프와 함께 프리메라리가에서 팀은 부진을 면치 못했다. 그러나 메시에게는 바르셀로나의 새로운 대들보로서 입지를 다지는 의미

있는 시즌이었다.

출발은 화려했다. 시즌 세 번째 경기였던 2007년 9월 19일 올림피크 리옹(프랑스)과의 UEFA 챔피언스리그 경기(3-0)를 시작으로 10월 7일 아틀레티코 마드리드(스페인)와의 프리메라리가 경기까지 6경기 연속 골을 기록하는 파죽지세를 보였다. 12월 동계 휴식기에 들어갈 때까지 각종 경기에서 13골을 터트렸다. 곳곳에서 '메시가 세계 최고 선수'라는 찬사가 터져 나왔다.

메시는 2007년 발롱도르 시상식에서 카카, 크리스티아누 호날두에 이어 3위에 올랐고 국제축구연맹^{FIFA} 2007년 올해의 선수 투표에서 호날두를 제치고 카카에 이어 2위를 차지했다.

카카는 2006~07 UEFA 챔피언스리그에서 득점왕을 차지하며 AC 밀란을 우승으로 이끌었다. 호날두는 맨체스터 유나이티드를 2006~07 잉글랜드 프리미어리그 우승의 일등공신. 반면 메시는 2006~07 시즌 단 한 개의 우승 트로피도 없이 '세계 최고'의 세 손가락 안에 들었다. 그의 폭발력은 이미 세계인을 매혹시키고 있었다.

메시 찬양론자 가운데는 독일 축구의 '카이저(황제)' 프란츠 베켄바워, 이탈리아 세리에 A의 간판스타 프란세스코 토티도 포함돼 있었다. 이들은 갓 스무 살을 넘긴 메시에게 "이미 세계 최고 수준에 이르렀다"는 찬사와 함께 발롱도르는 메시에게 돌아갔어야 한다는 견해를 공개적으로 밝혔다.

그러나 한창 페이스가 좋던 2008년 3월 또 다시 부상의 악령이 찾아들었다. 글래스고 셀틱(스코틀랜드)과의 UEFA 챔피언스리그 16강 2차전 경기 도중 왼쪽 허벅지 근육 파열로 그라운드를 떠나고 6주 결장의 진단을 받았다.

메시의 폭발력과 환상적인 개인기는 세계 최고라는 호칭을 붙이기에 모자람이 없었지만 지나친 부상으로 꾸준한 활약을 펼치지 못한다는 아킬레스건을 노출한 셈이다. 바르셀로나에 데뷔한 후 당한 세 번째 큰 부상이었다.

일부에서는 이어지는 메시의 부상에 소속팀인 바르셀로나의 책임을 지적했다. 갓 스무 살 밖에 되지 않은 선수를 지나치게 무리해서 기용한다는 주장이었다. 스페인 스포츠지 〈아스〉는 '메시가 3년간 크고 작은 부상으로 총 246일간 결장했다'고 지적했다.

바르셀로나 주장 카를레스 푸욜은 "메시가 정상적인 몸 상태가 아님에도 경기에 나섰다"고 팀 의료진을 비난했다. 레이카르트 감독이 메시의 출전을 요구하는 카탈루냐 지역 언론의 압박을 견디지 못하고 줏대 없이 중요하지 않은 경기에 출전을 강행시켜 부상을 불렀다는 지적까지 나왔다.

메시가 바르셀로나에서 차지하는 비중이 단적으로 확인된 셈이다. 이미 그는 바르셀로나의 기둥이자 에이스였다. 사람들은 그가 경기에 출전하지 않으면 레이카르트 감독의 소심함을 지적했고 경기에 나서 부상을 당하면 레이카르트 감독의 분별없음을 성토했다.

그러나 부상으로 가장 마음이 상했을 사람은 메시 본인이었다. 하지만 그는 냉정했다. 3년 사이에 세 번째 당한 큰 부상이지만 정신적으로 흔들림이 없었다. 그는 자신의 부상과 관련한 각종 논란에 대해 "바르셀로나 구단에는 책임이 전혀 없다. 사실이 아닌 것을 보도하는 언론의 관행을 납득할 수 없다"고 선을 그었다.

잉글랜드의 공적, EPL을 집어삼키다

정체기의 시작

유로 2004에서의 맹활약으로 기대치를 더욱 끌어 올린 호날두지만 2004~05 시즌은 기대만큼은 미치지 못했다. 잉글랜드 프리미어리그 데뷔 시즌에 누적된 피로를 풀 새도 없이 유로 2004에 출전, 휴식기가 부족했던 탓인지 시즌 개막 후 첫 골이 터질 때까지 4개월이나 걸렸다.

호날두는 첼시와의 잉글랜드 프리미어리그 개막전 엔트리에서 제외됐고 노리치시티와의 2라운드 경기 후반 39분 교체 투입되며 두 번째 시즌을 시작했다. 알렉스 퍼거슨 감독은 지난 시즌과 마찬가지로 호날두에게 꾸준한 출전 기회를 부여했고 호날두는 의욕에 충만했지만 좀처럼 결실이 맺어지지 않았다. 호날두의 플레이 스타일에 대한 비판적인 견해도 나오기 시작했다. 지나치게 개인플레이에 주력하고 동료를 활용하기보다는 스스로 해결하려는 의욕이 앞선다는 지적이었다. 한마디로 요약하자면 '이기적이고 욕심이 많다'는 것이다.

호날두는 누구보다 슈팅이 많은 선수다. 두 자릿수 슈팅을 기록하는 일이 종종 있을 정도다. 2011년 8월 28일 레알 사라고사와의 2011~12 스페인 프리메라리가 경기에서는 혼자서 상대 팀이 90분 동안 날린 슈팅(8) 수의 두 배에 이르는 16개의 슈팅을 날리기도 했다.

지금에야 호날두의 슈팅이 많다는 것이 문제가 될 수 없다. 팀에서 첫 손에 꼽히는 해결사다. 골을 얻기 위해서는 시도가 많을 수밖에 없다. 최고의 득점력을 보유하고 있는데다가 중거리 슈팅은 세계에서 첫 손에 꼽힌다. 오히려 슈팅 시도를 아끼는 것이 문제점으로 지적될 수 있다.

그러나 2004~05 시즌 당시에는 상황이 달랐다. 호날두는 당시 팀의 해결사가 아니었다. 간판 공격수는 뤼트 판 니스텔로이. 공격 전술의 중심축은 그에게 맞춰져 있었다. 호날두는 '도우미'의 임무에 주력해야 했다. 통상적인 윙 플레이어의 임무는 측면 돌파에 이은 크로스다. 호날두의 경우 지나치게 페널티 박스 안으로 파고들고 슈팅을 많이 날리는 것이 문제가 됐다.

호날두는 2004년 10월 3일 미들즈브러와의 잉글랜드 프리미어리그에서 풀타임을 소화하며 10개의 슈팅을 시도했다. 같은 달 30일 포츠머스전에서는 8개의 슈팅을 때렸다. 그러나 한 골도 뽑아내지 못했다. 문제는 호날두가 이처럼 슈팅을 많이 날린 경기에서 맨체스터 유나이티드가 만족할 만한 성과를 얻지 못했다는 데 있다. 미들즈브러와 1-1로 비겼고 포츠머스에는 0-2로 졌다. 슈팅을 난사한 호날두에게 비난이 쏟아질 만한 상황이었다. 누차 말하지만 2004년 당시 호날두의 팀 내 위상은 '가능성 있는 젊은 유망주' 정도일 뿐이었다.

잉글랜드 축구의 '차세대 희망'으로 떠오른 동갑내기 웨인 루니의 입단은 호날두의 팀 내 입지를 간접적으로 축소시킨 결과가 됐다. 맨체스터 유나이티드는 2004년 여름 이적 시장의 마지막 날인 8월 31일 2,700만 파운드(약 488억 원)의 거액을 지불하고 에버턴으로부터 루니를 모셔오는 데 성공했다. 유로 2004에서 4골을 터트리는 결정력을 과시한 루니는 '떠오르는 태양'에 다름 아니었다. 2003년 8월 호날두의 맨체스터 유나이티드 데뷔전은 센세이션했다. 그러나 루니의 맨체스터 유나이티드 데뷔전은 잉글랜드뿐 아니라 전 세계적으로 화제가 됐다.

2004년 9월 28일 올드 트래퍼드에서 열린 페네르바체(터키)와의 2004~05 유럽축구연맹UEFA 챔피언스리그 조별 리그전에서 맨체스터 유나이티드 유니폼을 입고 처음으로 그라운드에 선 루니는 해트트릭을 기록하고 도움 1개를 추가하는 맹활약으로 6-2 대승을 이끌었다. 당시 베스트 11에서 제외된 호날두는 교체 명단에 들었지만 출전 기회를 잡지 못했다. 누구보다 자존심이 강한 그가 벤치에서 잇달아 터지는 루니의 화려한 골 폭죽을 지켜보며 어떤 심정이었을지 상상하는 일은 어렵지 않다.

호날두는 맨체스터 유나이티드에서의 두 번째 시즌 50경기에 나서 9골을 터트렸지만 동갑내기 루니에 가려 스포트라이트를 많이 받지는 못했다. 루니는 잉글랜드 프리미어리그에서 11골을 터트리며 팀 내 정규 리그 최다 득점자가 됐고 프리미어리그 선수 협회가 수여하는 '베스트 영 플레이어'상을 거머쥔다.

'킹 판 니스텔로이' 와의 충돌

2005~06 시즌은 맨체스터 유나이티드 팀과 호날두 본인에게 모두 어려운 시즌이었다. 호날두는 박지성의 영입과 2004~05 시즌 대부분을 부상으로 쉰 뤼트 판 니스텔로이의 복귀로 입지가 줄어든다.

지금 상황을 놓고 보면 믿어지지 않는 일일 수도 있지만 한때 호날두가 박지성과의 주전 경쟁에서 밀리는 듯한 양상을 보일 때도 있었다. 2005~06 시즌 초반에는 박지성이 그라운드에 나서는 시간이 호날두보다 많았다. 박지성은 호날두와는 전혀 다른 특징을 지니고 있다. 팀에 헌신적이고 수비를 열심히 한다. 공격적인 측면에서는 호날두와 비교 대상이 될 수 없지만 팀 전체적으로 볼 때 호날두의 화려함 대신 묵묵한 박지성이 필요할 때도 있다. 게다가 호날두는 당시만 해도 지금처럼 '득점 기계'의 위용을 뽐내지는 못했다.

뤼트 판 니스텔로이의 복귀는 호날두의 입지를 더욱 압박했다.

퍼거슨 감독은 4-4-2 포메이션과 4-3-3 포메이션을 병용했는데, 호날두는 4-3-3 포메이션을 가동할 때는 붙박이를 장담할 수 없었다. 판 니스텔로이가 최전방 원 스트라이커로 나서고 루니가 오른쪽 측면 공격수로, '왼발의 달인' 라이언 긱스가 왼쪽 측면에 주로 나섰기 때문이다. 판 니스텔로이가 맨체스터 유나이티드 공격의 중심에 있는 한 호날두의 활용 폭은 제한될 수밖에 없었다. 게다가 판 니스텔로이는 볼을 잡으면 오래 끄는 호날두의 스타일에 질색을 했다. 페널티 박스 내에서 위치를 점하고 있는 자신에게 패스를 하지 않고 직접 해결하려는 호날두의 플레이에 불만이 많았다. 결국 2006년 1월 캐링턴에서 훈련 도중 호날두가 볼을 잡고 끈다는 이유로 큰 싸움을 벌이기도 했다.

호날두의 플레이 스타일상 판 니스텔로이와의 좋은 궁합은 기대하기 어려웠다. 게다가 감정의 골까지 파이게 되자 두 사람 중 한 명은 팀을 떠나야 될 상황에까지 이르렀다. 호날두가 당시 정신적으로 크게 불안정한 상태였다는 것을 확인시켜 주는 것이 1월 14일 맨체스터 시티와의 더비전에서 당한 퇴장이다. 상대 수비수 스티븐 조던의 깊은 태클에 그라운드를 나뒹군 호날두는 0-2로 뒤진 후반 20분께 한때 맨체스터 유나이티드에서 활약했던 베테랑 공격수 앤디 콜을 목표로 보복성의 태클을 시도해 레드카드를 받는다.

당시 호날두와 판 니스텔로이 모두 이적과 관련한 소문이 무성했다.

판 니스텔로이는 아스널의 티에리 앙리와 함께 잉글랜드 프리미어 리그 최고 골잡이로 꼽혔다. 2002~03 시즌을 끝으로 정규 리그 우승을 차지하지 못했던 맨체스터 유나이티드가 쉽게 포기할 수 있는 대상은 아니었다. 호날두는 현재보다 미래가 더욱 기대되는 유망주였다. 성장세와 잠재력을 고려할 때 더욱 포기할 수 없는 카드였다.

퍼거슨 감독은 결국 미래를 선택했다. 시즌 막판부터 판 니스텔로이를 중용하지 않았다. 특히 2월 26일 위건 애슬레틱과의 칼링컵 경기(4-0)를 시작으로 5경기 연속 판 니스텔로이를 베스트 11에서 제외한다. 판 니스텔로이는 퍼거슨 감독의 기용 방식에 크게 반발하고 맨체스터 유나이티드를 떠날 생각을 굳혔다. 그러나 판 니스텔로이가 중용되지 않은 후 맨체스터 유나이티드는 오히려 좋은 성적을 남겼다. 특히 호날두는 판 니스텔로이가 선발에서 제외된 5경기에서 2골 2도움으로 펄펄 날았다.

결국 판 니스텔로이는 독일 월드컵이 끝난 후 레알 마드리드로 둥지를 옮긴다. 2001년 PSV 에인트호벤에서 이적해 온 후 맨유의 붙박이 스트라이커로 활약한 판 니스텔로이의 이적으로 맨체스터 유나이티드는 새로운 공격 전술로 2006~07 시즌을 맞는다. 그 중심에는 호날두가 있었다.

2006~07 시즌은 호날두가 '유망주'에서 '세계 최고'로 발돋움한 의미 있는 시즌이다.

잉글랜드 공공의 적

호날두가 잉글랜드 프리미어리그에 입문한 후 세 시즌은 사실 맨체스터 유나이티드에 '암흑기'나 마찬가지였다.

2002~03 시즌 잉글랜드 프리미어리그에서 우승했지만 이후 세 시즌 연속 타이틀을 놓쳤고 유럽축구연맹UEFA 챔피언스리그에서도 부진하

며 강호다운 면모를 보이지 못했다. 2003년 데이비드 베컴이 레알 마드리드로 이적했고 2005년에는 주장으로 팀을 이끌던 로이 킨이 알렉스 퍼거슨 감독과의 불화 끝에 은퇴했다. 팀 공격의 중심에 섰던 뤼트 판 니스텔로이도 2005~06 시즌을 끝으로 맨체스터 유나이티드에 결별을 고했다.

맨체스터 유나이티드가 지지부진한 사이 라이벌 팀은 약진을 거듭했다. 아스널은 2003~04 잉글랜드 프리미어리그에서 사상 최초의 무패 우승(26승 12무)이라는 금자탑을 쌓았다. 2004~05 FA컵 결승에서도 맨체스터 유나이티드를 꺾고 정상에 올랐다. 러시아 석유 재벌 로만 아브라모비치가 팀을 인수한 후 공격적인 투자로 일약 잉글랜드 프리미어리그의 신흥 강호로 떠오른 첼시는 2004~05, 2005~06 잉글랜드 프리미어리그에서 거푸 정상에 오르는 기염을 토했다.

맨체스터 유나이티드의 오랜 숙적 리버풀은 모든 유럽 축구 클럽의 꿈인 UEFA 챔피언스리그 정상 등극의 감격을 맛봤다. 2004~05 UEFA 챔피언스리그 결승에서 리버풀은 AC 밀란(이탈리아)에 0-3으로 뒤지다가 3-3 동점을 만들고 승부차기에서 폴란드 대표팀 수문장 예지 두덱의 신들린 선방에 힘입어 승리, 유럽 챔피언에 올랐다.

반면 같은 기간 맨체스터 유나이티드가 얻은 우승 트로피는 2005~06 칼링컵 뿐이다. 라이벌 팀의 선전과 맞물린 부진으로 알렉스 퍼거슨 감독이 퇴진 압력을 받고 있다는 소문이 나돌기도 했다.

과도기에 나타나는 일시적인 정체 현상이었다. 맨체스터 유나이티드 중심축은 웨인 루니와 호날두로 옮겨가고 있었다. 완전히 자리를 잡지 못했을 뿐 동갑내기 두 사람이 동시에 폭발하며 낼 '시너지'는 팬들의 많은 기대를 받고 있었다.

그러나 루니와 호날두를 중심으로 한 맨체스터 유나이티드의 명예 회복은 시작도 하기 전에 삐걱거렸다. 2006년 독일 월드컵 8강전에서 포르투갈과 잉글랜드가 맞붙었고 호날두가 루니의 퇴장을 유도한 후 벤치에 윙크를 날리는 모습이 TV 화면을 통해 잡힌 것.

루니는 경기 후반 히카르두 카르발류의 태클에 걸려 넘어졌고 일어나는 과정에서 카르발류의 사타구니를 발로 밟았다. 카르발류가 과장되게 통증을 호소하는 사이 호날두가 주심에게 달려와 루니에게 카드를 줄 것을 종용했고 루니는 신경질적으로 호날두의 가슴을 밀쳐냈다. 아르헨티나 출신의 호라시오 엘리손도 주심은 그제야 루니에게 레드카드를 꺼내 들었다. 루니의 퇴장을 호날두가 유도했다고 잉글랜드 팬들이 판단하게 된 이유다. 카르발류를 밟아서 레드카드를 받은 것이 아니라 주심에게 고자질하는 호날두에 격분해 밀친 것이 퇴장의 직접적인 원인으로 작용했다는 것이다.

결정적으로 팬들의 미운 털이 박힌 것은 퇴장을 당한 루니가 벤치로 걸어가는 뒷모습을 바라보고 날린 '회심의 윙크'다. TV 중계를 통해 정확하게 포착된 이 장면은 호날두를 루니 퇴장의 원흉으로 만들었다.

잉글랜드는 결국 루니 퇴장으로 인한 수적 열세를 만회하지 못했고 승부차기 혈전 끝에 패배한다. 잉글랜드 팬들을 더욱 분노시킨 것은 호날두가 승부차기 마지막 키커로 나와 페널티 킥을 성공시키며 상대의 숨통을 끊었다는 것. 비록 국가의 명예가 걸린 대회라고 하지만 소속팀 동료의 불행에 희희낙락하는 호날두의 모습은 잉글랜드 언론과 팬들로부터 엄청난 공분을 샀다.

잉글랜드 팬들로서는 1998년 프랑스 월드컵의 악몽이 재현된 셈이다. 당시 아르헨티나와의 16강전에서 데이비드 베컴은 디에고 파블로 시메오네의 도발에 넘어가 그를 걷어 찬 후 레드카드를 받았고 잉글랜드는 8강 진출이 좌절됐다.

차이가 있다면 프랑스 월드컵 때는 자제심이 부족했던 베컴에 비난의 화살이 집중됐지만, 이번에는 루니가 면죄부를 받은 대신 호날두가 '원흉'으로 지목됐다는 점이다.

상처를 딛고 에이스로 우뚝

런던의 펍(영국식 선술집)에서 잉글랜드 훌리건들은 호날두의 유니폼 화형식을 했고 영국의 모든 언론들이 호날두를 '파렴치범'으로 몰고 갔다. 일부에서는 루니가 '호날두에 복수를 다짐하고 있다'는 근거 없는 보도를 하기도 했다. 잉글랜드 월드컵 탈락의 모든 책임이 호날두에 전가되는 분위기였다.

호날두는 자서전과 다큐멘터리에서 당시의 행동에 대해 추호의 후회나 부끄러움이 없다고 말했다. 승리를 위해서는 어떤 일도 할 수 있다고 했다. 그리고 사건 자체를 심각하게 받아들이지 않았다고 한다. 당사자인 루니와는 경기가 끝난 후 문자 메시지를 주고받으며 앙금을 풀었다.

그러나 문제는 잉글랜드에서 일어났다. 호날두가 위협을 느낄 정도로 비난 여론이 들끓어 올랐다. 실제로 살해 협박 편지를 받기도 했고 성난 군중이 던진 돌에 집 유리창이 박살나는 등 신변을 우려하지 않을 수 없는 상황이었다.

호날두는 맨체스터 유나이티드로 돌아오지 않으려 했다. 레알 마드리드 등으로 이적한다는 루머가 나돌았다. 호날두는 독일 월드컵을 끝낸 후 팀에 복귀하려 들지 않았다. 포르투갈 남부 휴양 도시 알가르베에서 잉글랜드 팬들의 원성으로 받은 마음의 상처를 치유하고 있는 호날두를 안심시키기 위해 결국 퍼거슨 감독이 직접 나섰다.

퍼거슨 감독은 진작부터 호날두에 연락을 하려 했지만 전화가 닿지 않았다. 에이전트 호르헤 멘데스를 통해 호날두의 휴대폰 번호가 바뀌었다는 사실을 안 퍼거슨 감독은 데이비드 길 맨체스터 유나이티드 단장과 함께 알가르베로 날아가 호날두를 달래고 안심시켰다. 호날두가 절대적으로 신뢰하는 멘데스까지 나서서 "사실이 아닌 루머를 퍼뜨리고 너를 비난하는 사람들에게 이런 어려움을 어떻게 극복하는지를 보여주자"고 용기를 북돋웠고 호날두는 결국 맨체스터 유나이티드에 머무르기로 마음을 굳혔다.

야유가 쏟아질 것이라고 예상은 했지만 정도는 상상을 초월했다. 올드 트래퍼드를 제외한 잉글랜드 프리미어리그 19개 경기장에서 호날두가 볼을 잡으면 상대 팀 관중들은 야유를 퍼부어댔다. 보통 선수 같았다면 슬럼프에 빠질 수 있는 상황이었다. 호날두 스스로 팀 복귀를 망설였을 정도로 팬들의 위협에 불안을 느꼈음을 고려할 때 주위에서 '정상적인 플레이를 펼칠 수 있을까' 하는 의문을 갖기에 충분했다.

그러나 호날두는 2006~07 시즌 최고의 활약을 펼친다. '해결사'와 '도우미'로서 모두 만개한 재능을 뽐냈다. 53경기에 출전해 23골과 20도움을 수확했다. 골과 도움 모두 팀 내 최다 기록.

일부에서 판 니스텔로이의 공백과 독일 월드컵 8강전에서 빚어진 루니와 호날두의 껄끄러운 관계, 또 극성스러운 잉글랜드 팬들의 호날두에 대한 야유와 언론의 독설 등으로 맨체스터 유나이티드가 흔들릴 것이라고 예상했지만 호날두가 이끄는 공격진은 활화산처럼 폭발했다.

판 니스텔로이의 이적으로 페널티 박스 안쪽으로 마음 놓고 파고 들 수 있게 된 호날두의 파괴력은 기대 이상이었다. 전매특허가 된 프리킥 직접 슈팅도 이때부터 '세계 최고'로 인정받기 시작했다. 부단한 노력의 결과다. 호날두는 맨체스터 유나이티드 데뷔 골을 프리킥으로 넣기는 했지만 입단 초기만 해도 프리킥 슈팅이 매우 부정확했고 파워도 떨어졌다.

루니와의 경쟁 관계도 역전됐다. 2005~06 시즌 루니는 판 니스텔로이와 함께 맨유의 최전방을 책임지는 '에이스'였고 호날두는 이들을 보조하는 측면 미드필더에 지나지 않았다. 그러나 2006~07 시즌 호날두는 명실상부한 '에이스'로 위치에 구애 받지 않고 마음껏 그라운드를 누비는 '특권'을 부여받았다.

호날두의 활약에 힘입은 맨체스터 유나이티드는 4년 만에 잉글랜드 프리미어리그 왕좌에 복귀했다. 호날두는 프리미어리그 선수 협회가 선정하는 '올해의 선수'와 '베스트 영 플레이어' 상을 싹쓸이했다. 잉글랜드 프리미어리그 역사상 한 시즌에 두 개의 트로피를 석권한 선수는 호날두가 처음이었다.

2006~07 시즌 호날두의 성취는 월드컵에서의 시련을 극복하고 이뤄냈다는 점에서 큰 의미를 지닌다. 정신적으로 누구보다 강인하고 주변 환경에 흔들림 없이 경기 집중력을 유지하는 진정한 프로페셔널이라는 것을 입증한 것이다. 호날두는 스포르팅 CP 유소년 아카데미에 합류한 후 '일찍 어른이 될 것을 강요받았다'고 말해 왔다. 나이는 21세에 불과하지만 엄청난 중압감을 극복할 정도로 정신적으로 성숙해 있었다.

그러나 호날두의 성공과 함께 '안티 세력'도 늘어나기 시작했다. 야유가 쏟아지는 가운데 골을 터트린 후 '떠들어봐라'는 식의 다소 오만해 보이는 골 셀러브레이션을 하는 것이 문제가 됐고, 여자관계 등 사생활이 언론을 통해 노출되며 '바람둥이'라는 소문이 만들어지기도 했다. 호날두는 축구 외의 내용으로 타블로이드 지면에 오르내리기 시작한다. 대부분은 여성 편력과 관련된 것이었고 숨기고 싶은 가족사가 폭로되는 등 '유명세'를 혹독하게 치르기 시작한다. 그리고 호날두의 진정한 강인함은 이때부터 발휘되기 시작한다.

40년 만에 깨뜨린 신화

2006~07 시즌 보여준 크리스티아누 호날두의 맹활약은 시작에 불과

했다. 2007~08 시즌, 호날두는 '불멸'이라고 인식되던 맨체스터 유나이티드의 전설 조지 베스트의 신화를 깨뜨리며 전 세계를 경악시킨다.

호날두는 2007~08 시즌 잉글랜드 프리미어리그에서 31골, 유럽축구연맹UEFA 챔피언스리그에서 8골, 컵 대회에서 3골을 터트리며 총 42골을 작렬, 베스트가 가지고 있던 측면 공격수 최다 골(1967~68 · 32골) 기록을 훌쩍 넘어섰고 잉글랜드 프리미어리그 득점왕과 UEFA 챔피언스리그 득점왕을 석권했다. 유럽 리그 전체에서 가장 많은 골을 넣은 선수에게 주는 유러피언 골든부트도 호날두의 차지였고 정규 리그에 이어 UEFA 챔피언스리그 정상에 오르는 감격까지 맛본다.

대서양의 절해고도, 마데이라의 궁벽한 시골 마을 출신 소년이 유럽을 발밑에 놓는 순간이었다.

호날두의 시즌 출발은 순탄치 못했다. 2007년 8월 15일, 포츠머스와의 잉글랜드 프리미어리그 2라운드 경기에서 호날두는 후반 40분 리처즈 휴즈를 머리로 들이받고 퇴장을 당한다. 경기 내내 자신을 괴롭힌 데다가 후반 39분 악의적인 태클을 당한 후 분을 참지 못한 것이다. 이유가 어찌됐건 그라운드에서 폭력을 휘두른 행위는 용서받을 수 없었다. 잉글랜드축구협회는 '박치기 사건'을 일으킨 호날두에게 3경기 추가 출전 금지의 중징계를 내렸다.

공교로운 것은 2006년 맨체스터 시티전에서 앤디 콜에게 거친 태클을 했을 때 지체 없이 레드카드를 뽑아 들었던 스티브 베넷 주심이 포츠머스전에서도 주심을 맡았다는 것.

호날두의 박치기 사건은 2006년 독일 월드컵 결승전에서 이탈리아의 마테라치에게 박치기를 먹이고 퇴장당한 지네딘 지단과 비교되며 전 세계적인 화제가 됐다. 국내에서도 '호날두 박치기'가 포털 사이트 실시간 검색어 1위에 오르는 등 큰 관심을 끌었다.

여론의 화살은 호날두에게 집중됐다. 언론뿐 아니라 맨체스터 유나이티드 팬까지도 간판 스타로서 자제심을 발휘하지 못했던 호날두를 비판했다. 웨인 루니가 부상으로 시즌 초반 6주간 경기에 나올 수 없는 상황이어서 호날두의 돌출 행동에는 더 많은 비난이 쏟아졌다. 루니의 부상에 호날두의 출전 정지 징계, 맨체스터 유나이티드로서는 '차포를 모두 떼고' 장기판에 앉게 된 꼴이었다.

그러나 '박치기 사건'과 이로 인한 호날두에 대한 비난 여론이 잠잠해지는 데는 오랜 시간이 필요하지 않았다. 지단의 '월드컵 결승전 박치기 사건'과 달리 호날두의 박치기 퇴장은 팬들의 뇌리에서 쉽게 사라졌다. 그라운드에 돌아온 후 명실상부한 '슈퍼맨급' 활약을 펼쳤기 때문이다. 언론과 팬들은 그의 활약에 찬사를 퍼붓기에도 시간이 모자랐다.

세계를 매혹시킨 화려함

생애 최고 시즌은 공교롭게도 '친정'에서 시작됐다. 9월 19일 리스본 알발라데 스타디움에서 열린 스포르팅 CP와의 UEFA 챔피언스리그 조별 리그 1차전 원정 경기에 출전한 호날두는 후반 17분 골 지역 정면에서 그림 같은 다이빙 헤딩슛으로 선제골을 터트렸다. 시즌 개막 후 1개월여 만에 터트린 마수걸이 골.

그러나 호날두는 포효하거나 환호하지 않았다. 라이언 긱스 등 동료들이 와서 얼싸안고 축하하는 가운데 호날두는 두 손을 가지런히 모으고 관중석을 향해 머리를 숙였다. '친정'을 상대로 득점할 수밖에 없는 상황에 양해를 구한 것이다. 호날두는 센터 서클로 돌아가기 전 다시 한 번 손을 모으고 머리가 땅에 닿을 정도로 큰절을 올렸다. '친정 팬'들은 후반 32분 카를로스 테베스와 교체돼 벤치로 물러나는 호날두를 향해 기립 박수를 보내며 화답했다.

발동이 걸린 호날두의 득점포는 무서운 기세로 터졌다. 지난 시즌에 비해 골 결정력이 눈에 띄게 향상된 모습을 보였다. 박지성이 그라운드를 누비는 모습을 보기 위해 TV 앞에서 밤을 지새운 국내 팬들의 시선을 사로잡은 것도 이 시기다. '멀티 골 게임(한 경기에서 두 골 이상을 넣는 것)'이 눈에 띄게 많아졌고 2008년 1월 12일 뉴캐슬 유나이티드와의 잉글랜드 프리미어리그(6-0) 경기에서는 자신의 첫 해트트릭을 기록하기도 했다.

골 결정력과 함께 호날두의 명성을 더욱 높인 것은 화려한 개인기다. 명색이 '세계 최고 리그'라는 잉글랜드 프리미어리그에서 뛰는 상대 수비수들을 농락하는 듯한 신기를 여러 차례 선보였다.

단연 화제가 된 것은 '라보나 힐킥'이다. 디딤발의 뒤로 발을 돌려 킥을 하는 '라보나킥'은 개인기가 뛰어난 남미 선수들이 상대의 타이밍을 뺏거나 의표를 찌르는 수단으로 가끔 사용한다. 호날두도 맨체스터 유나이티드 입단 후 몇 차례 '라보나킥'으로 패스나 크로스를 올린 적이 있다.

그러나 호날두는 2008년 3월 29일 애스턴빌라전에서 기상천외한 라보나 힐킥으로 선제골을 넣어 일대 센세이션을 일으켰다. 전반 17분 코너킥에서 이어진 문전 혼전에서 흘러나온 볼을 골 지역 정면에 있던 호날두는 오른발을 왼발 뒤로 돌리며 발뒤꿈치로 볼을 차 골 네트를 갈랐다. '전대미문'이라는 표현밖에 쓸 수 없는 이 골에 세계가 열광했다. 잉글랜드 프리미어리그 통산 최다 골 기록을 보유하고 있는 앨런 시어러조차 "저런 골을 넣을 수 있는 선수는 호날두 밖에 없다. 명백한 세계 최고 선수"라고 찬사를 보냈다. 호날두는 선제 결승골을 넣었을 뿐 아니라 도움 3개를 잇달아 기록하며 4-0 완승을 이끌었다.

호날두는 5월 3일 웨스트햄 유나이티드와의 잉글랜드 프리미어리그 37라운드 경기에서 2골을 추가하며 정규 리그 30골 고지에 올라섰다. 잉글랜드 프리미어리그에서 정규 리그 30골 을 터트린 선수가 나온 것은 1995~96 시즌 블랙번 로버스에서 앨런 시어러가 31골을 기록한 후 12년 만의 일이었다. 호날두는 위건과의 정규 리그 최종전에서 페널티킥으로 한 골을 추가, 시어러의 기록과 타이를 이뤘다. 잉글랜드 프리미어리그가 현재와 같은 팀당 38경기 체제로 전환된 후 한 시즌 최다 골 기록이다.

잉글랜드 프리미어리그 한 시즌 최다 골 기록은 1993~04 시즌 앤디 콜(맨체스터 유나이티드)과 1994~95 시즌 시어러가 기록한 34골. 그러나 당시 잉글랜드 프리미어리그는 22개 팀으로 구성돼 팀당 42경기를 치렀었다. 팀 당 38경기를 치르는 지금보다 4경기가 많다.

호날두는 2007~08 시즌 34경기에서 31골을 터트렸는데, '박치기 사건'으로 3경기 출전 정지를 받지 않았다면 콜과 시어러의 기록마저 깨뜨렸을 수도 있다.

영웅과 역적 사이

정규 리그 우승을 두 시즌 연속 차지한 호날두는 5월 21일 모스크바 루즈니키 스타디움에서 열린 2007~08 UEFA 챔피언스리그 결승전에서 숙적 첼시와 격돌한다. 호날두가 천국과 지옥을 모두 맛 본 한판이었다. 기대를 모았던 박지성의 출전이 불발돼 TV 앞을 지키던 한국 축구 팬들이 분통을 터트렸던 경기기도 하다. 박지성은 FC 바르셀로나와의 준결승에서 좋은 활약을 보여 아시아인 최초의 UEFA 챔피언스리그 결승 출전 기대를 한껏 높였지만 퍼거슨 감독은 출전 엔트리에서 박지성을 제외하는 의외의 결정을 내렸다.

호날두는 전반 25분 선제골을 터트리고 포효했다. 페널티 지역 오른쪽 바깥에서 올라온 크로스를 골 지역 왼쪽에서 떠올라 헤딩으로 마무리했다. 폭발적인 점프력과 완벽한 터치, 세계 최고 골키퍼로 명성이 높은 페테르 체흐가 반응조차 하지 못했을 정도의 완벽한 마무리였다.

그러나 첼시는 프랭크 램퍼드의 동점골로 경기를 원점으로 돌렸고 연장전에서도 우열을 가리지 못해 승부차기로 접어들었다.

호날두의 장점은 미사일 슛, 골키퍼가 방향을 읽는다고 해도 워낙 슈팅이 빨라 막아내기 어렵다. 그러나 팀의 승부차기 3번 키커로 나선 호날두의 오른발 페널티 킥은 체흐 골키퍼가 정확히 막아냈다. 비가 내리는 그라운드에서 호날두는 숙인 고개를 들지 못했다. 4-4로 맞선 상황에서 첼시의 5번 키커 존 테리가 들어섰다. 테리의 페널티 킥이 성공되면 120분간 수중 혈투는 끝. 페널티 킥을 실축한 호날두는 '역적'으로 몰리게 된다.

그러나 테리가 호날두를 살렸다. 비에 젖은 그라운드에 미끄러진 테리의 발을 떠난 볼은 어처구니없이 골문을 벗어났다. 승부는 7번 키커에서 갈렸다. 라이언 긱스가 킥을 성공시킨 반면, 니콜라 아넬카의 슈팅은 에드윈 반 데사르의 손에 걸리며 혈투는 마감됐다.

호날두가 명실상부한 유럽 정상에 서는 순간.

이미 UEFA 챔피언스리그 득점왕을 차지한 호날두는 우승 트로피까지 거머쥐며 생애 최고 시즌의 화룡점정에 성공했다. 호날두는 2007~08 시즌의 맹활약에 힘입어 2008년 발롱도르와 국제축구연맹 UEFA 올해의 선수상까지 싹쓸이하며 지네딘 지단 은퇴 후 유럽 축구 최고 스타로 떠올랐다.

역사에 가정은 없지만 존 테리의 페널티 킥이 성공했다면 호날두의 영광은 없었을지 모른다. 호날두는 잉글랜드의 엄청난 비난 여론의 희생양이 됐을 것이고 UEFA 챔피언스리그 우승 타이틀이 없었다면 2008년 베이징 올림픽 금메달을 따냈고 2008~09 시즌 초반 맹렬한 기세로 골을 터트린 라이벌 리오넬 메시에게 2008년 FIFA 올해의 선수상을 빼앗겼을지도 모른다.

2003년 여름 짐도 제대로 싸지 못한 채 잉글랜드행 비행기에 올랐던 호날두는 5년 만에 유럽을 정복했다. 포르투갈 출신 축구 선수로 사상 최고의 성공을 거둔 셈이다. 1966년 월드컵에서 포르투갈 돌풍을 일으켰던 에우제비오도, 바르셀로나와 레알 마드리드에서 맹활약한 루이스 피구도 호날두처럼 세계 팬들을 열광시키지는 못했다.

그러나 오르막이 있으면 내리막도 있기 마련이다. 정상에 오르기까지 팬들의 야유와 언론의 날 선 비판 등을 참아내던 호날두는 정규 리그 2연패와 UEFA 챔피언스리그 우승 등으로 모든 것을 이루자 잉글랜드 탈출을 꿈꾸게 된다. 오스트리아와 스위스가 공동 개최한 유로 2008 준비를 위해 포르투갈 대표팀 캠프에 합류한 호날두가 스페인 명문 레알 마드리드로 이적 결심을 굳혔다는 소문이 파다하게 퍼진다.

CHAPTER 8

점입가경,
메시와
호날두의
불꽃 레이스

하늘 아래 두 개의 태양이 있을 수는 없다. 약육강식과 적자생존의 법칙이 통용하는 승부의 세계에서도 최고의 타이틀은 한 사람에게만 돌아간다.

리오넬 메시와 크리스티아누 호날두의 라이벌 대결이 재미있는 까닭은 우열을 가리기 힘든 축구 천재 두 사람이 동시대에 태어나, 같은 무대에서 한 치의 양보 없이 맞서고 있기 때문이다.

먼저 지존의 타이틀을 차지한 쪽은 호날두였다. 2007~08 유럽축구연맹(UEFA) 챔피언스리그에서 득점왕과 우승 트로피를 거머쥐며 '새로운 축구 황제'의 탄생을 알렸고, 2008 국제축구연맹(FIFA) 올해의 선수와 발롱도르를 싹쓸이하며 '호날두 시대'의 개막을 선포했다.

그러나 호날두 천하는 오래가지 못했다. 메시가 불같은 기세로 호날두에 따라 붙었기 때문이다. 2008~09 시즌 메시는 유러피언 트레블의 위업을 달성했다. 스페인 프리메라리가와 UEFA 챔피언스리그, 코파 델레이에서 차례로 우승 트로피를 품에 안았다. FIFA 올해의 선수, 발롱도르 등 2008년 호날두가 차지했던 영광이 고스란히 메시에 돌아갔다.

2009년 여름 호날두가 바르셀로나의 필생 숙적, 레알 마드리드 유니폼을 입으며 두 사람의 경쟁은 본격적으로 불이 붙었다. 종목과 국경을 초월해 비교 대상을 찾기 어려운 첨예한 라이벌 관계인 바르셀로나와 레알 마드리드의 유니폼을 입은 메시와 호날두의 '천재 대결'은 전 세계적인 관심의 대상이 됐다.

승부의 세계에서 무승부란 존재하지 않는다. 어느 쪽이 승자가 되면 나머지 한 사람은 패자의 오명을 안을 수밖에 없다. 메시와 호날두가 스페인 프리메라리가에서 함께 뛰기 시작한 후로 두 사람의 희비는 늘 엇갈렸다. 2012년까지 메시가 일방적으로 호날두에 앞서 '라이벌로 부르는 것 자체가 무의미하다'는 평가까지 나왔지만 2013년 들어 재역전 레이스의 조짐까지 보이고 있다.

재미있는 것은 메시와 호날두가 지니는 선(善)과 악(惡)의 이미지까지 시시각각 바뀌어 가고 있다는 점이다.

펠레? 마라도나? 이제 메시!

바르셀로나 철인 10호

출중한 경기력에도 불구, 잦은 부상으로 '유리 몸'이라는 지적을 받았던 메시는 2008년 이후 '철인'으로 변신했다. 2008년 여름 이후 메시는 숨 돌릴 틈 없이 이어지는 일정을 거뜬히 버티며 축구사의 새로운 이정표를 하나 둘씩 세워나가고 있다.

2007~08시즌까지 바르셀로나에서 19번을 달던 메시는 호나우지뉴의 방출과 함께 그의 등번호 10번을 물려받았다. 10번은 세계 축구사에 불멸의 족적을 남긴 펠레(브라질), 디에고 마라도나(아르헨티나), 미셸 플라티니(프랑스) 등이 달았던, '에이스'를 상징하는 번호다.

메시는 바르셀로나에서 '에이스의 등번호'를 부여받은 이후 총 14개의 우승 트로피를 팀에 선사하며 새로운 전설을 만들어 나가고 있다.

메시는 유럽에서 손꼽히는 역사를 지닌 바르셀로나 창단 후 최고의 선수라고 단언할 수 있다. 바르셀로나 유니폼을 입은 선수 가운데 메시에 비교할 만한 대상은 없다. 2012년 3월 21일 메시는 그라나다와의 프리메라리가 경기(5-3)에서 해트트릭을 달성하며 바르셀로나 유니폼을 입고 총 234골을 기록, 세사르 로드리게스가 보유한 팀 역사상 최다 골(232)을 넘어섰다. 2012~13 시즌까지 메시가 바르셀로나에서 기록한 골은 총 313골. 역대 2위인 로드리게스와의 격차는 어느새 80골 이상 벌어졌다. 스페인 프리메라리가에서는 215골을 기록, 역시 바르셀로나 통산 최다 득점 신기록을 수립했다.

발롱도르와 FIFA 올해의 선수상을 4년 연속(2009, 2010, 2011, 2012) 차지한 것도 세계 축구사에 새로운 기록이다. 특히 유럽 최고 선수에게 주어지던 발롱도르와 FIFA가 선정한 올해의 선수가 FIFA-발롱도르라는 이름으로 통합 시상된 2010년 이후 상을 독점하고 있다.

UEFA 챔피언스리그 득점왕에는 네 번 올랐다. 2008~09 시즌을 시작으로 2011~12 시즌까지 네 시즌 연속 수상이다. 1956년 유러피언컵(UEFA 챔피언스리그 전신)이 출범한 이래 챔피언스리그에서 득점왕을 네 시즌 연속 차지한 선수는 메시가 유일하다.

2012년 3월 7일 레버쿠젠(독일)과의 16강 2차전에서는 5골을 몰아넣으며 세계를 충격에 빠뜨렸다. UEFA 챔피언스리그 토니먼트 사상 한 경기 최다 골 기록이다. 현재 페이스와 나이를 고려할 때 메시는 유럽 리그 축구에서 득점과 관련된 모든 기록을 새롭게 쓸 것으로 예상된다.

득점 기록 이상으로 놀라운 것은 우승 트로피의 숫자다. 2004년 바르셀로나 1군 입성 후 메시가 차지한 우승 트로피의 목록은 다음과 같다.

▶UEFA 챔피언스리그 3회(2005~06, 2008~09, 2010~11)

▶스 페 인 프 리 메 라 리 가 6회(2004~05, 2005~06, 2008~09, 2009~10, 2010~11, 2012~13)

▶코파 델레이 2회(2008~09, 2011~12)

▶FIFA 클럽 월드컵 2회(2010, 2011)

▶스페인 수페르코파 6회(2005, 2006, 2009, 2010, 2011, 2012)

▶UEFA 슈퍼컵 2회(2009, 2010)

올 시즌을 마지막으로 메시가 은퇴한다고 해도 그가 이룩한 업적을 뛰어 넘을 선수가 후대에 나오기는 어렵다.

특히 UEFA 챔피언스리그 우승을 세 번이나 차지했다는 것은 놀라운 일이다. 이미 그는 유럽 축구 역사상 최고의 선수가 됐다. 문자 그대로 가공할 일이다. 전대에 없었고 후대에도 일어나기 어려운 일들이 축구 팬들의 눈앞에 펼쳐지고 있다.

올림픽 금메달, 신화의 신호탄

메시의 전성기는 2008년 베이징 올림픽으로 시작됐다.

당초 바르셀로나는 UEFA 챔피언스리그 3차 예선과 일정이 겹친다는 이유로 메시의 올림픽 출전에 부정적인 입장이었지만 메시의 고집을 꺾지 못하고 결국 출전을 허락했다. 게다가 메시는 지난 3년간 부상으로 여러 차례 장기간 결장했다. 바르셀로나 지역 언론도 호의적일 수 없었다.

2007~08 시즌부터 메시는 명실공히 바르셀로나의 기둥이 됐다. 게다가 팀은 격변기에 놓여 있었다. 호셉 과르디올라 감독으로 사령탑이 교체되고 호나우지뉴, 데쿠 등이 팀을 떠난 상황에서 팀의 미래는 불투명하기만 했다.

바르셀로나 구단 관계자라면 누구도 메시의 올림픽 출전을 허용하기 어려운 상황이었다. 국제축구연맹FIFA은 '이사회 특별 결의 사항'임을 근거로 유럽 각 구단에 23세 이하 선수들의 올림픽 출전을 예외 없이 허용하라는 지시를 내렸다. 그러나 일선 구단은 FIFA의 졸속 행정에 크게 반발했다. 바르셀로나는 FIFA의 주장에 불복, 스포츠중재재판소에 제소했고 올림픽 대표팀 차출 요청에 무조건 협조할 이유가 없다는 판결을 받아낸다.

아르헨티나 올림픽 대표팀에 합류해 있던 메시에게 즉시 소환령이 떨어졌다. 바르셀로나는 메시가 조국을 위해 베이징 올림픽에서 뛰는 것보다 소속팀을 위해 UEFA 챔피언스리그 3차 예선전에 출전하기를 원했다. 그러나 메시는 아르헨티나 올림픽 대표팀 잔류를 강력히 원했고 과르디올라 감독은 장고 끝에 이를 허락했다.

메시가 진정으로 올림픽 출전을 원하고 있고 그를 위한 최선의 방법은 강제 소환이 아니라 올림픽에서 원 없이 뛰게 하는 것이라는 사실을 깨달았기 때문이다. 과르디올라 감독은 '행복하지 않은 메시'는 최고의 플레이를 펼칠 수 없음을 간파한 것이다.

메시는 '절친' 세르히오 아구에로, 앙헬 디 마리아 등과 함께 맹활약, 금메달을 따내며 2008~09 시즌의 출발을 기분 좋게 맞이했다. 아르헨티나는 준결승에서 호나우지뉴가 이끈 브라질을 3-0으로 대파하는 등 압도적인 경기력을 보였다. 베이징 올림픽은 메시가 전 세계적인 대스타의 반열에 올라섰음을 확인하는 무대가 된다. 수영 8관왕 마이클 펠프스(미국), '인간 번개' 우사인 볼트(자메이카), NBA 최고 스타 코비 브라이언트(미국) 이상의 인기를 누린다. 특히 나이지리아와의 결승전이 열린 베이징 올림픽 주경기장 냐오차오에서는 메시를 연호하는 10만 관중의 함성이 장내에 울려 퍼지는 장관을 연출했다.

바르셀로나로 돌아온 메시는 자신의 올림픽 출전을 허락해 준 과르디올라 감독에 보답이라도 하듯이 시즌 초반부터 맹렬한 기세로 득점포를 가동했다. 지난 시즌까지 매년 부상에 시달렸고 휴식기간에 올림픽 출전을 준비하며 피로 누적이 우려됐지만 '철인'으로 돌변한 메시의 득점포는 쉼 없이 터졌다.

트레블의 위업

2008년 12월 13일, 캄 노우에서 열린 '엘 클라시코'에서는 쐐기골을 터트리며 지난 시즌 막판 당했던 1-4 참패를 설욕했다. 그러나 레알 마드리드에 패한 후 잠을 이루지 못하며 분을 삭이던 메시의 복수극은 여기서 멈추지 않았다. 2009년 5월 2일, 산티아고 베르나베우에서 열린 원정 경기에서 '엘 클라시코' 역사상 최대 굴욕을 레알 마드리드에 안긴다. 메시는 2골 1도움을 기록하며 6-2 대승을 주도했다. 레알 마드리드가 홈 경기에서 바르셀로나에 6골을 허용한 것은 역사상 처음 있는 일이었다.

바르셀로나는 숙적 레알 마드리드를 여유 있게 따돌리고 3년 만에 프리메라리가 우승 트로피를 되찾았다. 메시에게는 세 번째 정규 리그 타이틀이었다. 앞선 두 번의 우승 때는 붙박이로 활약하지 못했지만 이번에는 '에이스'의 진면목을 과시하며 팀의 우승을 이끌었다. 메시의 활약으로 '초보 사령탑' 과르디올라 감독은 일약 명장 반열에 올랐다. 메시를 중심으로 전력을 재편한 과르디올라 감독의 용병술은 정확히 적중했다.

2009년 5월 6일에는 세계 최고의 지략가로 꼽히는 거스 히딩크 감독의 '안티 풋볼' 전술을 무너뜨리고 팀을 UEFA 챔피언스리그 결승으로 팀을 이끈다.

2002년 한일 월드컵과 2006년 독일 월드컵, 그리고 유로 2008에서 변변찮은 전력의 팀을 이끌고 좋은 성적을 일궈내 당대 최고의 '마이다스 터치'로 불리던 히딩크 감독은 2008~09 시즌 후반 첼시 임시 사령탑을 맡아 흔들리는 팀을 안정시키며 '명장'의 면모를 확인시킨다.

히딩크 감독은 맨체스터 유나이티드와 승점 차가 크게 벌어진 잉글랜드 프리미어리그보다 UEFA 챔피언스리그 우승에 초점을 맞추는 전략을 구사했다. 유럽 제패는 그에게 임시 지휘봉을 맡긴 러시아 석유 재벌 로만 아브라모비치 첼시 구단주의 소원이기도 했다.

결승 진출을 놓고 바르셀로나와 맞붙게 된 히딩크 감독은 극단적인 수비 중심 전술로 승부를 건다. 재미없고 지루한 축구를 하더라도 무조건 이기고 보겠다는 전술이다. 바르셀로나와 아스널 등이 추구하는 공격적이고 화려한 축구를 가리키는 '뷰티풀 풋볼Beautiful Football'의 대칭점에 있는 '안티 풋볼Anti Football'이다.

메시와 사무엘 에토오, 티에리 앙리가 공격 삼각 편대를 이루고 사비와 안드레스 이니에스타가 뒤를 받치는 바르셀로나의 막강 화력에 정면으로 맞서봐야 승산이 없다고 판단, 변칙 스타일로 승부를 건 것이다. 히딩크 감독의 '안티 풋볼' 작전은 성공을 거두는 듯 했다. 첼시는 캄 노우에서 열린 원정 1차전에서 철저한 '잠그는 축구'를 시도한 끝에 0-0 무승부를 거뒀다. 히딩크 감독의 전략이 적중한 것이다. 첼시는 이 경기에서 공격할 의지조차 보이지 않았다.

5월 6일 런던 스탬퍼드 브릿지에서 열린 2차전에서 첼시는 전반 9분 마이클 에시엔의 선제골로 앞서 나갔다. 바르셀로나는 반격에 나섰지만 후반 45분까지 동점골을 뽑아내지 못하며 패색이 짙어갔다. 그러나 바르셀로나에는 메시가 있었다.

종료 직전 다니 아우베스가 상대 왼쪽 측면을 파고들어 올린 크로스가 첼시 수비수의 머리에 맞고 굴절됐다. 아우베스는 엔드라인 앞에서 볼을 살려 메시에게 연결했다. 페널티 지역 왼쪽을 파고들던 메시는 상대 수비수 3명을 제친 후 아크 정면으로 볼을 내줬고 이니에스타가 그대로 슛, 첼시 골 네트를 갈랐다. 극적인 1-1 무승부, 원정 다득점 우선 원칙이 적용되는 챔피언스리그 규정에 의해 바르셀로나가 결승에 진출하는 순간이었다.

5월 27일 로마 올림픽 경기장에서 열린 2008~09 UEFA 챔피언스리그에서는 지난 시즌 4강전에서 탈락의 아픔을 안겼던 맨체스터 유나이티드를 상대로 화끈한 설욕전을 펼친다. 메시에게는 처음 나서는 챔피언스리그 결승 무대였다. 2006년 5월 파리에서 열린 아스널과의 결승전은 부상으로 관중석에서 경기를 지켜봐야 했다.

세계 언론의 관심이 집중된 매치업이었다. 2008년 발롱도르와 FIFA 올해의 선수상을 차지한 호날두와 2위에 머문 메시의 맞대결 때문이었다. 메시는 지난 시즌 4강전의 패배를 깨끗이 설욕하며 호날두와의 라이벌전에서도 완승을 거뒀다. 10만 관중이 자신의 이름을 연호하는 가운데 메시는 1-0으로 앞선 후반 사비의 크로스를 골 지역 왼쪽에서 헤딩 슛, 승부에 쐐기를 박는 추가골을 작렬한다.

바르셀로나는 챔피언스리그 우승을 차지하며 스페인 축구 역사상 처음으로 '트레블(정규 리그, 코파 델레이, UEFA 챔피언스리그 석권)'의 위업을 달성한다. 이에 앞선 5월 13일 발렌시아의 홈 경기장인 메스타야 스타디움에서 열린 코파 델레이 결승전에서 메시는 1골 2도움의 맹활약으로 4-1 완승을 이끌었다.

유럽 축구에서 '트레블' 위업이 달성된 것은 1999년 맨체스터 유나이티드 이후 10년 만의 일이었다. 메시는 2008~09 시즌 총 51경기에 출전 38골 18도움을 올리며 바르셀로나의 트레블을 이끌었다. 만 22세도 되기 전에 메시는 유럽 축구를 평정했다. 고국 아르헨티나에서 '축구의 신'으로 추앙받는 디에고 마라도나도 이룩하지 못한 위업이었다.

브레이크 끊긴 폭주 열차, 거듭되는 독주

물이 오른 메시는 이후 누구도 막을 수 없는 활약을 펼쳤다. 바르셀로나를 2009~10 프리메라리가 우승으로 이끌며 득점왕을 거머쥐었다.

2010년 4월 아스널과의 UEFA 챔피언스리그 8강전에서는 혼자 네 골을 넣는 활약으로 팀의 4-1 승리를 이끌었다. 아르센 벵거 아스널 감독은 경기 후 "일단 볼을 잡으면 아무도 막을 수 없다. 메시처럼 볼을 지니고 자유자재로 방향을 전환할 수 없는 선수는 없다"고 메시의 플레이에 혀를 내두르며 "그의 플레이는 마치 플레이스테이션스 게임과 같다"는 명언을 남겼다.

4강전에서 인터 밀란(이탈리아)에 패배하며 UEFA 챔피언스리그 연속 우승에 실패했고 2010년 남아프리카공화국 월드컵에서 득점을 올리지 못하며 8강에서 탈락했지만 발롱도르와 FIFA 올해의 선수상이 통합된 FIFA-발롱도르(국내 네티즌들 사이에서는 '피롱도르'라는 신조어로 불린다)는 수상자로 메시를 선택했다. 2009~10 시즌 메시는 53경기에서 47골을 터트리며 한층 업그레이드된 화력을 뽐냈다.

남아공월드컵에서의 정상 정복 실패의 상처는 오래 가지 않았다. 메시는 2010~11 시즌 다시 한 번 괴력을 발휘하며 팀을 스페인 프리메라리가와 UEFA 챔피언스리그 정상으로 이끌었다. 시즌 기록은 55경기

53골 24도움. 프리메라리가 득점왕을 크리스티아누 호날두에게 넘겼지만 UEFA 챔피언스리그 득점왕을 3회 연속 거머쥐었고 맨체스터 유나이티드와의 결승전에서 '맨 오브 매치'로 뽑히며 3-1 승리를 이끈다.

2011년 5월 28일 런던 웸블리에서 열린 맨체스터 유나이티드와의 경기는 메시와 바르셀로나의 위력을 전 세계에 확인시켰다. 페드로의 선제골로 바르셀로나가 앞섰지만 맨체스터 유나이티드는 웨인 루니의 동점골로 따라 붙었다. 하지만 바르셀로나는 메시의 결승골에 이은 다비드 비야의 쐐기골로 승부를 매조지했다. 더욱 충격적인 것은 경기 내용이었다. 바르셀로나가 22개의 슈팅을 날리는 동안 맨유는 4개의 슈팅에 그쳤다. 기습적으로 얻은 루니의 동점골 외에는 공격다운 공격을 펼쳐 보지 못했다. 볼 점유율에서는 바르셀로나가 7대 3으로 앞섰다.

잉글랜드 프리미어리그 챔피언이자 '세계 최고 클럽'을 자부하는 맨체스터 유나이티드로서는 굴욕적인 결과였다. 백전노장 알렉스 퍼거슨 감독은 경기 후 "지금까지 우리 팀에 이토록 '매질'을 가한 상대는 없었다. 완벽한 패배이며 바르셀로나는 우리보다 훨씬 훌륭한 팀이었다. 바르셀로나는 내가 상대해 본 팀 중 가장 강했다. 지기는 했지만 유럽 최고의 팀에게 패배했다는 것은 부끄럽지 않다"고 깨끗하게 패배를 시인해 화제가 됐다.

2011년 FIFA 발롱도르도 당연히 메시의 차지였다. 3회 연속 수상. FIFA 올해의 선수로 따지면 최초의 기록이고 발롱도르 3회 연속 수상은 현재 UEFA 회장인 미셸 플라티니 이후 처음 세워진 일이다.

기록 파괴자 앞에 불가능은 없다

앞서도 말한 바처럼 메시가 세계적으로 유명해진 데는 '불가능, 그것
은 아무것도 아니다 Impossible Is Nothing'라는 아디다스의 광고 카피가 큰
역할을 했다. 성장 호르몬 결핍이라는 역경을 딛고 대스타가 됐다는 사
실이 세계적으로 알려진 계기기도 하다.

2012년 이후 메시는 '불가능은 없음'을 다시 한 번 세계 축구팬들에게
확실히 각인시키고 있다. 깨지기 어려울 것 같던 축구사의 대기록들이
메시의 발 아래 하나둘씩 무너져 내렸다.

메시는 2011~12 시즌 바르셀로나 소속에서 총 60경기에 출전해 73골
을 터트리며 축구사에 불멸로 남을 여러 기록을 수립했다.

가장 눈에 띄는 것은 1970년대 최고 골잡이로 군림했던 독일의 전설
게르트 뮐러의 아성을 넘어선 것이다. 70년대 서독 대표팀과 바이에른
뮌헨의 간판 골잡이로 펠레 못지않은 맹위를 떨쳤던 뮐러는 1972~73
시즌 바이에른 뮌헨 소속으로 49경기에 출전, 67골을 터트렸다. 불멸로
평가되던 이 기록은 2012년 5월 3일(한국시간) 메시에 의해 깨졌다.

메시는 이날 캄 노우에서 열린 말라가와의 스페인 프리메라리가 홈
경기에서 해트트릭을 작렬하며 40년간 유지되던 뮐러의 기록을 넘어
섰다. 1-1로 맞선 전반 35분 페널티 킥을 성공시키며 득점포에 시동을
건 메시는 후반 14분 다시 한 번 페널티 킥을 성공시켰고 후반 19분 안
드레스 이니에스타의 어시스트로 골키퍼를 제치고 시즌 68호 골을 성
공시키며 유럽 축구 한 시즌 최다 골 기록을 새롭게 썼다.

전 세계 스포트라이트가 메시에 집중되는 가운데 뮐러도 독일 언론과의 인터뷰에서 "40년 동안 유지됐던 내 기록을 세계 최고 선수가 깨뜨렸다. 메시는 경이적이다. 정말 대단하다"고 축하 메시지를 보냈다.

메시는 스페인 프리메라리가 37경기에서 무려 50골을 수확하며 한 시즌 최다 골 신기록도 수립했다. 2012년 1월부터 12월까지 메시는 아르헨티나 대표팀과 바르셀로나 소속으로 총 69경기에서 91골을 터트려 1년간 가장 많은 골을 터트린 축구 선수로 기네스북에 등재됐다.

2012년 8월 24일에는 레알 마드리드와의 정규 리그 경기에서 골을 터트리며 바르셀로나 사상 '엘 클라시코' 최다 득점(18골) 기록을 수립했고, 12월 1일에는 빌바오전에서는 세사르 로드리게스가 지니고 있던 바르셀로나 통산 정규 리그 최다 득점(190골) 기록을 뛰어 넘었다.

2013년 3월, 메시는 또 하나의 세계 신기록을 수립했다. 3월 10일 데포르티보 라코루냐와의 홈 경기에 교체 출전한 메시는 1-0으로 앞선 후반 43분 쐐기골을 터트렸다. 2012년 11월 12일 마요르카전을 시작으로 17경기 연속 정규 리그에서 골을 터트린 메시는 1937~38시즌 폴란드의 테오드로 페테렉이 수립했던 정규 리그 연속 득점 기록(16경기)을 75년 만에 경신했다.

메시의 정규 리그 연속 득점 행진은 부상으로 경기 도중 물러난 5월 13일 아틀레티코 마드리드와의 2012~13 스페인 프리메라리가 36라운드까지 21경기 연속 이어졌다.

정규 리그 21경기 연속 득점 역시 당분간 깨지지 않을 대기록이다. 메시는 이 기간 동안 무려 33골을 몰아쳤다. 한국 프로 축구의 연속 경기 골 기록(8경기)와 비교해 보면 메시의 21경기 연속 득점이라는 것이 얼마나 대단한지를 알 수 있다.

스페인행, 새로운 도전의 시작

결국 현실이 된 루머

2006년 독일 월드컵에서의 '윙크 파문' 이후 크리스티아누 호날두의 이적설은 매 시즌 꼬리를 물었다. 선수의 이적과 관련한 루머는 프로 스포츠에서 흔한 일이다. 누구나 탐내는 전도유망한 선수라면 더욱 그렇다. 호날두의 이적설도 이 수준에 머무는 것으로 받아들여졌다.

그러나 2008년 5월 호날두가 잉글랜드 프리미어리그와 UEFA 챔피언스리그에서 우승을 차지하고 난 후의 상황은 좀 달랐다. 호날두 스스로가 맨체스터 유나이티드를 떠나고 싶다고 했다. 게다가 행선지가 명확했다. 스페인의 거함, 레알 마드리드였다.

호날두는 UEFA 챔피언스리그 정상에 오른 후 오스트리아와 스위스가 공동 개최한 유로 2008 참가를 준비하기 위하여 포르투갈 대표팀 훈련 캠프로 향했다. 호날두는 2012년까지 맨체스터 유나이티드와 계약이 돼 있었지만 레알 마드리드로 가겠다는 그의 결심은 확실한 듯했다.

맨체스터 유나이티드는 펄쩍 뛰었다. 호날두를 어떤 팀에도 넘길 생각이 없다고 했다. 그러나 상황은 맨체스터 유나이티드에 불리하게 전개됐다. 호날두뿐 아니라 가족과 측근들까지 레알 마드리드 유니폼을 입는 것은 호날두의 오랜 소망이었다며 이적설에 불을 지폈다.

특히 호날두의 의사 결정에 막대한 영향력을 행사하는 어머니 돌로레스가 호날두의 마드리드행을 지지했다. 호날두는 소문난 효자다. 맨체스터 유나이티드 이적이 결정된 후 첫 마디가 이랬다.

"엄마, 이제 일하지 않아도 돼."

호날두가 마데이라를 떠나며 스포르팅 CP에 입단한 것도 어머니의 의사가 크게 반영된 결과다. 그의 대부이자 스포르팅 입단을 주선한 대부 페르냥 소사도 "호날두는 어렸을 때부터 레알 마드리드행을 꿈꿔왔다. 이번 기회를 놓치려 들지 않을 것"이라고 말했다.

다급해진 맨체스터 유나이티드는 알렉스 퍼거슨 감독을 동원해 진화에 나섰다. 휴가 중이었던 퍼거슨 감독은 호날두를 만나기 위해 급히 스위스로 향했다. 퍼거슨 감독은 독일 월드컵 직후 포르투갈로 날아가 호날두의 마음을 돌린 적이 있다. 퍼거슨 감독의 설득에도 호날두의 마음은 쉽게 돌아서지 않는 듯했다.

그러나 유로 2008 대회가 끝나자 호날두의 거취는 맨체스터 유나이

티드 잔류 쪽으로 방향이 급선회됐다. 라몬 칼데론 레알 마드리드 회장
이 스페인 언론과 인터뷰에서 영입을 포기하는 듯한 발언을 했고 호날
두는 오른쪽 발목 부상으로 수술대에 올랐다. 결국 맨체스터 유나이티
드는 8월 초 호날두의 잔류를 공식 발표했다.

　당시에는 퍼거슨 감독이 호날두를 설득해 잔류시킨 것으로 알려졌
다. 그러나 호날두의 마음은 이미 맨체스터 유나이티드를 떠나 있었다.
마드리드행을 1년 유예한 것뿐이었다.

　퍼거슨 감독은 2010년 2월 영국 일간지 〈옵저버〉와의 인터뷰에서
"호날두 본인이 레알 마드리드행을 강력히 원했다. 우리를 위해 1년 더
뛰어준 것이다"라고 밝혔다. 퍼거슨 감독은 2008년 여름, 맨체스터 유
나이티드에서 이미 마음이 떠난 호날두에게 전력 보강을 위해 한 시즌
만 여유를 달라고 간청한 것으로 알려지고 있다.

　'맨체스터 유나이티드와 레알 마드리드가 2009년 여름 호날두를 이
적시키기로 밀약을 맺었다'는 보도가 결국 사실로 확인된 셈이다. 스페
인 일간지 〈엘 문도〉는 2008년 12월, 이 같은 사실을 특종 보도했고 영
국 언론들이 이 사실을 대대적으로 전하면서 논란이 일었다. 당시 맨체
스터 유나이티드와 레알 마드리드는 모두 '오리발'을 내밀었지만 결국
2009년 6월, 호날두가 8,000만 파운드라는 사상 최고 몸값으로 레알 마
드리드로 이적하며 '밀약설'은 사실이었던 것으로 확인됐다.

이적설의 후유증

마음이 이미 콩밭에 가 있는 상황에서 제 아무리 철저한 프로 근성과 승부욕으로 무장된 호날두라고 해도 자신의 기량을 100퍼센트 발휘할 수 없음은 그의 2008~09 시즌 성적에서 확인된다.

호날두는 맨체스터 유나이티드 입단 후 가장 많은 53경기에 출전했지만 26골을 기록하는 데 그쳤다. 지난 시즌 42골에 비해 뚝 떨어진 수치다. 정규 리그 33경기에서 18골을 터트렸고 UEFA 챔피언스리그 12경기에서는 4골에 머물렀다. 특히 2008년 11월 22일 아스톤빌라와의 경기(0-0)를 시작으로 2009년 1월 17일 볼턴전(1-0)까지 2개월간 11경기 연속 무득점의 골 가뭄에 시달렸다.

공교롭게도 발롱도르와 FIFA 올해의 선수상을 수상할 즈음 골 가뭄이 이어지면서 '과연 세계 최고라고 할 수 있느냐'는 논쟁이 줄을 이었다. 발롱도르와 FIFA 올해의 선수를 놓고 경합을 벌였던 리오넬 메시가 당시 불을 뿜는 득점포를 가동하고 있어 호날두의 부진은 더욱 눈에 띌 수밖에 없었다. 특히 UEFA 챔피언스리그에서 골을 터트리지 못하고 강팀과의 경기에서 기대에 미치지 못하며 '빅 매치에서 힘을 쓰지 못한다'는 회의론이 불거져 나오기도 했다. 그러나 호날두는 시즌 말미에 자신의 진가를 확인시켰다.

UEFA 챔피언스리그 조별 리그에서 침묵을 지키던 득점포는 토너먼트 들어 터지기 시작했다. 3월 11일 인터 밀란(이탈리아)과의 16강전 2차전(2-0)에서 첫 득점포를 작렬했고, 4월 15일 FC 포르투(포르투갈)와의 8강 2차전 원정 경기(1-0)에서 장기인 '미사일 슈팅'으로 결승골을 작렬하며 팀을 4강에 올려놓았다. 당시 호날두는 경기 시작 6분 만에 상대 미드필드 오른쪽 40여 미터 지점에서 오른발 슛, 골 네트를 갈랐다. 라이벌 리버풀에 1-4로 대패하는 등 침체에 빠졌던 맨체스터 유나이티드를 기사회생시키는 한 골이었다. 호날두 스스로 '내 인생 최고의 골'이라고 했을 정도로 그림 같은 장면이었다.

호날두는 5월 5일 아스널과의 준결승 2차전 원정 경기에서도 2골 1도움의 원맨쇼를 펼치며 3-1 승리를 이끌었다. 지난 시즌의 위력을 완벽히 되찾은 모습이었다. 잉글랜드 프리미어리그 37라운드에서 아스널과 비기며 정규 리그 3연속 우승의 금자탑을 쌓은 맨체스터 유나이티드는 5월 27일 FC 바르셀로나와 UEFA 챔피언스리그 결승전에서의 '마지막 대결' 만을 남겨놓고 있었다.

세계의 시선이 주목된 경기였다. 호날두와 메시의 대결만으로도 전세계 축구 팬들을 흥분시키는 매치 업. 호날두는 경기를 앞두고 전에 없이 집중력을 높이는 모습이었다. 끊임 없이 피어오르는 레알 마드리드 이적설에도 즉답을 회피하며 "오직 눈앞의 승리를 위해 최선을 다하겠다"고 다짐했다. 그러나 호날두는 결승전에서 무력했다. 이렇다 할 활약을 펼치지 못하고 팀의 0-2 완패를 지켜볼 수밖에 없었다. 맨체스터 유나이티드에서 호날두의 마지막 경기였다.

HALA! 마드리드

2009년 6월 11일 맨체스터 유나이티드는 "8,000만 파운드의 이적료에 호날두를 레알 마드리드로 이적시킨다"고 공식 발표했다. 지네딘 지단이 2001년 유벤투스(이탈리아)에서 레알 마드리드로 이적할 때 기록했던 사상 최고 이적료(7,200만 유로) 기록을 훌쩍 뛰어 넘는 천문학적인 금액이었다.

호날두는 7월 6일 레알 마드리드의 홈 구장인 산티아고 베르나베우에 입성한다. 8만여 명이 운집한 가운데 호날두는 관중들과 구령을 맞춰 '마드리드 파이팅!Hala Madrid!'를 외치며 어렸을 적의 꿈을 이룬 것을 자축했다.

호날두는 맨체스터 유나이티드에서 축구 선수로서 모든 것을 이뤘다. 지긋지긋한 가난과 작별했고 호날두뿐 아니라 가족들의 삶도 윤택해졌다. 이 모든 것은 알렉스 퍼거슨 감독의 눈에 들어 가능했다. 퍼거슨 감독은 호날두 일생의 은인이다. 레알 마드리드로 이적할 때도 호날두는 "퍼거슨 감독은 나에게 있어서 아버지 같은 존재"라고 말했다.

그럼에도 호날두는 이적을 서둘렀다. 2008년 여름부터 옮기고 싶다는 의사를 강력하게 전달했다. 호날두의 이적과 관련해서는 여러 가지 분석이 있다. 스스로는 "2008년 UEFA 챔피언스리그 우승으로 맨체스터 유나이티드에서 모든 것을 이룬 후 새로운 도전에 나서고 싶었다. 게다가 레알 마드리드 입단은 내 오랜 꿈이었다"라고 '새로운 동기 부여'가 가장 큰 목적이었다고 말한다. 그러나 이 밖에도 여러 가지 원인이 복합적으로 작용했을 것으로 여겨진다.

간과할 수 없는 것 중 하나가 맨체스터의 척박한 환경이다. 호날두가 태어난 마데이라는 '대서양의 진주'라고 불릴 정도로 좋은 날씨와 환경을 자랑한다. 스포르팅 CP의 연고지인 리스본도 '세계 3대 미항'에 꼽힐 정도로 좋은 기후를 지니고 있다. 반면 맨체스터는 날씨가 좋지 못하다. 음산하고 우중충하다. 햇볕이 쨍쨍한 날이 드물고 비바람이 자주 몰아친다. 호날두는 맨체스터 유나이티드에서 전성기를 보내던 2007~08 시즌 중에도 여러 차례 날씨 등 환경은 만족스럽지 못하다고 말했다. 반면 스페인은 호날두의 고향인 마데이라에 비할 바는 못 되지만 '남국'에 가깝다. 영국, 그 중에서도 북서부인 맨체스터에 비하면 '천국'과 같은 날씨다.

극성스러운 영국 언론도 호날두의 레알 마드리드행에 일정 부분 영향을 미쳤다고 보인다.

호날두는 맨체스터 유나이티드에서 스타덤에 오른 후 실로 다양한 소재로 언론 매체의 헤드라인을 장식했다. 호날두는 언론 보도로 인해 적잖이 상처를 입었다. 2006년 독일 월드컵에서 잉글랜드가 탈락하자 호날두를 희생양 삼으려 한 것은 앞서도 언급한 바 있다.

이외에 호날두의 불우했던 과거와 가족사를 폭로하기도 했고 호날두가 개인적으로 소중하게 여기는 가치관을 왜곡해 보도하기도 했다.

호날두는 연습 벌레다. 스타덤에 오른 후에도 변함없이 성실한 모습을 보여 동료들의 감탄사를 자아냈다. 그러나 2008년 한 언론은 '호날두가 훈련 도중 금지된 휴대폰 문자 메시지를 4통이나 보내 퍼거슨 감독을 격분시켰고 8,000파운드의 벌금을 부과받았다'고 보도했다. 호날두는 이에 반박해 소송을 냈고, 결국 보도 내용은 전혀 사실이 아닌 것으로 밝혀졌다. 호날두는 보상금을 포르투갈의 한 자선 단체에 기부했고 "돈이 아니라 명예를 지키기 위한 행동이었다. 사람들이 내가 훈련할 때 최선을 다하지 않는다고 생각하는 것을 참을 수 없었다"고 소송을 제기한 배경을 밝혔다.

같은 해 여름 호날두가 발목 부상 치료를 위해 미국 로스앤젤레스에 머물 때 나이트클럽에서 4만 파운드어치의 샴페인으로 파티를 벌였다고 전한 언론도 사실이 아니라는 것이 밝혀져 사과 및 정정 보도를 해야 했다.

이유야 어쨌든 호날두의 레알 마드리드 입성으로 리오넬 메시와의 본격적인 맞대결의 막이 오르게 돼 세계 축구팬들의 눈은 스페인 프리메라리가로 쏠리게 됐다. 레알 마드리드는 호날두를 영입하며 카카, 카림 벤제마, 사비 알론소 등 막강한 지원 화력까지 구축, 2008~09 시즌 바르셀로나에 당한 참패의 설욕을 별렀다.

바르셀로나를 꺾어다오

레알 마드리드가 8,000만 파운드라는 거금을 지불하고 크리스티아누 호날두를 영입한 목적은 딱 하나다. 숙적 FC 바르셀로나를 꺾어 달라는 것이다.

필자는 호날두가 레알 마드리드에 입단한 직후인 2009년 7월 피스컵 국제축구대회 취재차 스페인에 머물렀다.

산티아고 베르나베우에서 열린 알 이티하드와의 경기에서 호날두는 홈 팬들에게 첫 선을 보였다. 완벽한 몸 상태가 아니었던 탓인지 호날두의 플레이는 인상적이지 못했고 레알 마드리드도 1-1 무승부에 그쳤다. 데 키토(에콰도르)와의 경기에서는 페널티 킥을 성공시켰고, 팀은 4-2로 이겼지만 호날두는 크게 날카로운 모습을 보이지 못했다.

당시 한국 취재단 통역을 맡았던 가이드를 통해 호날두에 대한 마드리드의 민심을 확인할 수 있었다. 마드리드 팬들은 호날두가 이전 시즌 바르셀로나에 당한 굴욕을 되갚아줄 것으로 믿고 있었다. 그의 입단식이 열린 산티아고 베르나베우에 8만이라는 인파가 몰린 것은 괜한 일이 아니었다. 2000년대 초반 '갈락티코 1기' 때 지네딘 지단, 호나우두, 데이비드 베컴 등이 레알 마드리드 유니폼을 입을 때도 입단식에 찾아온 관중은 2만 명 미만이었다.

2008~09 시즌 레알 마드리드는 무관의 치욕을 당했다. 스페인 프리메라리가에서 두 차례 열린 '엘 클라시코'에서 잇달아 참패를 당했다. 특히 산티아고 베르나베우에서 열린 홈 경기에서 2-6으로 참패했다. '엘 클라시코'에서 레알 마드리드가 6골을 내준 것은 사상 처음 있는 수모였다. 앞서 캄 노우에서 열린 원정 경기에서도 레알 마드리드는 0-2로 무력하게 패했다.

무관에 머문 것만 해도 복장 터질 노릇인데 바르셀로나는 정규 리그와 코파 델레이, UEFA 챔피언스리그를 싹쓸이하며 스페인 축구 사상 처음으로 '유럽 트레블'을 달성하는 위업을 달성했다. '사촌이 땅을 사면 배가 아프다'고 했다. 하물며 불구대천의 원수가 창단 후 최대 영예를 누리는 모습을 본 레알 마드리드의 속은 오죽이나 쓰렸을까.

호날두가 입단한 2009년 레알 마드리드는 전력 보강을 위해 돈을 펑펑 썼다. 맨체스터 유나이티드 시절과 비교할 수 없을 정도로 막강한 지원 화력이 구축됐다. 특히 미드필더 카카와 사비 알론소의 가세는 호날두라는 호랑이에 날개를 달아줄 것으로 기대됐다.

그러나 호날두의 레알 마드리드 성공 가능성에 의문 부호가 달리기도 했다. 당시 스페인 언론들은 호날두가 뜻밖에 고전할 수도 있다는 견해를 조심스럽게 내놓기도 했다. 잉글랜드 프리미어리그와 스페인 축구가 워낙 다르고 호날두가 영국에 머물 당시 언론의 보도에 민감한 모습을 보였다는 점 등이 지적됐다.

그러나 호날두는 정규 리그 개막과 함께 폭풍 같이 골을 몰아치면서 '천재성'을 입증했다. 현지 적응 기간은 '범재'들에게나 필요한 것이었다. 호날두는 2009년 8월 29일 데포르티보 라코루냐와의 프리메라리가 개막전(3-2)에서 팀의 두 번째 골을 페널티 킥으로 성공시키며 포문을 열었고, 비야레알과의 경기까지 4경기 연속 득점포를 가동하며 스페인 프로 축구 역사상 처음 나선 4경기에서 모두 골을 터트린 첫 번째 선수가 됐다. 9월 15일 취리히(스위스)와의 UEFA 챔피언스리그 조별 리그 경기에서도 두 골을 터트리며 5-2 승리를 이끌었다.

연패의 멍에를 홀로 짊어지다

호날두의 '엘 클라시코' 데뷔전은 2009년 11월 29일 캄 노우에서 이뤄졌다. 같은 해 10월 헝가리와의 남아프리카공화국 월드컵 지역 예선전에서 발목 부상을 당했던 호날두는 1개월간의 재활 끝에 '엘 클라시코' 데뷔전에서 부상 복귀전을 치렀다.

레알 마드리드 팬들의 기대는 엄청났지만, 팀이 0-1로 패배한 가운데 호날두는 득점을 올리지 못했다. 바르셀로나와의 두 번째 맞대결에서도 호날두는 침묵을 지켰다. 2010년 4월 10일 산티아고 베르나베우에서 열린 정규 리그 경기에서 호날두가 네 차례 시도한 슈팅은 모조리 빗나갔고 레알 마드리드는 또 다시 0-2로 무릎을 꿇었다.

레알 마드리드는 초호화 군단을 편성하고도 2009~10 시즌 바르셀로나와의 두 차례 맞대결에서 한 골도 넣지 못하고 연패하는 굴욕을 당했다. 레알 마드리드는 96점의 팀 사상 최고 승점을 기록하고도 바르셀로나(99점)에 뒤지며 프리메라리가 2위에 그쳤다. 호날두는 스페인에서의 첫 시즌 35경기에서 33골을 터트리며 '득점 기계'의 면모를 회복했지만 '엘 클라시코'에서의 무득점으로 어깨를 펼 수 없었다.

2010년 남아프리카공화국 월드컵에서도 호날두는 바르셀로나 주축들에게 완패의 아픔을 겪었다. 호날두가 이끄는 포르투갈은 16강전에서 스페인과 맞붙어 0-1로 졌다. 스페인 베스트 11에는 사비 에르난데스와 안드레스 이니에스타, 세르히오 부스케츠, 헤라르드 피케, 카를레스 푸욜이 포함돼 있었고 사비가 '맨 오브 매치'에 선정됐다.

2010~11 시즌 호날두는 54경기에서 53골을 터트리는 놀라운 골 결정력을 과시했다. 정규 리그에서 40골을 터트리며 텔모 사라와 우고 산체스가 보유했던 프리메라리가 최다 골(38) 기록을 넘어섰고 스페인 프로 축구 사상 한 시즌 최다 골(정규 리그, 유럽 클럽 대항전, 컵 대회 등 포함) 신기록을 수립했다.

그러나 호날두에 대한 레알 마드리드 팬들의 시선은 싸늘했다. '엘 클라시코'에서 자존심을 세우지 못했고 정규 리그와 UEFA 챔피언스리그 우승 트로피를 모두 바르셀로나가 차지한 탓이다.

신들린 듯 터지던 호날두의 득점포는 2010년 11월 29일 캄 노우에서 열린 바르셀로나와의 정규 리그 경기에서 침묵을 지켰다. 레알 마드리드는 0-5로 참패했다. 라이벌전에서 부진한 호날두에 대한 비난 여론이 급등했다. 2011년 4월 16일 산티아고 베르나베우에서 열린 바르셀로나와 두 번째 맞대결에서 마침내 '엘 클라시코' 첫 골을 터트렸다.

그러나 페널티 킥이었고 1-1로 승부를 가리지 못했다. 4월 21일 발렌시아의 에스타디오 메스타야에서 열린 바르셀로나와의 코파 델레이 결승전에서는 모처럼 어깨를 폈다. 0-0으로 맞선 연장전에서 천금의 결승골을 터트리며 레알 마드리드에 우승 트로피를 안겼다.

호의적으로 돌아서는 듯 했던 여론은 바르셀로나를 상대로 한 UEFA 챔피언스리그 준결승 패배로 다시 악화됐다. 레알 마드리드는 1차전에서 0-2로 지고 2차전에서 1-1로 비겨 결승 진출에 실패했다. 무득점에 그친 호날두에 또 다시 '패배자'라는 비난이 쏟아졌다. 1차전에서 두 골을 터트린 메시의 활약과 대조돼 호날두의 설 자리는 더욱 좁아졌다.

특히 메시가 터트린 1차전 두 번째 골은 '환상적이다'라는 표현을 쓸 수밖에 없는 그림 같은 것이었다. 상황이 이쯤 되면 주위에서 뭐라고 하지 않아도 호날두 스스로 불편할 수밖에 없다. 누구보다 자존심이 강한 호날두가 받은 스트레스가 얼마나 심했을지 짐작하기는 어렵지 않다.

2011~12 스페인 프로 축구의 막은 '엘 클라시코'로 올랐다. 정규 리그 챔피언과 코파 델레이 우승 팀이 맞붙는 스페인 수페르코파에서 바르셀로나와 레알 마드리드가 격돌했다. 호날두는 또 다시 고개를 숙여야 했다. 1차전에서 1-1로 비겼고 2차전에서 한 골을 터트렸지만 메시가 2골 1도움의 원맨쇼를 펼친 바르셀로나가 3-2로 승리했다.

레알 마드리드가 거듭되는 '엘 클라시코'에서의 부진으로 얼마나 스트레스를 받고 있는지는 이 경기에서 여실히 드러났다. 경기가 과열된 나머지 양 팀 선수들이 험악한 분위기를 연출하며 집단 몸싸움 직전까지 갔고 벤치를 벗어난 조세 무링요 레알 마드리드 감독은 바르셀로나 코치 빌라노바의 눈을 찌르는 비신사적인 행위를 했다. 무링요 감독은 현장에서 시치미를 뗐지만 눈 찌르기를 시도한 장면이 TV 중계 화면에 정확하게 잡혀 세계적으로 망신을 당했다.

2011년 12월 10일 바르셀로나와의 정규 리그 홈 경기 부진은 호날두에 대한 마드리드의 여론을 극도로 악화시켰다.

원정 경기장에서처럼 산티아고 베르나베우에서도 호날두에 대한 야유가 빗발쳤다. 레알 마드리드가 1-3으로 패한 이 경기에서 호날두는 수차례 결정적인 득점 기회를 놓치는 등 무기력했다. 호날두가 바르셀로나에 시원스런 복수전을 해 주기만을 기다리던 팬들은 지친 듯 했다.

승패가 명확해진 이후 마드리드 팬들은 호날두가 볼을 잡을 때마다 야유를 보냈다. 원정 경기에서나 벌어지던 장면이다. 〈마르카〉 등 친親 마드리드 성향의 언론마저 경기 후 호날두에 혹평으로 일관했다.

호날두가 스페인 프리메라리가에 입성한 2009년 8월부터 2011년 12월까지, 레알 마드리드는 '엘 클라시코'에서 바르셀로나에 1승 4무 7패의 참담한 성적에 머물렀다. 바르셀로나를 상대로 거듭된 패배의 십자가를 호날두 혼자 짊어지는 형국이었다.

팬과 언론의 십자포화로 호날두가 받은 상처는 컸다.

2012년 새해 들어 처음으로 산티아고 베르나베우 그라운드에 선 호날두는 골을 넣은 후 얼음장처럼 싸늘한 표정을 지었다. 그라나다와의 정규 리그 경기(5-1)에서 추가골을 넣은 그는 담담히 그라운드를 바라보고 센터 서클 쪽으로 걸어가며 바닥에 침을 한번 뱉었을 뿐이다. 팬들의 야유에 대한 항의 차원에서 골 셀러브레이션을 하지 않았다는 의혹이 일었다.

레알 마드리드 측은 호날두가 크게 뒤지고 있는 상대에 대한 배려 차원에서 셀러브레이션을 하지 않았다고 해명했지만 이를 곧이들을 사람은 없었다. 호날두의 레알 마드리드 입단식 때 유니폼을 건넸던 '마드리드의 전설' 알프레도 디 스테파노 레알 마드리드 명예 회장은 "입장료를 지불하고 경기장을 찾은 팬들은 항상 옳다"고 팬들의 야유에 예민한 반응을 보이는 호날두를 나무랐다.

레알 마드리드 팬과 언론은 호날두가 좋은 활약을 펼치면 환호를 보냈지만 득점포가 침묵하거나 팀이 패배하면, 특히 바르셀로나를 상대로 좋은 모습을 보이지 못하면 가차 없이 화살을 날렸다. 여론에 염증을 느낀 호날두가 맨체스터 유나이티드 시절을 그리워하며 잉글랜드 프리미어리그로 돌아가기를 원한다는 보도까지 나왔다.

새로운 엘 클라시코의 사나이

호날두는 레알 마드리드로 이적한 후 입신의 경지에 오른 득점력을 과시했다. 오른발잡이지만 왼발도 자유자재로 사용하는 호날두는 186cm의 장신에 농구 선수를 능가하는 점프력까지 지녀 '지상전' 뿐 아니라 '공중전'에서도 가공할 위력을 과시한다.

맨체스터 유나이티드 시절보다 한층 농익은 결정력을 뽐냈지만 레알 마드리드 팬들로부터 볼멘소리가 끊이지 않고 터져 나왔다. 이유는 단 하나, 레알 마드리드의 불구대천 라이벌 FC 바르셀로나를 시원스럽게 때려눕히지 못했기 때문이다.

2009년부터 2011년까지 레알 마드리드가 바르셀로나에 일방적으로 밀리며 호날두에 대한 원성은 높아만 갔다. 호날두는 바르셀로나를 상대로 꾸준히 골을 터트렸지만 레알 마드리드 팬들은 승리가 필요했다.

호날두는 2012년부터 '엘 클라시코'에서 심기일전한 모습을 보였다. 2011년 12월 바르셀로나와의 홈 경기에서 극도의 부진을 보여 홈 팬들로부터 야유가 쏟아지며 논란을 빚었던 사건은 오히려 자극제가 된 듯했다. 2012년 1월 18일과 25일 열린 코파 델레이 8강전에서 레알 마드리드는 1무 1패로 바르셀로나에 또 다시 무릎을 꿇었다. 그러나 호날두는 2경기 연속 득점을 올리며 선전했다. 산티아고 베르나베우 관중석에서 쏟아지던 야유는 어느덧 응원의 함성으로 변했다.

2012년 4월 22일 적지 캄 노우에서 호날두는 숙적 바르셀로나에 회심의 일격을 날린다. 정규 리그 종료 4경기를 남겨둔 가운데 레알 마드리드는 승점 85점으로 선두를 달리고 있었고 바르셀로나가 승점 81로 뒤를 이었다. 바르셀로나는 35라운드 홈 경기에서 레알 마드리드를 꺾을 경우 기적적인 역전 우승을 바라볼 수 있는 상황, 반면 레알 마드리드는 우승의 마지막 고비를 넘기 위한 승리가 간절했다.

경기 전 전망은 바르셀로나의 우위 쪽에 쏠렸다. 2008년 12월 이후 스페인 프리메라리가에서 열린 7차례의 '엘 클라시코'에서 바르셀로나는 6승 1무로 일방적인 우위를 보이고 있었다. 게다가 레알 마드리드는 2007년 12월 이후 4년 4개월간 바르셀로나 원정 경기에서 승리하지 못하는 징크스에 시달리고 있었다.

팽팽하던 경기는 호날두의 한방으로 결정 났다. 1-1로 맞서고 있던 후반 28분, 문전 오른쪽으로 침투한 호날두는 메수트 외질의 스루 패스를 깔끔하게 마무리, 결승골을 터트리고 포효했다. 호날두의 골을 끝까지 지킨 레알 마드리드는 2-1로 승리, 4년 4개월 만에 적지에서 승전가를 부르는 감격을 누리며 2011~12 스페인 프리메라리가 우승을 사실상 확정했다.

호날두가 움츠렸던 어깨를 쫙 펴는 순간이었다. 이날 라이벌 리오넬 메시는 무득점에 그쳤다. 기세가 오른 호날두는 이후 그간 바르셀로나

전에서의 부진으로 비난받던 설움을 씻어내는 듯 '엘 클라시코'에서 펄 펄 날았다.

호날두는 2012년 8월 열린 바르셀로나와의 스페인 수페르코파 2경 기에서 2골을 터트리며 레알 마드리드에 우승 트로피를 안겼다. 이어 같은 해 10월 8일 캄 노우에서 열린 바르셀로나와의 2012~13 스페인 프 리메라리가 7라운드 원정 경기에서는 2골을 터트리며 바르셀로나를 상대로 6경기 연속 득점에 성공, 엘 클라시코 연속 골 신기록을 수립하 였다.

이날 경기는 메시와 호날두 라이벌전의 백미라고 표현해도 좋을 멋 진 승부였다. 메시와 호날두 나란히 2골을 터트리며 2-2로 승부를 가리 지 못한 이 경기에서 특히 스포트라이트를 받은 쪽은 호날두였다. 그는 후반 초반 그라운드에 넘어지며 어깨를 다쳤지만 간간히 아픈 어깨를 부여잡으며 끝까지 경기장을 누볐고 1-2로 뒤진 후반 21분 동점골을 터 트려 팀을 패배 위기에서 구해냈다.

호날두는 2013년 1월 31 산티아고 베르나베우에서 열린 바르셀로나 와의 코파 델레이 4강 1차전 홈 경기(1-1)에서 득점에 실패하며 엘 클라 시코 연속 경기 득점 행진이 6경기에서 멈췄다. 그러나 호날두는 2월 27일 캄 노우에서 열린 2차전 원정 경기에서 다시 한 번 바르셀로나 팬 들에게 비수를 꽂았다.

호날두는 이 경기에서 전반 13분 피케의 파울을 유도, 페널티 킥을 얻어내 직접 성공시켰고 1-0으로 앞선 후반 12분 쐐기골을 터트리며 3-1 완승을 이끌었다.

호날두가 레알 마드리드 유니폼을 입은 후 2011년까지 '엘 클라시코'에서 바르셀로나의 일방적인 우세가 이어지며 '호날두는 메시의 라이벌이 될 수 없다'는 목소리가 높아졌지만 2012년 이후 상황이 달라지고 있다. 2012~13 시즌 다섯 차례의 '엘 클라시코'에서 레알 마드리드는 2승 2무 1패로 바르셀로나에 우위를 보였고, 그 중심에는 호날두가 있었다.

메시와 호날두가 펼치는 레이스의 최종 승자가 누가 될지는 여전히 오리무중이다.

CHAPTER 9

굴레를 벗어나

앞서 리오넬 메시와 크리스티아누 호날두의 성공 스토리를 조셉 캠벨의 영웅 서사 구조에 비교했었다. 신화의 주인공은 대개 완벽해 보이지만 치명적인 결점을 지니고 있다. 그리스 신화에 등장하는 아킬레스와 게르만족 신화 〈니벨룽겐 노래〉의 주인공 지크프리트는 대표적인 불사신이다. 그러나 두 사람 모두 치명적인 약점을 지니고 있었고 결국 이것이 들통나며 불사신의 명성은 허무하게 무너진다.

아킬레스는 바다의 여신 테티스의 아들이다. 테티스는 아들을 불사신으로 만들기 위해 어렸을 때 스틱스 강물에 아킬레스를 담갔는데 붙잡고 있던 발목 뒤쪽은 물이 닿지 않았고 아킬레스의 약점이 됐다. 치명적인 약점을 뜻하는 '아킬레스건'이라는 표현의 유래다. 지크프리트는 용을 죽여 피를 뒤집어써서 창칼이 몸을 뚫을 수 없었는데 용을 죽일 때 낙엽 한 장이 등에 붙어 그 부분에만 피가 닿지 않았다. 결국 약점이 들통 나서 살해당하게 된다.

이처럼 모든 영웅에는 약점이 있다. 메시와 호날두도 예외는 될 수 없다. 메시는 소속 팀에서는 완벽함 그 자체다. 누구도 바르셀로나에서 펼치는 메시의 플레이에 왈가왈부할 수 없을 만큼의 경기력을 보여주고 있다. 그러나 아르헨티나 대표 팀에서는 이만 못했다. 고국 팬들로부터 원성이 심하고 아르헨티나 축구가 좋지 못한 결과를 맞을 때는 십자가를 짊어진다.

호날두도 거액에 레알 마드리드로 이적했지만 '몸값'을 제대로 하지 못했다. 가공할 득점력은 레알 마드리드에서 더욱 업그레이드됐다. 문제는 숙적 FC 바르셀로나를 상대로 좀처럼 터지지 않았었다는 것이다. 급기야 산티아고 베르나베우에서도 야유가 쏟아졌지만, 바르셀로나와의 2012~13 스페인 프리메라리가 경기에서 득점에 성공, 팀을 위기에서 구해냈다.

알비셀레스테 ─ 블라우그라나의 온도 차

바르셀로나의 영웅, 아르헨티나의 역적

리오넬 메시는 고국 아르헨티나에 대한 애착이 대단하다. 휴가의 대부분을 고향 로사리오에서 보내고 유소년 시절 스페인 대표 선발 제안을 단호히 거부했다. 소속팀 바르셀로나의 반대에도 불구, 2005년 네덜란드 청소년월드컵(20세 이하)과 2008년 베이징 올림픽에 출전을 강행, 팀을 정상으로 이끌기도 했다. 하지만 메시를 바라보는 아르헨티나 국민들의 시선은 그리 곱지 못하다. 메시를 표지로 등장시킨 2012년 1월 29일자 〈타임〉의 커버스토리 초점은 그가 환영받지 못하는 유일한 곳이 고국 아르헨티나라는 점에 맞춰져 있었다.

메시는 바르셀로나에서 '축구의 신'으로 추앙받고 있다. 메시^{Messi}의 이름에 감탄사_{ah}를 붙이면 구세주라는 뜻의 메시아_{Messiah}가 된다. 바르셀로나에서의 메시는 '메시아' 대접을 받고 있다. 그가 바르셀로나에 안겨준 우승 트로피를 고려할 때 당연한 일이다. 요한 크루이프 이후 카탈루냐 주민들의 가장 큰 환대를 받는 외국인이 아닐까 싶다. 특히 눈엣가시 같은 레알 마드리드를 상대로 펑펑 골을 터트리고 있다. 메시 본인도 바르셀로나에서의 생활에 대만족하고 있다. 계약 종료는 2018년이지만 메시는 "평생 바르셀로나에서 뛰고 싶다"는 뜻을 밝혀왔다.

그러나 아르헨티나에서는 아직까지 진정으로 사랑받고 있지는 못하다. 월드컵이나 코파 아메리카에서 부진하면 호된 질책과 비난이 쏟아질 뿐 그의 처지를 이해하고 옹호해 주는 팬과 언론은 많지 않았다.

적절한 비유가 될지 모르겠지만 가난한 집에서 태어난 아이가 부잣집으로 입양돼 출세한 형제를 대하는 듯한 미묘한 감정이 메시를 바라보는 아르헨티나 국민들의 마음속에 자리 잡고 있는 듯하다. 대표팀에서 좋은 활약을 꾸준히 펼친다면 혹독한 비판이 나올 일이 없다. 큰 기대를 걸 만한 실력을 갖추지 못한 선수라면 실망도 하지 않을 것이다. 그러나 문제는 메시가 너무나 뛰어난 재능을 지니고 있고 그럼에도 불구하고 대표팀에서는 그 만큼의 성과를 아직까지 거두지 못했다는 데서 비롯된다.

바르셀로나 유니폼을 입고 펼치는 메시의 플레이는 환상 그 자체다. 소설 〈삼국지〉에 나오는 당양 장판 싸움터의 조자룡을 연상시킨다. 단기필마로 백만 대군을 휩쓸고 다니며 적장의 머리 베기를 주머니에서 물건 꺼내듯 한다. 팬들에게는 기쁨이자 자랑이요, 상대에게는 공포의 대상 그 자체다.

　그런데 바르셀로나 유니폼을 입고 펄펄 날던 메시는 아르헨티나 유니폼으로 갈아 입으면 위력을 보이지 못했다. 아르헨티나 국민들로서는 복장이 터질 만도 하다. 자타가 공인하는 세계 최고의 선수를 가지고 있으면서도 - 거기다가 그를 지원할 화력은 또 얼마나 화려한가 - 세계 정상은커녕 남미 정상에도 서지 못한다. 바르셀로나에서의 활약으로 인해 메시는 마라도나에 비유되고 있다. 최근에는 이미 그를 넘어섰다는 평가까지 나온다. 그러나 축구가 종교와 같은 의미를 지니는 아르헨티나에서는 아직 '마라도나의 재림'은 이뤄지지 않았다.

　메시가 대표팀에서 비난받기 시작한 것은 그에게 '세계 최고'라는 수식어가 붙기 시작한 이후부터다. 메시가 엔트리에 포함됐던 2006년 독일 월드컵, 2007년 코파 아메리카(남미선수권)에서 아르헨티나는 고국 팬들의 기대를 충족시키지 못했지만 누구도 메시에게 비난의 화살을 겨누지 않았다. 메시는 그때까지 '가능성 있는 유망주' 정도로 취급받았을 뿐 성적에 대한 책임을 질 정도로 팀 내 비중이 높이지는 않았다. 그러나 2009년부터 상황은 바뀌기 시작한다.

마라도나와 비교되는 중압감

　메시는 2008~09 시즌 최고의 활약을 펼쳤다. 명실상부한 바르셀로나의 기둥이자 유럽 최고 선수로 우뚝 섰다. 바르셀로나는 메시의 활약을 앞세워 유럽축구연맹UEFA 챔피언스리그와 코파 델레이(스페인 국왕컵), 스페인 프리메라리가에서 차례로 정상에 올랐다. 바르셀로나는 스페인 축구 클럽으로서는 사상 처음으로 정규 리그와 UEFA 챔피언스리그, 코파 델레이에서 모두 우승해 '트레블'을 달성하는 위업을 완성했다.

축구에서 유럽 최고는 곧 세계 최고를 의미한다. 국적을 불문하고 세계에서 내로라하는 선수들은 모두 유럽에 모인다. 메시는 아르헨티나 대표팀에서도 최고 스타가 됐다. 마라도나가 달았던 영광의 10번이 주어졌다. 1994년 미국 월드컵 이후 수많은 후보가 나타났지만 단 한 명도 만족스러운 결과를 내지 못했던, 아르헨티나 대표팀에서의 '마라도나 후계자'의 타이틀이 마침내 그에게 주어진 것이다. 메시가 보여준 활약이 워낙 두드러졌기에 그에 대한 기대도 클 수밖에 없었다.

아르헨티나 국민들은 메시가 대표팀에서 바르셀로나에서와 같은 활약을 펼쳐주기를 원했다. 그러나 메시는 아르헨티나 국민들의 요구에 부응하지 못했다. 메시에 대한 아르헨티나 국민의 원성이 절정에 이른 것은 2010년 남아프리카공화국(남아공) 월드컵 남미 지역 예선이 한창이었던 2009년이다. 알피오 바실레 감독이 성적 부진으로 해임됐고 위기의 아르헨티나 축구를 구할 막중한 책임은 '축구의 신' 디에고 마라도나에게 주어졌다.

지도자로서 경험이 일천하고 현역 시절 갖가지 기행을 일삼았던 독특한 성격을 지닌 마라도나를 대표팀 사령탑으로 임명한 것에 대해 회의적인 시선이 적지 않았지만 마라도나에 대해 신앙에 가까운 존경심을 가지고 있는 아르헨티나 국민들은 실추된 대표팀의 자존심을 마라도나가 회복시킬 것으로 믿었다.

마라도나는 대표팀 지휘봉을 잡은 후 자신의 후계자인 10번 유니폼의 주인공으로 메시를 선택했다. 바실레 감독 시절 10번을 달았었던 후안 로만 리켈메는 대표팀에서 축출됐다. 아르헨티나 축구의 상징적인 존재인 마라도나로부터 10번 유니폼을 받았다는 것은 각별한 의미를 지닌다. 마라도나가 자신의 후계자로 메시를 인정한 셈이고 아르헨티나 대표팀의 명실상부한 간판이 됐음을 의미한다.

그러나 메시의 '아르헨티나 대표팀 수난 시대'는 마라도나로부터 등번호 10번 유니폼을 받으면서부터 시작된다. '원조 마라도나'와 '제 2의 마라도나'가 감독과 선수로 결합한 아르헨티나 축구의 출발은 순조로웠다. 2009년 3월 28일 베네수엘라와의 홈 경기에서 4-0의 대승을 거둔다. 10번을 달고 선발 출전한 메시는 선제골을 터트리며 승리를 이끌었다. 마라도나 휘하에서 메시의 앞날에 서광이 비치는 듯 했다.

그러나 메시는 이후 지독한 슬럼프에 시달리며 아르헨티나 대표팀에 쏟아지는 비난의 화살을 혼자 뒤집어쓴다.

어떻게 보면 마라도나가 사령탑으로서 짊어져야 했던 비난이 메시에게 집중됐다고도 볼 수 있다. 경험 풍부한 플레이메이커 리켈메가 마라도나와 갈등 끝에 대표팀에서 은퇴한 것은 아르헨티나 대표팀에 큰 타격이었다. 또 고집불통의 마라도나 감독은 다른 이들의 지적과 의견을 듣고 수용하기보다는 자신의 주장을 고집하며 주위와 갈등을 빚었다. 마라도나의 격정적인 캐릭터는 차분하고 분석적인 레이카르트, 과르디올라 감독 휘하에서 성장하고 활약했던 메시에게는 낯설 수밖에 없었다. 무엇보다, 아르헨티나 국민들은 메시가 대표팀에 적응하고 성장할 수 있도록 기다려주지 않았다. 그들이 그토록 신처럼 우러르는 마라도나 역시도 아르헨티나 대표팀에서 '축구의 신'다운 활약을 펼치기까지 시간이 필요했다는 사실을 그들은 망각했다.

치명적인 중죄

2009년 4월 1일, 아르헨티나는 라파스에서 열린 볼리비아와의 원정 경기에서 1-6 이라는 민망한 점수 차로 대패한다. 메시는 이날 풀타임 출전했다. 이로부터 메시는 남아공 월드컵 예선이 끝날 때까지 A매치 7연속 무득점의 슬럼프에 빠진다. 특히 같은 해 9월 5일 로사리오에서 열린 브라질과의 경기는 메시에 대한 비난 여론을 증폭시키는 계기가 됐다.

메시의 고향에서 열린다는 점에서 기대가 어느 때보다 높았지만 풀타임 출전에도 불구, 메시는 별다른 활약을 보이지 못했다. 브라질은 3-1 완승을 거두고 월드컵 출전을 확정한 반면, 아르헨티나는 탈락 위기에 몰렸다. 9월 9일 아순시온에서 열린 파라과이와의 원정 경기에서 0-1로 패배하자 아르헨티나의 여론은 폭발했다. 지리멸렬한 경기력을 보이는 대표팀에 대한 비난의 화살은 메시에게 집중됐다.

바르셀로나에서와 같은 플레이를 보여주지 못한다는 것이 아르헨티나 팬들의 불만이었다. 원색적인 비난이 줄을 이었다. '치명적인 중죄

Pecados Capitales'라는 자극적인 제목이 신문 헤드라인을 장식했다. '대표팀의 모든 책임은 메시에 있다', '바르셀로나 유니폼을 입었을 때는 세계 최고인데 아르헨티나 대표팀에서는 의욕이 떨어진다', '국가도 부르지 않는다'는 등 비난이 꼬리를 물었다.

브라질전과 파라과이전 패배로 벼랑 끝에 몰렸던 아르헨티나 대표팀은 우루과이와의 마지막 경기에서 1-0으로 간신히 승리, 천신만고 끝에 남아공행 티켓을 거머쥐었다. 그러나 여전히 무득점에 그친 메시에 대한 비난은 잦아들지 않았다.

메시는 큰 상처를 받았다. 그는 남아공 월드컵을 앞두고 일본 NHK가 제작한 특집 다큐멘터리에서 당시의 아픔을 다음과 같이 말했다.

"가장 마음이 아픈 것은 조국에서만 비난을 받고 중상모략에 시달린다는 점입니다. 플레이에도 나쁜 영향을 미칩니다. 그렇지만 축구의 일부라고 받아들이고 있습니다. 내 스스로가 상황을 바꿀 수밖에 없다고 생각합니다."

월드컵 예선을 가까스로 통과한 아르헨티나는 2010년 3월 독일과의 친선 경기에서 1-0으로 승리하며 비난 여론을 가까스로 잠재웠다. 그러나 메시에 대한 여론은 호의적이지 않았다. 아르헨티나 일부 언론에서는 10점 만점 평점에서 4점을 부과하며 '최악의 플레이'였다고 질책했다. 메시는 NHK다큐멘터리에서 답답한 심정을 이렇게 말했다.

"나는 아르헨티나 대표팀에서 내 힘을 최대한 살리고 싶습니다. 그러나 팀은 아직 전술이 확립되지 않았습니다. 어떻게 하면 최고의 플레이를 펼칠 수 있을까 고민하고 있습니다. 아르헨티나 팬들의 성원은 특별합니다. 다른 어떤 나라에서도 맛볼 수 없을 정도로 열정적입니다. 나에게 바르셀로나는 소중한 존재입니다. 그렇지만 아르헨티나 대표팀은 그 이상입니다. 둘도 없이 소중한 존재입니다."

그러나 상황은 메시의 바람대로 되지는 않았다.

남아공 월드컵에서 아르헨티나는 메시를 필두로 곤살로 이과인(레알 마드리드), 카를로스 테베스(맨체스터 시티), 디에고 밀리토(인터 밀란), 하비에르 마스체라노(바르셀로나), 세르히오 아구에로(맨체스터 시티) 등 쟁쟁한 멤버 구성으로 첫 손에 꼽히는 우승 후보였다.

아르헨티나는 3승으로 조별 리그를 가볍게 통과했고 16강전에서 멕시코를 3-1로 꺾었지만 8강에서 독일을 만나 0-4로 대패했다. 충격적인 패배였다. 메시는 플레이메이커로 아르헨티나 공격의 시발점 노릇을 했지만 결국 한 골도 터트리지 못하고 월드컵 본선을 마감했다.

아르헨티나의 실패를 메시의 책임으로 돌릴 수는 없었다. 그는 독일전을 앞두고 감기 몸살로 정상적인 훈련을 치르지 못한 악조건 속에서도 출전을 강행하는 투지를 불살랐다.

골이 없었을 뿐 메시는 세계 최고다운 경기력을 과시했다. 마라도나도 "메시는 훌륭한 월드컵을 치렀다"고 격려했다. 팀이 8강에서 탈락했지만 메시는 골든볼 후보에 당당히 이름을 올렸다. 세계 정상에 오른

비센테 델보스케 스페인 대표팀 감독은 스페인 일간지 〈스포르트〉와의 인터뷰에서 "남아공 월드컵 골든볼은 당연히 메시가 받았어야 한다. 그는 매 경기 20번이 넘는 득점 찬스를 만들어냈다"고 말했다.

그러나 8강 탈락, 무득점은 자타가 공인하는 '세계 최고'에는 걸맞은 성적은 아니었다. 조국 팬들과의 응어리는 풀리지 않았다.

또 한 번의 실패! 그리고 반전

남아공에서 아르헨티나 대표팀과의 악연을 끊어내는 데 실패했지만 명예 회복의 기회는 곧바로 찾아왔다. 아르헨티나에서 열리는 2011 코파 아메리카에서 메시는 설욕을 별렀다. 2010년 크리스마스 휴가를 고향에서 보낸 메시는 일간지 〈올레〉와의 인터뷰에서, "새해 소망은 코파 아메리카에서 우승을 차지하는 것이다. 산타클로스에게 우승컵을 선물로 달라고 소원을 빌었다. 우승은 나뿐 아니라 아르헨티나 모든 국민의 꿈이다"라고 의욕을 보였다.

마라도나 감독의 후임으로 아르헨티나 대표팀 지휘봉을 잡은 세르히오 바티스타 감독은 메시와 좋은 인연을 맺고 있었다. 그는 2008년 베이징 올림픽에서 메시와 함께 금메달 획득을 일궈냈다. 바티스타 감독은 대회 전부터 '메시 중심의 전술'을 구사하겠다고 천명했다. 바르셀로나에서처럼 메시를 자유롭게 활약할 수 있도록 지원하는 데 초점을 맞추겠다고 말했다.

메시는 명실상부한 아르헨티나 축구의 중심이었다. 홈 어드벤티지까지 업은 코파 아메리카에서 아르헨티나와 메시의 '한풀이'는 성공 가능성이 높게 점쳐졌다. 게다가 아르헨티나와 남미 축구의 양대 산맥으로 꼽히는 브라질은 남아공 월드컵의 실패로 세대교체를 진행 중이어서 아르헨티나에 비해 열세로 평가됐다.

그러나 메시는 '메이저 대회 징크스'에서 쉽게 벗어나지 못했다.

아르헨티나는 개막전에서 한 수 아래로 여겨진 볼리비아와 1-1 무승부에 그쳤다. 메시의 부진은 세계적인 화제로 떠올랐다. 각국 언론은 '바르셀로나의 메시와 아르헨티나 대표팀의 메시가 다른 이유'에 대해 다각적인 분석을 내놓았다. 콜롬비아와의 2차전에서 아르헨티나는 졸전 끝에 득점 없이 비겼다. 대표팀의 무기력한 경기에 실망한 아르헨티나 팬들은 메시에게 집단적인 야유를 퍼부었다. 원색적인 욕설까지 동원됐다. 메시는 후반전 얻은 프리킥 기회에서 어이 없이 볼을 허공으로 차는 등 심리적으로 크게 흔들리는 모습을 보였다.

안방에서 열리는 코파 아메리카에서 조별 리그 통과조차 장담하지 못하게 되자 아르헨티나 언론은 또 다시 폭발했다. 메시의 아버지 호르헤는 당시 AP 통신과의 인터뷰에서, "메시가 콜롬비아전에서 받은 관중의 야유로 매우 우울해하고 있다. 홈에서 큰 대회를 치른다는 것은 선수에게 매우 큰 부담이다"라고 안타까워했다.

메시에 쏟아지는 아르헨티나의 국민적 지탄이 도를 넘어서자 훌리오 그론도나 아르헨티나 축구협회 회장이 나서 "팬들의 비난이 계속되면 메시가 대표팀에서 은퇴해야 할지도 모른다"고 언론과 팬들의 자제를 당부할 지경에 이르렀다.

사면초가에서 나선 코스타리카와의 조별 리그 3차전에서 메시는 2 골을 어시스트하며 3-0 승리를 이끌어냈다. 콜롬비아전에서의 비난은 어느새 환호로 바뀌었다.

메시는 인터뷰에서 대표팀 부진과 관련한 심정을 토로했다.

"어떤 일이 있더라도 아르헨티나 유니폼을 벗는 일은 없다. 이번 대회에서 도에 지나친 비난으로 많은 상처를 받고 있지만 언론이 뭐라고 하든 신경을 쓰지 않았고 앞으로도 그럴 것이다. 야유를 받고 싶은 사람은 없다. 경기를 잘못하면 가장 답답할 사람은 선수들이다. 바르셀로나와 아르헨티나 대표팀을 비교하는 것도 옳지 않다. 바르셀로나는 오랫동안 발을 맞춰본 선수들로 경기를 하지만 소집 횟수가 적은 대표팀은 플레이의 완성도가 미치지 못할 수밖에 없다."

답답한 심정을 속 시원히 털어놓았지만 메시는 이번에도 최후의 승자가 되지 못했다. 아르헨티나는 우루과이와의 8강전에서 압도적인 경기를 펼치고도 승부차기 끝에 패했다. 메시의 분투는 신들린 선방을 펼친 우루과이 골키퍼 페르난도 무슬레라 앞에서 무용지물이 됐다. 전후반과 연장전을 1-1로 마친 후 돌입한 승부차기에서 우루과이는 무슬레라의 철벽 수비를 앞세워 4-2로 승리했다.

2010년 남아공 월드컵에 이어 2011년 안방에서 열린 코파아메리카까지, 메시는 아르헨티나 대표팀 유니폼을 입고 '세계 최고'의 모습을 보여주지 못했다. 그러나 언제나 그래왔듯이, 메시는 오래지 않아 대표팀 유니폼을 입고도 바르셀로나에서처럼 맹활약할 수 있음을 확인시키기 시작한다. 메시의 사전에 '불가능'이란 없어 보인다.

풀리기 시작한 알비셀레스테의 저주

바르셀로나와 아르헨티나 유니폼은 세로 줄무늬로 이뤄져 있다는 공통점이 있다. 유니폼 색깔에서 팀의 별명이 비롯됐다는 것도 똑같다. 바르셀로나의 별칭인 '블라우그라나'는 푸른색과 붉은색 줄무늬로 이뤄진 유니폼에서 유래했다. 아르헨티나 대표팀은 '알비셀레스테'라는 별명이 있다. 유니폼 줄무늬의 색상인 흰색과 하늘색을 의미한다.

같은 줄무늬 유니폼이지만 어떤 색깔을 입느냐에 따라 메시의 활약과 팀이 얻는 결과는 극과 극을 달렸다. 그러나 메시는 최근 '알비셀레스테'에서도 '블라우그라나' 의 활약을 방불케 하는 맹위를 떨치고 있다. '알비셀레스테'의 저주가 마침내 풀리고 있는 형국이다.

2010 남아공 월드컵 예선전에서 메시는 마지막 7경기에서 한 골도 터트리지 못하며 아르헨티나 팬들의 거센 비난을 받았다. 그러나 메시는 2014 브라질 월드컵 남미 지역 예선에서는 명실상부한 팀 에이스로 아르헨티나의 순항을 이끌고 있다.

메시는 2011년 10월 7일, 부에노스아이레스에서 열린 2014년 브라질 월드컵 남미 지역 예선 1차전에서 결승골을 터트리며 4-1 대승을 이끈 것을 시작으로 2013년 9월 11일 아순시온에서 열린 파라과이와의 14차전 원정 경기에서 2골을 터트리며 5-2로 승리, 팀의 월드컵 본선행을 확정시킬 때까지 10골을 터트렸다. 친선 경기에서는 더욱 가공할 위력을 뽐냈다.

신호탄은 2012년 2월 29일 제네바에서 열린 스위스와의 친선 경기에서 터져 나왔다.

메시는 '절친'이자 마라도나의 사위인 세르히오 아구에로와 '찰떡 궁합'을 선보이며 해트트릭을 기록, 3-1 완승을 이끌었다. 2005년 A 대표팀에 데뷔한 후 메시가 A매치에서 해트트릭에 성공한 것은 스위스전이 처음이었다.

6월 10일 미국 뉴저지 이스트러더퍼드에서 라이벌 브라질과 맞선 메시는 또 다시 해트트릭을 작렬하며 4-3 승리를 이끌었다. 메시는 이날 압도적인 스피드와 개인기로 브라질 수비진을 문자 그대로 농락했다. 0-1로 뒤진 전반 34분 동점골을 시작으로 상대 골키퍼까지 제치고 두 번째 골을 터트렸고 3-3으로 맞선 후반 40분에는 환상적인 드리블에 이은 왼발 슛으로 브라질 수비수들을 꼼짝 못하게 만들었다.

2013년 6월 15일, 과테말라와의 친선 경기에서 메시는 A매치 통산 세 번째 해트트릭을 달성했다. 같은 해 5월 햄스트링 부상으로 시즌을 조기 마무리했던 메시는 과테말라전에서 팀이 넣은 4골 가운데 3골을 직접 터트리며 1골을 어시스트하는 '원맨쇼'로 완벽한 회복을 알렸다.

2012년 이후 A매치에서 메시가 보이고 있는 페이스는 바르셀로나에서의 괴력에 못지않다. 메시의 'A매치 징크스'는 점차 옛 이야기가 돼가고 있다.

마드리드의 새로운 영웅 탄생

레알 마드리드 사상 최고의 7번 플레이어

크리스티아누 호날두는 7이라는 숫자에 대단한 애착을 지니고 있다. 번호와의 인연은 맨체스터 유나이티드 시절로 거슬러 올라간다. 스포르팅 CP에서 28번을 달았던 호날두는 맨체스터 유나이티드에서도 이 번호를 달려고 했지만 알렉스 퍼거슨 감독은 에이스를 상징하는 7번을 부여했다. 조지 베스트, 브라이언 롭슨, 에릭 칸토나, 데이비드 베컴 같은 맨체스터 유나이티드의 간판 스타가 사용했던 번호다.

2009년 레알 마드리드로 이적한 호날두는 등번호 9번을 배정받았다. 비록 쇠퇴기에 접어들고 있지만 홈 팬들의 절대적 지지를 받고 있는 '카스티야의 황태자' 라울 곤살레스가 7번을 달고 있었기 때문이다.

1994년 17세의 나이에 레알 마드리드에 데뷔한 라울은 그 자체가 팀의 상징이라고 할 정도로 팬들의 절대적인 지지와 사랑을 받았다. UEFA 챔피언스리그 142경기에서 71골을 터트려 역대 최다 득점 기록을 보유하고 있다. 16년간 레알 마드리드에 몸 담으며 741경기에 출전, 323골을 넣었고 두 차례의 UEFA 챔피언스리그 우승과 여섯 번의 프리메라리가 타이틀을 거머쥐었다.

라울이 마드리드 팬들의 절대적인 지지와 사랑을 받은 이유는 그가 숙적 FC 바르셀로나와의 경기에서 강점을 보였기 때문이다. '엘 클라시코El Clasico'라고 불리는 레알 마드리드와 바르셀로나의 경기에서 라울은 모두 15골을 뽑아냈다. 레알 마드리드 역사상 양 팀간의 대결에서 라울보다 많은 골을 기록한 이는 1950년대 레알 마드리드에서 활약한 아르헨티나 출신의 전설적인 골잡이 알프레도 디 스테파노(18골)뿐이다. 그러나 라울도 세월의 흐름 앞에서는 어쩔 수 없었다. 2009년 여름 호날두를 비롯해 카카, 카림 벤제마, 사비 알론소 등 슈퍼스타들이 새롭게 레알 마드리드 유니폼을 입자 라울의 입지는 크게 좁아졌다. 호날두와 곤살로 이과인, 벤제마에 밀려 라울은 많은 출전 기회를 보장받지 못했다.

2009~10 시즌이 끝난 후 라울은 결단을 내렸다. 2010년 7월 26일 산티아고 베르나베우에서 열린 고별식을 끝으로 레알 마드리드를 떠나 독일 분데스리가 샬케 04에 새롭게 둥지를 틀었다.

라울이 레알 마드리드와 결별을 선언하자 호날두는 공개적으로 등번호 7번을 달고 싶다는 뜻을 밝혔다. 일부에서는 라울이 16년간 레알

마드리드에서 쌓은 공적을 기념하기 위해 7번을 영구 결번시켜야 한다
는 의견도 나왔다. 그러나 레알 마드리드는 라울이 남기고 간 7번 유니
폼을 호날두에 주기로 결정했다.

호날두는 앞서 맨체스터 유나이티드에서 에이스의 등 번호인 7번의
무게에 걸맞은 모습을 보였다. 2007~08 시즌 유럽축구연맹UEFA 챔피언
스리그 우승을 차지했고 2009년에는 발롱도르와 FIFA 올해의 선수를
석권했다. 호날두는 이제 레알 마드리드에서 새로운 7번의 전설에 도
전하고 있다. 맨체스터 유나이티드에서처럼, 레알 마드리드에서 7번은
에이스를 의미한다. 라울뿐 아니라 역대 레알 마드리드의 7번 선수는
출중한 개인 성적과 레알 마드리드에 대한 높은 충성도, 깨끗한 매너로
팬들의 사랑을 한몸에 받았다.

라울뿐 아니라 역대 레알 마드리드의 7번은 '에이스'라는 이름에 부
끄럽지 않은 기록을 남겼다. 개인 성적도 출중했지만 팀 공헌도와 레알
마드리드에 대한 충성도가 매우 높았다. 프랑스 출신으로 1950년대 후
반 레알 마드리드에서 활약했던 레이몽 코파는 1957년부터 59년까지
유러피언컵(챔피언스리그 전신) 3연패에 공헌했고 1958년 발롱도르를
수상했다. 1970년 축구 선수로는 처음으로 프랑스 최고 훈장인 레종 도
뇌르의 주인공이 되는 영예도 안았다.

1960년대 레알 마드리드의 간판 골잡이로 활약했던 아만시오 아마
로는 9번이나 스페인 프리메라리가 우승 트로피를 안았고 두 차례 득
점왕에 올랐다. 1966년에는 유러피언컵 정상에 오르기도 했다.

1980년대 레알 마드리드의 간판 공격수였던 에밀리오 부트라게뇨

는 1985~86 시즌부터 1989~90 시즌까지 프리메라리가 5연패, 1984~85, 85~86 시즌 UEFA컵 2연패의 주역이다. 라울은 앞서 언급했던 것처럼 역대 레알 마드리드 7번 가운데 최고라고 할 만한 활약을 펼쳤다.

2010년 레알 마드리드 에이스를 상징하는 7번 유니폼을 물려받은 호날두는 이후 새로운 전설을 쌓아 나가기 시작했다. 2009년부터 레알 마드리드 유니폼을 입은 호날두는 2013년 9월 연봉 1,700만 유로의 새로운 조건에 계약 종료를 2018년까지 연장했다.

2012~13 시즌까지 레알 마드리드 유니폼을 입고 뛴 네 시즌 간 호날두는 199 경기에서 201골을 터트리는 초인적인 결정력을 과시했다. 선수 생활을 레알 마드리드에서 마감하겠다는 뜻을 밝힌 호날두는 앞으로 득점과 관련된 구단 역사를 모두 새롭게 쓸 것으로 기대된다.

레알 마드리드의 희망

호날두는 레알 마드리드 유니폼을 입은 후 리오넬 메시와 비교되며 엄청난 스트레스를 받았다.

공교롭게도 호날두가 산티아고 베르나베우에 도착한 후, 레알 마드리드는 한동안 바르셀로나를 상대로 일방적인 열세에 몰렸다. 패배의 책임은 호날두에게 쏟아졌다. 호날두는 레알 마드리드 유니폼을 입은 후 '입신의 경지'에 오른 득점력을 뽐냈지만 메시가 늘 한발 앞서 나갔다. FIFA 발롱도르를 비롯한 개인상에서 스포트라이트가 메시에 집중

되는 동안 호날두는 2인자에 머물러야 했다.

오죽하면 포르투갈 대표팀에서 호날두를 지도했던 스승 루이스 펠리프 스콜라리 감독은 "호날두에게 유일한 불행은 리오넬 메시와 동시대를 살아간다는 점이다. 메시만 아니었다면 호날두는 독보적인 대스타가 됐을 것"이라고 안타까운 심정을 밝히기까지 했을까.

레알 마드리드 팬과 지역 언론들은 한술 더 떠 호날두가 바르셀로나 전에서 부진할 때면 날카로운 비난의 화살을 퍼부으며 성화를 부렸다. 메시가 바르셀로나에 안겨준 것 같은 영광을 왜 호날두는 이뤄내지 못하는가는 여론의 반영에 다름 아니다.

그러나 레알 마드리드 팬들과 언론들이 호날두를 들볶아대는 것은 지나친 기대심리의 반영일 뿐이다. 호날두가 비록 몇 차례 바르셀로나와의 맞대결에서 고개를 숙이기는 했지만, '엘 클라시코'에서 레알 마드리드가 최소한의 자존심을 지킬 수 있도록 해 준 이가 다름 아닌 호날두기 때문이다.

호날두가 레알 마드리드 유니폼을 입은 2009년 여름 이후 2013년까지, 레알 마드리드는 총 3개의 우승 트로피를 들어 올렸다. 이 세 차례의 우승은 호날두의 활약이 아니었다면 이뤄질 수 없는 것이었다. 게다가 세 차례의 우승은 모두 필생의 숙적 바르셀로나를 꺾고 안은 것이어서 의미는 더욱 크다.

2011년 4월 21일 발렌시아 CF의 홈 구장 에스타디오 메스타야에서 열린 2010~11 코파 델레이 결승전에서 레알 마드리드는 숙적 바르셀로나를 연장 접전 끝에 물리치고 2008년 스페인 프리메라리가 정상에 오른 후 3년 만에 차지하는 우승 트로피였다.

레알 마드리드에 영예를 안긴 주인공은 호날두였다.

0-0의 팽팽한 접전이 이어지던 연장 전반 13분 호날두는 앙헬 디 마리아의 크로스를 정확한 헤딩슛으로 마무리, 천금의 결승골을 터트렸다. 레알 마드리드는 호날두의 결승골을 끝까지 지켜내며 1-0으로 승리했다. 바르셀로나로서는 2009년 이후 2년 만에 재현을 노리던 유럽 트레블의 꿈이 수포로 돌아가는 순간이었다.

2011~12 스페인 프리메라리가에서 레알 마드리드는 중반 이후 바르셀로나에 멀찌감치 앞서 나가며 손쉽게 우승을 차지하는가 싶었다. 그러나 바르셀로나는 시즌 종료 4경기를 남겨 놓은 상황에서 승점 4점 차까지 레알 마드리드에 따라 붙었다. 2012년 4월 22일 캄 노우에서 열린 35라운드 원정 경기에서 호날두는 1-1로 맞선 후반 28분 결승골을 작렬하며 2-1 승리를 이끌었다. 레알 마드리드가 스페인 프리메라리가 정상으로 가는 마지막 난관을 돌파하는 순간이었다.

2012년 8월 30일 산티아고 베르나베우에서 열린 2012~13 스페인 수페르코파 2차전 홈 경기에서 레알 마드리드는 바르셀로나를 2-1로 물리치고 2008년 이후 4년 만에 수페르코파 우승 트로피를 탈환했다. 1차전에서 2-3으로 바르셀로나에 패배한 레알 마드리드는 안방에서 열린 2차전에서 전반 11분 터진 곤살로 이과인이 선제골을 터트렸고 전반 19분 호날두가 수비 진영으로부터 길게 넘어온 패스를 낚아채 추가골을 터트렸다. 폭발적 스피드로 바르셀로나 수비진을 휘저은 호날두는 전반 27분에는 파울을 유도해 아드리아누의 퇴장을 이끌어내기도 했다.

바르셀로나는 리오넬 메시가 한 골을 만회했지만 레알 마드리드가 2-1로 승리, 1. 2차전 합계 5-5로 동률을 이뤘고 원정 다득점 우선 원칙에 따라 수페르코파 우승 트로피를 품에 안았다. 호날두가 1년 전 바르셀로나와 메시에 진 빚을 그대로 되갚은 셈이었다. 2011년 8월 수페르코파 1차전에서 레알 마드리드와 바르셀로나는 2-2로 비겼고 2차전에서 메시가 두 골을 터트린 바르셀로나는 레알 마드리드를 3-2로 꺾고 우승을 차지했다. 호날두는 당시 2-1로 뒤진 후반 37분 동점골을 터트렸지만 후반 43분 메시가 결승골을 터트리며 '패배자'에 머물러야 했다.

레알 마드리드 홈 팬과 언론은 호날두가 조금이라도 성에 차지 않으면 벌떼처럼 몰려들어 호날두를 공격한다. 특히 '엘 클라시코'에서 만족할 만한 성과가 나오지 않으면 가차 없이 매질을 해 댔다.

하지만 호날두가 없었다면 레알 마드리드 팬들은 '엘 클라시코'에서 참담한 연패 행진을 지켜봐야 하는 굴욕을 맛봤을 수도 있다. 2009년부터 4년간의 기록이 이를 증명한다.

레알 마드리드는 스페인은 물론 유럽에서도 첫 손에 꼽히는 전통과 명성을 지닌 명문 구단이다. 페렌츠 푸스카스, 알프레도 디 스테파노, 우고 산체스, 라울 곤살레스, 지네딘 지단, 호나우두에 이르기까지 헤아릴 수 없이 많은 슈퍼스타들이 레알 마드리드의 역사를 화려하게 수놓았다.

그러나 어떤 레전드도 현재의 호날두와 같은 활약을 펼치지는 못했다. 호날두는 2011~12 시즌 레알 마드리드 역사상 한 시즌 최다 골(60)과 스페인 프리메라리가 최다 골(46) 기록을 새롭게 수립했다. 2012~13

시즌에는 유럽축구연맹^{UEFA} 챔피언스리그에서 12골로 득점왕에 오르며 레알 마드리드 역사상 유럽 클럽 축구 대항전 시즌 최다 골 기록을 세웠다. 2011~12 시즌 기록한 7차례의 해트트릭도 레알 마드리드 사상 최고 기록이다. 2012년 3월에는 푸스카스가 지니고 있던 스페인 프리메라리가 사상 최단 기간 100골 달성 기록(105경기)을 훌쩍 뛰어넘어 92경기 만에 100골 고지에 등정하는 기염을 토했다.

호날두는 2018년까지 레알 마드리드 유니폼을 입는다. 지난 4년간 시즌당 50골을 터트린 페이스를 고려한다면 2018년에는 라울 곤살레스가 지니고 있는 레알 마드리드 통산 최다 골(323)의 금자탑을 뛰어 넘을 수도 있을 전망이다.

2009년부터 2018년까지의 레알 마드리드는 '크리스티아누 호날두 시대'로 역사에 남을 것이다. 팬들의 야유나 언론의 혹평과는 무관하게 앞으로 레알 마드리드의 역사와 미래는 호날두에 의해 좌지우지될 수밖에 없을 것으로 보인다. 메시 없는 바르셀로나를 상상할 수 없듯이, 이제 호날두 없는 레알 마드리드의 모습도 그리기 어렵게 됐다.

안티들은 입을 다무시오

우크라이나와 폴란드가 공동 개최한 2012 유럽축구선수권(유로 2012)은 크리스티아누 호날두의 '클래스'를 여실히 입증하는 무대가 됐다. 스페인이 특유의 정밀한 패스 축구로 2010 남아프리카공화국 월드컵에 이어 정상에 오르며 '천하통일'을 알렸고, 스페인 대표팀의 '조타수' 격인 안드레스 이니에스타(바르셀로나)가 MVP에 뽑혔지만 유로 2012의 최고 스타는 누가 뭐래도 호날두였다.

호날두의 포르투갈은 준결승에서 스페인과 득점 없이 맞선 끝에 돌입한 승부차기에서 2-4로 졌다. 스페인의 선축으로 시작된 승부차기에서 5번 키커로 배정된 호날두는 자신에 기회가 주어지기도 전에 패배가 결정되자 허탈한 웃음을 짓고 돌아설 수밖에 없었다.

하지만 호날두는 유로 2012에서 슈퍼스타 한 사람이 팀을 어떻게 바꿔놓을 수 있는지를 여실히 보여줬다.

호날두는 유로 2004에서 스타덤에 올랐다. 그러나 이후 월드컵과 유럽선수권에서 두드러진 모습을 보이지 못했다. 2006 독일 월드컵에서는 이란과의 조별 리그전에서 페널티 킥으로 한 골을 얻는 데 그쳤고, 유로 2008에서도 포르투갈이 8강에서 탈락하는 가운데 한 골에 머물렀다. 2010 남아프리카공화국 월드컵에서도 7-0으로 대승을 거둔 북한과의 조별 리그전에서 한 골을 뽑았을 뿐이다. 포르투갈은 16강에서 스페인을 만나 탈락했다.

상황이 이렇게 되자 호사가들은 호날두에게 '메이저 대회에서 약하다'는 꼬리표를 달아줬다. 실제로 호날두는 포르투갈이 탈락 위기에서 가까스로 살아났던 2010 남아프리카공화국 월드컵 유럽 지역 예선에서 무득점에 머물며 극도로 부진했었다.

마침 포르투갈은 유로 2012에서 '신형 전차 군단'으로 불리며 강력한 우승 후보로 꼽힌 독일, 2010 월드컵 준우승팀 네덜란드, 북유럽의 만

만찮은 강호 덴마크와 함께 '죽음의 B조'에 편성됐다. 세계적인 강팀을 상대로 호날두가 과연 어떤 활약을 펼칠지에 세계 축구팬들의 눈과 귀가 쏠렸다.

첫 발걸음은 무거웠다.

포르투갈은 유로 2012 조별 리그 첫 판에서 독일에 0-1로 졌다. 호날두는 상대 수비를 좀처럼 떨쳐내지 못하며 이렇다 할 움직임조차 보이지 못했다. 전 세계 언론이 호날두의 부진에 스포트라이트를 집중했다.

8강 진출의 사활이 걸린 덴마크와의 2차전에서 포르투갈은 3-2로 승리하고 한숨을 돌렸다. 그러나 호날두는 덴마크전에서도 '득점 기계'다운 모습을 보이지 못했다. 승리를 굳힐 수 있는 순간 결정적인 찬스를 놓치는 등 집중력이 크게 떨어진 모습이었다. 호날두는 이날 상대 골키퍼와 일대 일로 마주한 두 차례 찬스에서 한 골도 넣지 못했다.

덴마크 응원단은 경기 내내 호날두를 향해 '메시, 메시'를 외치며 조롱했다. 라이벌 리오넬 메시의 이름을 연호하는 것은 몇 년 전부터 전 세계적으로 유행하고 있는 호날두 조롱법이다. 특히 A매치 원정 경기 때 상대 국가 서포터들이 호날두를 상대로 한 심리전의 일환으로 펼치고, 어느 정도 효험이 있는 것으로 알려지고 있다.

예상대로 효과가 있었다. 호날두는 덴마크전이 끝난 후 언론과 인터뷰에서 관중들이 자신을 향해 메시의 이름을 외친 것에 대해 불쾌감을 감추지 않았다. 그는 "메시가 작년 이맘때(2011 코파 아메리카) 어떤 성적을 올렸는지 기억하고 있는가?"라고 반문했다. 홈 이점을 안고 치른 코파 아메리카에서 아르헨티나가 8강에서 탈락하고 메시가 한 골도 넣지 못했던 것을 상기시키는 발언이었다. 메시와 자신을 비교하는 것에 대한 강한 거부감을 읽을 수 있는 모습이다.

덴마크 관중들의 '메시 연호' 야유는 호날두를 환골탈태시켰다.

네덜란드와의 3차전에서 호날두는 '세계 최고'라는 타이틀이 붙으려면 어느 정도 수준이 되야 하는지를 전 세계에 입증했다.

네덜란드는 전반 11분 라파엘 판데르 파르트의 득점포로 앞서갔다. 그러나 판데르 파르트의 선제골은 호날두를 빛내기 위한 사전 장치에 불과했다.

호날두는 전반 27분 주앙 페레이라의 어시스트로 선제골을 터트린 호날두는 후반 28분 루이스 나니와 콤비 플레이로 역전 결승골을 뽑아냈다. 이외에도 골대를 두 번이나 때리고 나니에게 결정적인 득점 기회를 만들어주는 등 문자 그대로 '원맨쇼'를 펼쳤다. 전 세계 언론이 호날두의 활약을 대서특필했음은 물론이다.

기세가 오른 호날두는 체코와의 8강전에서도 후반 34분 환상적인 다이빙 헤딩 슛으로 결승골을 뽑아내며 포르투갈에 1-0 승리를 선사했다. 관중석에 자리한 포르투갈 축구가 낳은 최고의 슈퍼스타 에우제비오와 루이스 피구 앞에서 멋진 골 세리머니를 펼치며 그들의 전설을 넘어서고 있음을 확인시켰다.

호날두는 유로 2012 준결승에서 스페인의 벽에 가로막혔지만 누구도 그를 비난하는 사람은 없었다. 오히려 2011~12 스페인 프리메라리가 우승에 이어 유로 2012에서도 차별화된 클래스를 보여준 호날두가 2012년 FIFA 발롱도르를 받아야 마땅하다는 주장이 제기될 정도로 인상적인 활약이었다.

유로 2012에서 보여준 호날두의 위용은 전 세계에 퍼져 있는 '안티' 세력들의 입을 다물게 하기에 충분한 것이었다. 호날두는 메이저 대회에 약하지 않고 강팀을 상대로 움츠러드는 '새가슴'도 아니며 특히, 그를 향해 리오넬 메시의 이름을 외치는 것은 그의 전투력을 상승시키는 기폭제 역할을 할 수도 있음이 유로 2012를 통해 확인됐다.

CHAPTER 10

따로
또 같이

　리오넬 메시와 크리스티아누 호날두는 양립할 수 없는 라이벌이다. 나란히 스페인 프리메라리가에서 활약하고 있기 때문에 매 시즌마다 승패가 명확히 갈릴 수밖에 없다. 한 사람이 승자로서 스포트라이트를 받으면 반대편은 그늘에 머물 수밖에 없다. 게다가 레알 마드리드와 FC 바르셀로나의 앙숙 관계를 고려한다면 서로를 증오할 법도 한 상황이다. 그러나 두 사람의 관계는 의외로 나쁘지 않다. 메시와 호날두는 여러 인터뷰를 통해 상대방을 진심으로 존중한다고 말하고 있다.

　호날두는 2012년 5월 미국 CNN과의 단독 인터뷰에서 메시와 비교되는 것에 대한 질문을 받고 "모든 사람들이 우리 두 사람을 비교하는 것이 때로는 피곤하지만 서로에게 좋은 자극제가 될 수 있다고 생각한다"고 메시와의 라이벌 관계를 긍정적으로 여기고 있다고 했다. 또 세계 최고의 스포츠카인 페라리와 포르쉐의 경우를 빌어 두 사람 각자 고유한 특성을 지니고 있기 때문에 비교하는 것 자체가 무의미하다고 했다.

　호날두는 "페라리와 포르쉐는 각기 다른 엔진을 갖고 있기 때문에 비교할 수가 없다. 우리도 마찬가지다. 두 사람의 축구 인생이 끝난 후에야 누가 더 나았는지를 판단할 수 있을 것"이라고 말했다. '우문현답' 이 따로 없다.

메시도 여러 차례 인터뷰를 통해 호날두에 대한 존중의 뜻을 밝혔다.. 그는 2012년 1월 시사주간지 〈타임〉과의 인터뷰에서 "호날두는 선수로서, 또 한 사람의 인격체로서 모두 훌륭하다고 생각한다. 레알 마드리드에 큰 공헌을 하고 있고 언제든지 경기를 결정지을 수 있는 능력을 지니고 있다"고 칭찬했고 "레알 마드리드가 무엇을 하는지는 신경이 쓰이지만 호날두가 골을 넣는 것에 대해서는 전혀 신경을 쓰지 않는다. 레알 마드리드는 바르셀로나와 팀으로서 경쟁(우승) 하기 때문이다"라고 개인적인 승패를 따지는 것은 무의미하다는 견해를 밝혔다.

심리학적으로 사람은 자신과 닮은 상대에게 무의식적으로 끌린다고 한다. 메시와 호날두는 서로에게 '동지애' 를 느낀다고 해도 이상하지 않을 정도로 공통분모를 많이 지니고 있다. 갓 스무 살을 넘긴 나이에 세계 최고의 자리에 올라 정상을 지키기 위해 처절한 자신과의 싸움을 진행하고 있는 두 사람, 메시와 호날두는 어쩌면 지구상에서 서로를 가장 잘 이해할 수 있는 사람일 수도 있다.

할리우드 스타 VS 구도자

 호날두와 메시의 이미지는 극단적으로 대조적이다. 호날두는 할리우드 스타를 연상시킬 만큼 화려한 라이프스타일을 지니고 있다. 반면 메시는 구도자와 같이 철저한 외길 인생을 걷고 있다.

호날두는 '완벽한 남자'라는 표현이 딱 들어맞는다. 남자들이 원하는 모든 것을 지니고 있다. 호날두는 2011년 9월 디나모 자그레브(크로아티아)와의 2011~12 유럽축구연맹UEFA 챔피언스리그 원정 경기에서 90분 내내 자그레브 관중들의 악의적인 욕설에 시달린 후 인터뷰를 통해 "내가 잘생기고 돈도 많으며 축구 또한 잘하기 때문에 질투가 나서 그토록 야유를 보냈다고 생각된다"고 말해 화제가 됐다.

'자기 잘난 맛이 지나치다'는 비난을 듣기도 했지만 객관적으로 보기에 틀린 말은 하나도 없다. 호날두는 스스로 평가한 것처럼 잘생겼고 돈도 많으며 축구도 잘한다. 동시대를 사는 평범한 남자들이 보기에 질투가 생길 법도 하다.

호날두는 186cm의 키에 군살 한 점 없는 근육질 체구를 지녔다. 그리스나 로마 시대의 조각상과 같은 완벽한 몸매를 자랑한다. 이목구비도 수려하다. '비주얼적인 측면'만을 놓고 역대 최고의 선수를 뽑는다면 데이비드 베컴과 1위를 다툴 것으로 보인다.

세계 최고의 재능으로 축구를 통해 막대한 부를 축적했다. 특히 명품 자동차 컬렉션은 지구촌의 남자라면 누구나 부러워할 만한 일이다. 일반인들이 핸들 한번 잡아보는 것이 소원이라고 할 정도의 '슈퍼카'들이 호날두의 차고에 빼곡히 자리 잡고 있다.

호날두는 한대 가격이 17억 원에 이르는 것으로 알려진 부가티를 비롯해 페라리와 포르쉐, 람보르기니, 마세라티 등 명품 스포츠카와 아우디, BMW, 벤츠, 벤틀리, 롤스로이스 같은 럭셔리 세단까지 총 20대의 최고급 자동차를 보유하고 있는 것으로 알려지고 있다.

'슈퍼카' 수집광답게 '슈퍼모델'들만 상대하는 것으로도 유명하다. 호날두의 여성 편력은 맨체스터 유나이티드 시절부터 끊임없이 타블로이드 언론의 헤드라인을 장식했다.

현재 애인은 러시아 출신의 슈퍼모델 이리나 샤크(27). 2007년 미국의 스포츠전문지 〈스포츠일러스트레이티드〉의 수영복 모델로 세계적인 지명도를 얻은 이리나는 이후 게스, 빅토리아 시크릿, 아르마니 익스체인지 등 세계적인 브랜드의 모델로 기용돼 월드 클래스로 성장했고, 2010년 남아프리카공화국 월드컵 개막을 앞두고 호날두와 만나 3년 넘도록 교제를 이어가고 있어 웨딩마치를 올릴 것이라는 관측이 지배적이다.

이리나를 만나기 전 호날두는 다양한 여인들을 섭렵했다. 앞서 말한 것처럼 모델이 절대 다수를 차지한다. 스쳐간 여인을 제외하고 '교제'라는 표현을 쓸 정도의 여성 관계를 정리해 보면 대충 다음과 같다.

호날두의 첫 연인으로 알려진 상대는 무려 9살 연상의 TV 진행자 겸 모델인 머시 로메로다. 애까지 딸린 이혼녀로 2006년 두 사람의 관계가 알려지자 포르투갈에서는 '유망한 호날두의 축구 인생을 망칠 위험이 크다'는 이유로 로메로에게 집중 포화를 퍼부었다. 결국 많은 나이 차와 가족의 반대로 로메로와의 만남은 오래 지속되지 못했다.

2007년에는 영국의 글래머 배우 젬마 앳킨슨과 뜨거운 관계임이 알려졌다. 앳킨슨은 "축구는 지루하다"는 등의 거침없는 발언으로 화제가 됐는데, 호날두가 팀 동료들과 난잡한 파티를 벌였다는 구설에 오른 후 관계가 정리된 것으로 알려졌다.

2008년 축구 선수로서 절정의 순간을 맞은 호날두는 여성 관계도 복잡해지기 시작한다. 테니스 슈퍼스타 마리아 샤라포바와의 염문이 있었고 스페인 출신 모델 네레이다 가야르도와 교제 사실이 알려졌다. 또 미스 이탈리아 출신의 방송인 레티치아 필리피와 밀회를 즐기는 모습이 파파라치의 카메라에 수차례 잡혔고 우크라이나 출신 모델 알료나 헤인스와의 데이트 현장이 목격되기도 했다.

2009년에는 이탈리아 모델로 베슬러이 스네이더르(갈라타사라이), 마리오 발로텔리(AC 밀란) 등 축구 스타들과 자주 스캔들을 일으켰던 라파엘라 피코와 구설에 올랐고 레알 마드리드 이적을 앞두고는 '상속녀'로 미국 사교계의 뉴스 메이커인 패리스 힐튼과 로스앤젤레스 클럽에서 야릇한 포즈를 취한 장면이 파파라치에 잡혔다. 두 사람은 하룻밤을 같이 보낸 것으로 알려지며 '세기의 커플' 탄생에 관심이 집중됐지만 '일회용 만남'에 그쳤다. 모델 킴 카다시안과의 염문설도 퍼졌다.

호날두는 패션에 관심이 많기로도 유명하다. 자신의 이니셜과 등번호를 결합한 의류 브랜드 CR7를 런칭했고 은퇴 후 패션 관련 일을 해 보고 싶다고도 했다. 춤과 노래를 즐기는 사교적이고 활달한 성격의 소유자이기도 하다. LA와 뉴욕 등지의 유명 클럽에서 여가를 즐기고 종종 그라운드에서도 골을 터트린 후 한바탕 춤사위로 신명을 내기도 한다.

반면 리오넬 메시는 수도승을 연상시킨다.

축구라는 '도道'에 통달하기까지 속세와의 연을 끊고 수련에 정진하는 구도자, 절세무공을 앞세워 무림 고수들을 하나씩 꺾으며 지존의 자리에 오르지만 속세의 일에는 관심이 없는 무협지의 고독한 주인공 같은 이미지를 지니고 있다.

가진 에너지를 모두 그라운드에서 불태우기 때문일까. 그는 개인 시간을 외출보다는 집에 머물며 보내는 것으로 알려져 있다. 또래의 다른 선수들, 특히 라이벌 크리스티아누 호날두와 대조되는 부분이다. 메시의 그라운드 위에서의 모습은 디에고 마라도나와 종종 비교된다. 그러나 그라운드 밖에서라면 얘기가 달라진다. 선수 시절 뿐 아니라 은퇴한 후에도 갖가지 기행을 멈추지 않았던 마라도나와 달리, 메시의 일상은 평범함 그 자체다.

　메시는 한가로운 일상을 좋아한다. 또래의 다른 축구 스타들과 달리 슈퍼 모델을 옆에 끼고 클럽에서 파티를 즐기는 장면이 단 한 번도 카메라에 잡히지 않았다. 바르셀로나 교외 카스테데펠스에 있는 자택에서 가족들과 시간을 보내는 것이 여가의 주를 이룬다. 플레이스테이션스 같은 비디오 게임을 하거나 영화, 드라마 감상을 즐기는 것으로 알려져 있다.

　시즌이 끝나면 메시는 가족들과 함께 고향인 아르헨티나 로사리오에서 시간을 보낸다. 몇 차례 파파라치의 카메라에 잡힌 적이 있지만 늘 옆 자리를 지킨 사람은 가족이나 팀 동료, 혹은 오래된 여자친구인 안토넬라 로쿠조가 전부였다.

　로쿠조는 정식으로 결혼식을 올리지 않았을 뿐, 사실혼 관계에 있는 '메시의 여인'이다. 155cm의 아담한 체구에 미모의 소유자인 그녀는 메시의 소꿉친구로 고향 로사리오에서 어린 시절 처음 인연을 맺었고 2010년 무렵부터 바르셀로나로 이주, 메시와 함께 살고 있다. 세계 최고 슈퍼스타의 연인이라는 점을 제외한다면 지극히 평범하다.

　메시가 스타덤에 오른 후 아르헨티나 언론은 그와 관련된 여러 염문을 보도했다. 아르헨티나 출신의 모델 루치아나 살라자르와 교제설이 있었고 동향의 마카레나 레모스와 연인 관계라는 설이 있었지만, 2009년 1월 메시가 한 TV 인터뷰에서 로쿠조와의 교제 사실을 밝히며 모두 사실이 아닌 것으로 드러났다. 바르셀로나로 떠난 후 휴가 때마다 고향으로 돌아와 시간을 보낸 메시는 오랜 친구인 로쿠조와 어울리며 사랑이 싹튼 것으로 알려지고 있다.

메시는 '패셔니스타'를 지향하는 호날두와 달리 평소 외모를 치장하는 데 큰 신경을 쓰지 않는다. 시상식 등 공식적인 자리가 아닐 경우에는 트레이닝복이나 후드 티에 청바지 등 '편안한 차림'을 선호한다.

'후드 티 패션' 탓에 대형마트에서 강도로 몰리는 웃지 못할 에피소드도 발생했다. 2013년 6월 고국 아르헨티나에 머물던 메시는 괄레과이추의 농장에서 휴가를 보내던 중 친구와 함께 장을 보러 대형마트에 들렀다가 강도로 오해를 받았다. 트레이닝 복 차림에 후드 티의 모자를 깊게 뒤집어 쓴 메시의 모습을 수상쩍게 여긴 매장 보안 요원이 신분 확인을 요구했고 메시가 얼굴을 드러냄으로써 오해는 풀렸다. 불필요하게 대중 앞에 모습을 드러내기를 원치 않는 메시의 소탈함이 확인된 에피소드다.

세계 최고 스타인 메시에 파파라치들이 따라 붙지 않을 턱이 없다. 메시의 소탈함은 파파라치가 잡은 사진에서도 여전하다. 특히 2012년 11월 아들 티아고를 얻은 후 수 차례 메시 가족의 외출이 파파라치의 카메라에 잡혔는데, 메시는 변함없이 후드 티에 청바지의 수수한 차림이었다.

애용하는 자동차도 바르셀로나가 팀 후원을 받는 아우디의 스포츠 유틸리티 차량SUV Q7이다. 도요타 프리머스와 페라리 등의 스포츠카를 소유한 것으로 알려지고 있지만 바르셀로나 훈련장에 나타날 때는 물론이고 가족과 함께 시간을 보낼 때도 아우디 Q7에 탑승하고 있는 모습이 가장 많이 카메라에 잡혔다.

2013년 7월 아르헨티나의 한 잡지는 메시가 묘령의 금발 미녀의 품에 안겨 있는 사진을 표지에 게재했다. 미국에서 열린 자선경기에 참석한 메시가 브라질의 레전드 호나우두가 주최한 비공개 파티에 참석해 스트리퍼와 끈끈한 시간을 보냈다는 내용의 기사가 곁들여졌다. '모범생'으로 알려져 있는 만큼 일탈을 증명하는 사진은 세계적인 화젯거리가 됐다. 그러나 며칠 지나지 않아 이 사진은 교묘하게 합성된 사진인 것으로 드러났다.

이렇게 극단적으로 상반되는 이미지를 지닌 호날두와 메시지만 자세히 살펴보면 두 사람 사이에는 놀랄 만큼 비슷한 점이 많이 있다.

유년의 추억을 포기했기에
오늘날의 영광이 있었다

호날두와 메시는 어린 시절 가족의 품을 떠나 입신을 꿈꾸고 축구공에 매달린 끝에 세계 최고의 자리에 오른 과정이 너무나도 비슷하다. 축구공 하나에 인생을 건 승부사들이다. 부모의 품에 안겨 응석을 부릴 나이에 자신의 운명을 걸고 그라운드에서 땀방울을 흘렸다.

메시는 2013년 1월 미국 시사주간지 〈타임〉과의 인터뷰에서 자신의 '은둔 생활'에 대해 다음과 같이 말했다.

"내 생활은 늘 지금과 같았다. 나는 항상 축구만을 좋아했고 축구에 좀 더 많은 시간을 쏟아 부을 수 있기를 원해 왔다. 어렸을 때부터 나는 친구들이 나가 놀자고 할 때 집에 머무는 것을 택했다. 다음 날 훈련이

예정돼 있기 때문이다. 나도 외출해서 놀고 싶은 마음은 있다. 그러나 사람은 무언가를 해도 될 때와 그렇지 못한 때를 분별할 줄 알아야 한다. 어렸을 때부터 내 생활 패턴이 바뀌지 않고 있는 이유다.”

“나는 언제나 프로 선수가 되기를 바래 왔다. 그러기 위해서는 많은 희생이 뒤따른다는 것을 알고 있었다. 아르헨티나를 떠난 것도, 가족의 품을 떠나 새로운 생활을 한 것도 희생의 일부분이다. 아르헨티나를 떠나게 되면서 나는 친구들과 주변 사람 모두가 바뀌었다. 그렇지만 나는 축구를 위해서, 내 꿈을 이루기 위해서 모든 것을 감내해 냈다. 내가 파티를 즐기러 가지 않거나 다른 여러 가지 일들을 하지 않는 이유다.”

무서울 정도로 투철한 프로 의식이다. 메시가 어렸을 때부터 오직 한 지점만을 목표로 하고 달려왔음을 알 수 있다. 축구만을 목적으로 한 삶이 어렸을 때부터 몸에 밴 듯하다. 13세 때 고향을 떠나 FC 바르셀로나 유소년 팀에 입단하면서 시작된 생존 경쟁은 그를 강인하게 단련시켰다. 축구에 모든 것을 걸고 아르헨티나를 떠난 메시에게 세상은 일찌감치 프로페셔널이 되기를 강요했고 그는 자신의 꿈을 이루기 위해 묵묵히 이를 받아들였다.

호날두도 11세 때 부모의 품을 떠나 스포르팅 CP 리스본의 유소년 아카데미에서 프로 축구 선수가 되기 위한 경쟁을 시작했다.

그는 여러 차례 인터뷰를 통해 “보통의 소년들이 부모님에게 의지해야 할 것을 혼자 해결하고 책임지며 빨리 어른이 될 수밖에 없는 생활을 했다”고 어린 시절을 회상했다.

호날두의 신이 빚어낸 조각 같은 탄탄한 몸매는 ‘훈련 중독’의 결과다. 호날두는 어렸을 적부터 볼을 다루는 것뿐 아니라 웨이트 트레이닝 같은 기초 훈련에도 열성이었다. 스포르팅 주니어리그 시절 깡말랐던 호날두는 웨이트 트레이닝을 하면 근육량을 확 불릴 수 있을 것이라 여겨 일주일에 세 번씩 취침 시간이 지난 후 트레이닝실로 잠입, 기구 훈련에 매달렸다. 이상한 낌새를 눈치 챈 관리자가 문을 잠가 버려 호날두의 ‘비밀 훈련’이 오래 가지는 못했지만 그가 자신의 신체적인 단점을 극복하기 위해 얼마나 신경을 썼는지를 단적으로 보여주는 일화다.

스포르팅 유소년 아카데미 코칭 스태프들 사이에서 호날두의 ‘훈련 중독’은 유명했다. 호날두는 어린 나이에도 지독할 정도로 훈련에 매달렸다. 일과를 마친 후에는 체육관, 체육관이 문을 닫은 후에는 숙소에서 운동에 매진했다.

어렸을 때부터 가족의 생계를 책임져야 했다는 공통점도 있다.

마데이라의 빈민가 출신인 호날두는 유소년 시절 용돈을 아껴 집에 송금해야 할 정도로 집안이 넉넉하지 못했다. 호날두는 스포르팅 CP유소년 아카데미에서 주급 50유로를 받을 때부터 자신의 모든 수입을 어머니에게 보내고 다시 가족들로부터 용돈을 받아썼다. 아버지는 알코올성 간질환으로 요양시설에서 치료를 받아야 했기에 호날두의 가족은 늘 경제적으로 넉넉하지 못했고 호날두도 풍족한 유년을 누리지 못했다. 스포르팅 유소년 팀 시절 호날두는 동료들이 유명 브랜드의 옷과 신발을 사는 광경을 부럽게 쳐다봐야만 했다고 한다.

호날두의 취미인 '슈퍼카 콜렉션'도 유년 시절의 아픔과 연관이 있는 것으로 알려지고 있다. 스포르팅 유소년 아카데미 시절 호날두는 잘못을 저지른 대가로 쓰레기를 치우는 벌을 자주 받았다. 또래 장난꾸러기들은 호날두가 쓰레기를 치우는 수레에 '페라리'라고 써놓고는 호날두가 수레를 옮길 때마다 엔진 소리를 입으로 내며 놀려댔다.

하루는 호날두가 쓰레기를 잔뜩 실은 수레를 끌고 있는데 휴식을 취하던 동료들이 '부릉 부릉' 소리를 내며 호날두를 비웃었다. 화가 폭발한 호날두는 "마음껏 떠들어 봐라. 나는 언젠가 꼭 페라리를 타게 될 테니까!" 라고 소리쳤고 실제로 페라리를 비롯한 각종 '슈퍼카'들로 차고를 채워 나가고 있다.

메시는 바르셀로나 유소년 팀에 입단할 때 가족 모두와 함께 스페인으로 이주했다. 메시 가족의 생활비는 바르셀로나 구단 측이 부담했다. '소년가장'이 된 셈이다. 바르셀로나 유소년 아카데미인 '라마시아'는 경쟁이 치열하기로 유명하다. 연령별로 나누어진 시스템에서 소수의 선택된 재능들만이 상위 클래스로 옮겨갈 수 있다. 메시가 바르셀로나에서 생존하는 것은 곧 가족의 생존을 의미했다.

메시는 축구를 즐기고 좋아하기도 했지만 무거운 책임감을 갖고 임할 수밖에 없는 환경에 놓여 있었다. 이 같은 환경은 메시를 어렸을 때부터 성숙하게 만들었다.

다음의 일화는 메시가 바르셀로나 유소년 팀에서 활약하던 시절 심적 부담이 적지 않은 상황이었음을 짐작하게 한다.

어느 날 메시는 농구를 하다가 발목을 접질렸다. 메시는 훈련 도중

다친 것이 아니라 '놀이' 도중에 부상을 당했다는 말을 차마 팀에 전할 수 없었다. 그는 결국 부상을 숨긴 채 훈련에 참가한 후 그제야 발목이 좋지 않다는 사실을 밝혔다.

메시가 바르셀로나에서 방출이라도 되는 날에는 가족 전체가 생계를 고민해야 하는 처지에서 축구가 아닌 다른 운동을 하다가 부상을 당했다는 것은 떳떳이 밝힐 수 없는 일이었을 것이다.

메시와 호날두의 최대 강점은 '강인한 멘탈'이다. 일곱 번 넘어지면 여덟 번 일어서는 강철 같은 정신력은 유년의 추억이라는 값비싼 대가를 치르고 얻어진 것이다. 메시와 호날두가 해가 거듭할수록 놀라운 성적을 올리고 소속팀은 물론 대표팀의 성적까지 책임져야 하는 엄청난 무게를 짊어지고도 끄떡하지 않고 버티는 것은 어렸을 때부터 정글에서 성장한 맹수의 강인한 생존력을 지니고 있기 때문이다.

패배는 용납할 수 없다

 메시와 호날두가 동료와 불화를 빚고 있다는 소식을 심심 찮게 들을 수 있다. 이른바 '천상천하 유아독존' 스타일의 플레이로 일부 동료들과 심각한 갈등을 빚는다는 것이다.

스웨덴 출신의 장신 스트라이커 즐라탄 이브라히모비치는 2009년 여름 6,600만 유로라는 천문학적인 이적료에 바르셀로나 유니폼을 입었지만 1년 만에 AC 밀란(이탈리아)으로 둥지를 옮겼다. 그는 바르셀로나에서 제대로 활약을 펼치지 못한 이유가 팀 전체가 메시를 위주로 돌아가기 때문이라고 주장했다.

스페인 대표팀의 간판 공격수로 유로 2008과 2010 남아프리카공화국 월드컵 우승에 혁혁한 공을 세웠던 다비드 비야는 2010년 여름 바르셀로나에 입성했지만 역시 시원찮은 성적을 남긴 채 2013년 여름 이적

시장에서 아틀레티코 마드리드 유니폼으로 갈아 입었다. 비야는 최전 방 스트라이커지만 바르셀로나에서는 메시가 중앙에 위치한 탓에 측 면으로 밀려날 수밖에 없었고 설상가상으로 2011년 11월 다리 골절이 라는 큰 부상으로 장기간 결장했다.

비야는 2012년 복귀하지만 눈에 띄는 활약을 보이지 못한 채 2013년 여름 바르셀로나를 떠났다. 눈길을 끄는 것은 비야도 메시와 심각한 불 화를 겪었다는 소문이 돌았다는 점이다. 메시를 위해 공간을 만들어주 는 임무에 비야가 불만을 품었고 둘 사이의 갈등으로 이어졌다는 것. 2011~12 시즌 초반부터 이 같은 소문은 설득력을 얻기 시작했고 2012 년 9월에는 두 사람이 그라운드에서 언쟁을 벌이는 장면이 카메라에 잡히기도 했다.

2012년 여름 우디네세(이탈리아)에서 바르셀로나로 이적한 칠레 대 표팀 에이스 알렉시스 산체스도 메시와 불화를 빚고 있다는 소문이 나 돌았다. 이유는 이브라히모비치, 비야의 경우와 비슷하다. 바르셀로나 에서 손꼽히는 유망주인 크리스티안 테요도 메시와 불편한 관계에 있 다는 보도가 있었다. 패스를 제대로 내주지 않는다는 이유로 메시가 그 라운드와 라커에서 테요에게 종종 호통을 친다는 것이다.

호날두는 맨체스터 유나이티드 시절부터 동료들과의 불화설이 끊이 지 않았다. 웬만한 스타급 선수들의 대부분은 호날두와 불편한 관계에 있다는 소문이 신문 지면을 장식했다.

앞에서도 언급했던 것처럼 웨인 루니는 2006 독일 월드컵 8강전에서 의 퇴장 사건 직후 호날두와 심각한 갈등을 빚고 있다는 소문이 퍼졌

다. 네덜란드 대표팀 출신의 골잡이 뤼트 판 니스텔로이는 호날두와 훈
련 도중 주먹다짐을 벌일 정도로 사이가 좋지 않았다. 두 사람 간의 불
화는 2006년 7월 판 니스텔로이가 레알 마드리드로 이적한 가장 큰 원
인으로 작용했다고 알려져 있다.

2009년 호날두가 레알 마드리드로 이적한 이후에도 동료와의 불화
설은 잦아들지 않았다. 2010년 곤살로 이과인과 불편한 관계에 있다는
소문이 돌았고, 2012년 9월에는 이른바 '슬픔 파문'으로 전 세계의 이목
을 집중시켰다. 호날두는 9월 3일 그라나다와의 스페인 프리메라리가
경기에서 골을 넣은 후 침울한 표정으로 골 셀러브레이션을 펼치지 않
았다.

경기 후 그는 "슬프기 때문에 골을 넣고도 기뻐할 수 없었다. 원인은
구단 관계자들이 잘 알고 있을 것"이라고 말해 스페인 축구계를 발칵
뒤집어 놓았다. 당시 '슬픈 호날두'를 만든 유력한 원인으로 떠오른 것
이 동료들과의 불화다. 특히 선수들에게 미치는 영향력이 감독보다 큰
것으로 알려진 골키퍼 이케르 카시야스와 불편한 관계에 있는 것으로
알려졌다. 호날두는 레알 마드리드를 2011~12 스페인 프리메라리가 우
승으로 이끌었고 유로 2012에서도 인상적인 활약을 펼쳐 2013 FIFA 발
롱도르 수상을 노리고 있었는데, 세르히오 라모스, 마르셀로 등 팀 동
료들이 "발롱도르는 카시야스가 받아야 한다"는 발언을 해 호날두의 심
기를 불편하게 했다는 것이다.

2013년 6월에는 첼시 사령탑으로 옮긴 조세 무링요 전 레알 마드리
드 감독과도 불편한 관계를 유지했음이 사실로 드러났다. 무링요 감독

은 스페인 언론과의 인터뷰에서 "호날두는 모든 것을 알고 있다고 생각하기 때문인지 전술적인 지시를 내려도 좀처럼 들으려 하지 않았다."고 밝혔다. 호날두는 2013년 1월 발렌시아와의 2012~13 코파 델레이 8강 2차전에서 1-1 무승부에 그친 이후 무링요 감독과 언쟁을 벌였고 이후 불편한 관계에 놓였다고 알려졌는데 무링요 감독이 '불화설'을 인정한 셈이다.

끊이지 않고 피어오르는 메시, 호날두의 동료들과 불화설은 두 사람 모두 '지고는 못 사는' 성격을 지닌 것과 무관하지 않은 듯하다.

타고난 승부욕은 메시와 호날두의 성장에 크게 작용했다. 두 사람 모두 어렸을 때부터 '비정상적'이라는 표현을 써도 좋을 만큼 강한 승부욕을 보여 왔다. '죽더라도 질 수는 없다'는 생각을 지니고 있었다.

메시의 경우 어렸을 때 축구 경기에서 지면 하염없이 눈물을 흘렸다고 한다. 승부욕은 축구에만 국한되지 않아, 집에서 가족들과 카드놀이를 할 때에도 이기지 못하면 화를 냈다고 한다. 이기기 위해 속임수를 사용하려 했을 정도로 승부에 집착했다. 연습 경기나 훈련에서도 지는 것이라면 질색을 하는 것으로 유명하다. 바르셀로나에서 메시와 함께 뛰었던 티에리 앙리(뉴욕 레드불스)는 2012년 1월 〈타임〉과의 인터뷰에서 "그라운드를 떠나 있는 메시는 온순하지만 경기에서는 치명적이다. 그는 타고난 승부사여서 훈련 중의 연습 경기에서도 지는 것을 절대로 용납하지 않는다"고 말했다.

웬만한 부상에는 아랑곳하지 않는다. 독일과의 2010 남아프리카공화국 월드컵 8강전에는 감기 몸살로 제 컨디션이 아니었지만 출전을 강행했고 2012년 12월 6일 벤피카(포르투갈)와의 UEFA 챔피언스리그 경기에서 무릎 부상을 당했지만 3일 만에 털고 일어나 레알 베티스와의 스페인 프리메라리가 경기에서 2012년 91번째 득점포를 작렬하며 게르트 뮐러가 수립한 1년 최다 골 기록을 뛰어 넘었다.

2007년 '엘 클라시코'에서 패배하며 레알 마드리드의 우승을 지켜본 후에는 한숨도 자지 못하며 '무엇이 잘못됐는가'를 고민했다고 한다. 아르헨티나 대표팀에서의 부진이 이어지던 시절에는 경기에서 패배한 후 라커에서 하도 심하게 울어서 코칭 스태프와 동료들이 위로조차 하지 못했던 일도 있다.

호날두의 승부 근성도 뒤지지 않는다.

마데이라에서 축구를 처음 접했을 때부터 경기에 지면 눈물을 쏟았다. 심지어 자신이 만들어 준 찬스에서 동료가 골을 넣지 못해도 울었다. '울보'라는 별명으로 불릴 정도였다.

성인이 돼서도 그라운드에서 여러 차례 눈물을 뿌렸다. 패배에 대한 분함은 눈물을 보이는 부끄러움을 잊게 하는 듯하다.

유로 2004 결승전에서 그리스에 패배한 후 눈물을 뿌린 것은 널리 알려져 있다. 맨체스터 유나이티드에서 활약하던 2004~05 시즌 FA컵 결승전에서 아스널과 승부차기 접전 끝에 패배한 후에도 눈물을 뿌렸다. 2006년 독일 월드컵 준결승에서 프랑스에서 패배한 후에도, 2010년 남아프리카공화국 월드컵 16강전에서 스페인에 진 다음에도 눈물을 흘렸다.

호날두는 아버지를 여읜 슬픔 속에서도 그라운드를 지킨 것으로도 유명하다.

호날두는 부친의 부음을 대표팀 소집 기간 중 들었다. 2005년 러시아와의 독일 월드컵 지역 예선전을 치르기 위해 모스크바에 머물고 있을 때 알코올 관련 질환으로 병상에 있던 아버지가 숨을 거뒀다는 비보가 날아들었다. 당시 포르투갈 대표팀을 이끌던 루이스 펠리프 스콜라리 감독은 경기에 출전하지 않아도 좋다고 했다. 그러나 호날두는 경기 출전을 강행했다. 하늘로 올라간 아버지도 자신이 그렇게 하는 것을 바랄 것이라고 말했다. 동료들이 큰 충격을 당한 호날두 탓에 조심스러워하자 평소처럼 지내고 경기에 임해 달라는 부탁을 했다.

누구보다 사랑하는 아버지를 잃었지만 경기에 대한 집중력을 잃지 않았다. 무서운 집중력이고 승부욕이다.

2011년 바르셀로나와의 경기 도중 호날두가 분통을 터트리는 장면이 인터넷 공간에서 화제가 된 적이 있다. 바르셀로나 선수들이 자신들 수비 진영에서 패스를 주고받는 상황에서도 적극적으로 압박을 해 들어간 호날두는 바르셀로나 선수들이 계속해서 공을 돌리자 돌연 공중으로 뛰어 올라 주먹을 내지른 후 동료들을 향해 두 팔을 벌리고 뭔가를 소리친다. 동료들의 느슨한 경기 운영을 질타한 것으로 여겨진다.

이처럼 승부욕으로 똘똘 뭉친 메시와 호날두에게 그라운드 위에서 동료들에 대한 따뜻한 배려를 바라는 것은 무리일 것이다. 프로의 세계에는 승자만이 존재하고 이들은 어렸을 때부터 이런 냉혹한 '정글의 법칙' 속에서 성장했다. 동료에 대한 배려보다 승리가 우선이다. 주변 사람들과의 갈등은 필연적인 것일 수 있다.

모든 프로 스포츠 선수는 이기적인 성향이 있다. 특히 스타플레이어는 누구보다 자아가 강하다. 이렇게 강한 자아와 자아가 만나면 충돌이 있기 마련이다. 메시와 호날두가 속한 집단은 전 세계에서 손꼽히는 축구 선수들로 점철된 슈퍼 엘리트 집단이다. 시쳇말로 '자기 잘난 맛에 사는 사람들'이 모인 가운데 트러블이 없다면 그게 더 이상할 일이다.

메시와 호날두를 이기적이라고 비난할 수도 있다. 그러나 자신들이 조직 내에서 승리에 가장 큰 공헌을 할 수 있는 것이 명확한 가운데, '이타적인 플레이'를 펼칠 이유가 있을까? 지름길을 놔두고 굳이 먼 길을 돌아갈 필요는 없을 것이다. 메시와 호날두가 '트러블 메이커'라는 비난을 받을 수 없는 까닭이다.

메시와 호날두가 승리를 위한 최적의 선택을 한다는 사실은 두 사람이 득점뿐 아니라 어시스트에도 뛰어난 재능을 갖고 있다는 사실에서 드러난다. 메시는 2011~12 시즌 스페인 프리메라리가에서 50골로 득점왕에 오르면서 어시스트도 15개나 올렸다. 2012~13 시즌에는 스페인 프리메라리가에서 46골을 기록하며 12어시스트를 추가했다. 호날두는 2011~12시즌 스페인 프리메라리가에서 46골에 12어시스트, 2012~13 시즌에는 34골에 10어시스트를 수확했다. '이기적인 선수'라면 불가능한 어시스트 숫자다.

거듭되는 노력, 끊임없는 기부

 천재는 하늘에서 떨어지지 않는다. 두 사람 모두 지독한 연습 벌레다. '일찍 일어나는 새가 먹이를 잡는다'는 속담이 있다. 메시와 호날두의 경우를 볼 때 틀리지 않는 말이다.

메시와 호날두를 다룬 다큐멘터리에서 공통적으로 나오는 장면이 있다. 아무도 도착하지 않은 이른 아침에 훈련장에 등장하는 메시와 호날두의 모습이다. 메시는 그의 모습을 보기 위해 일찌감치 바르셀로나 훈련장을 찾는 팬들이 허탕을 칠 정도로 '조기 출근'이 몸에 배어 있다.

호날두는 맨체스터에서도, 레알 마드리드에서도 가장 부지런한 선수다. 맨체스터 시절에는 라커 열쇠를 가진 직원이 나오지 않을 정도로 일찍 도착해 운동복을 갈아 입지 못한 채 연습한 적이 있다고 한다.

호날두와 메시 모두 상대 수비의 집중 마크 속에 한 시즌에 A매치를 포함하면 60~70경기를 소화하는 살인적인 스케줄을 소화하고 있지만 최근 들어 큰 부상을 당하지 않고 있다. 치밀한 개인 관리와 웨이트 트레이닝의 결과다. 조각 같은 몸매의 소유자인 호날두의 몸 관리는 철저한 관리에 의해서 만들어진 '작품'이다. 스포르팅 CP 시절만 해도 호리호리했던 호날두는 맨체스터 유나이티드로 이적한 후 체계적인 웨이트 트레이닝과 엄격한 영양관리로 몸에 차곡차곡 근육을 붙여 나갔다. 어렸을 때부터 살인적인 양의 훈련을 소화하는 것이 몸에 배어 있는 호날두는 집에서 TV를 볼 때도 복근 운동을 하는 것으로 알려져 있다.

영국의 스포츠 전문 케이블 방송인 '스카이 스포츠'에서는 2011년 '극한에의 도전Tested To The Limited'이라는 프로그램을 통해 호날두의 초인적인 신체 능력을 집중 조명했다.

이 프로그램에서는 호날두의 주력과 기초 운동 능력, 볼 감각, 시야, 드리블 능력 등을 첨단 설비를 동원해 측정했는데, 그 결과가 실로 놀랍다. 호날두는 축구뿐 아니라 어떤 종목의 스포츠를 해도 성공할 수 있는 최적의 몸 상태를 유지하고 있다.

'극한에의 도전'에서는 25m 단거리 달리기로 호날두의 스피드를 측정했다. 호날두의 달리기 능력을 알아보기 위해 스페인 남자 육상 대표 선수인 앙헬 로드리게스가 특별히 실험에 참여했다. 호날두의 25m 직선 주로 기록은 3.61초로 로드리게스의 기록(3.31초)에 비해 0.3초 뒤졌다. 그러나 25m 구간에서 4개의 깃대를 좌우로 통과하는 지그재그 달리기에서 6.35초를 기록, 6.86초의 로드리게스를 압도했다. 짧은 거리에서 스프린터에 0.51초나 기록이 앞선다는 것은 놀라운 일이 아닐 수 없다.

점프력은 미국 프로농구^{NBA} 선수를 능가한다. 두 걸음 정도 도움닫기를 한 후 점프했을 때 호날두의 발은 지면에서 78cm 높이까지 떠올랐다. 코너킥 찬스에서 헤딩슛을 노릴 때 호날두의 머리는 지상에서 260cm 높이에 있는 볼까지 처리할 수 있다. 프로그램에 따르면 호날두의 점프력은 미 프로농구^{NBA} 선수들의 평균치를 웃돈다. 도움닫기를 많이 하는 러닝 점프를 시도할 경우 점프력은 1미터에 육박할 것으로 보인다.

호날두는 술은 물론 탄산음료도 입에 대지 않을 정도로 음식 관리에 철저하다. 하루에 6차례에 걸쳐 반드시 필요한 필수 영양소가 함유된 균형 잡힌 식사를 한다. 호날두는 파티를 즐기는 것으로 유명하지만 흥청망청하는 생활과는 거리가 멀다.

리오넬 메시는 170cm도 되지 않는 작은 키의 핸디캡을 후천적인 노력을 통해 극복해 냈다. 메시가 위협적인 까닭은 폭발적인 스피드와 드리블 솜씨에 더해 누구에도 뒤지지 않는 몸싸움 능력을 지녔기 때문이다. 웬만한 육탄 저지는 쉽게 뚫고 나갈 정도의 힘을 지니고 있다. 항간에 메시의 약물 복용설이 나돈 것은 메시의 초인적인 신체 능력과 무관하지 않아 보인다.

메시의 기초 체력 운동은 순발력과 유연성을 높이는 데 초점을 맞춰 진행되는 것으로 알려져 있다. 메시는 유연성과 지구력을 강화하기 위해 장시간 스트레칭을 한다. 순간적으로 폭발적인 스피드를 내기 위해 스쿼트 점프와 줄넘기, 허들 넘기, 단거리 달리기 등으로 순발력을 높이고 다양한 방법의 런지Lunge와 다리를 높이 치켜들며 러닝을 하는 필라 스킵Pillar Skip 등으로 하체와 코어 근육을 강화한다.

2006년과 2007년 고질적인 햄스트링 부상으로 고전하던 메시가 2008년 이후 연간 70경기 안팎의 많은 경기를 소화하면서도 지칠 줄 모르는 스테미너를 과시하고 큰 부상 없이 꾸준한 활약을 보이는 것은 반복적인 운동으로 하체 근력을 강화했기 때문이다.

영양 관리도 철저하다. 메시는 탄수화물 섭취를 줄이고 단백질을 늘리는 방법의 식이요법을 사용하고 있는 것으로 알려지고 있다. 원활한 혈류를 도와주는 것으로 알려진 강황과 고추, 생강 등을 넣은 야채 스프와 닭고기와 새우, 바다가재 등을 즐겨 먹고 끼니마다 녹색 야채와 구운 감자를 곁들여 각종 영양소의 밸런스를 맞춘다. 자신이 모델로 활동하고 있는 브랜드의 프로틴 쉐이크 복용도 빼놓을 수 없다.

호날두와 메시의 또 다른 공통점은 두 사람 모두 '기부 천사'라는 것이다. 본인들이 여러 가지 어려움을 극복하고 최고의 자리에 오른 것처럼 힘든 환경에 처해 있는 어린이들에게 용기와 희망을 주기 위해 최선을 다하고 있다.

호날두는 정기적으로 암을 앓고 있는 어린이들을 방문해 격려한다. 고통을 겪고 있는 어린이들이 마음을 상하는 일이 없도록 말 한마디 한마디에 세심하게 신경을 쓰는 장면이 다큐멘터리를 통해 방영돼 감동을 자아내기도 했다.

호날두는 멋쟁이로 유명하지만 다른 선수들과 달리 몸에 문신을 새기지 않고 있다. 호날두가 문신을 하지 않는 이유는 헌혈에 방해가 되기 때문이다. 문신을 몸에 새길 경우 1년간 헌혈을 하지 말 것을 권고받고 있다. 호날두는 정기적으로 헌혈을 하고 있는 것으로 알려져 있다. 이웃을 돕기 위한 호날두의 진심을 확인할 수 있는 사례다.

호날두는 2011~12 스페인 프리메라리가 최종전에 암과 싸우고 있는 아홉 살 난 소년과 그 가족을 초대해 용기를 북돋아주기도 했다. 누하제트라는 이름의 이 소년은 암세포가 온 몸으로 퍼져 힘겨운 투병 생활을 하고 있었다. 누하제트의 안타까운 사연을 알게 된 호날두는 치료에 드는 비용 일체를 자신이 부담하겠다는 뜻을 전했고 마요르카와의 정규 리그 마지막 경기에 누하제트 가족을 초청, 자신의 개인전용 스카이박스에서 경기를 관람할 수 있도록 했다. 여행 경비 전액을 자신이 부담한 것은 물론이다.

호날두는 경기를 앞두고 누하제트를 직접 만나 격려했고 경기에서 골을 터트릴 경우 누하제트에게 바치겠다는 약속을 했다. 호날두는 선제골을 터트렸고 누하제트를 위해 멋진 골 셀러브레이션을 펼쳤다.

2009년에는 어머니가 유방암 수술을 받았던 고향 마데이라의 병원에 10만 파운드(1억 7,000만 원)를 기부했다. 어머니의 병을 치료해 준 것에 감사하는 의미로 시설을 개선하는 자금으로 써 달라는 뜻이었다.

메시는 자신의 이름을 딴 리오넬 메시 재단을 만들어 병을 앓고 있는 아르헨티나 어린이들을 돕고 있다. 성장 장애 호르몬이라는 희귀 질환에 걸려 치료비를 댈 방법이 없어 스페인까지 갔던 경험이 있는 메시는 아르헨티나에서 비용 문제로 적절한 치료를 받지 못하는 어린이들을 스페인으로 초청해 병을 고쳐주고 있다. 물론 스페인을 오가는 비용과 치료비는 모두 메시가 부담한다.

자신이 처음으로 몸담았던 고향 팀 뉴웰스 올드보이스에는 유소년 선수들의 훈련 센터를 새롭게 지어줬고 국경을 초월해 어려운 어린이들을 돕는 국제연합^{UN} 산하의 특별 단체인 유니세프의 홍보 대사로 활동하고 있다.

2012년 6월에는 성장 호르몬 장애를 앓고 있지만 집이 가난해 치료를 받지 못하고 있는 모로코의 어린이가 완전히 자라날 때까지 치료비를 지원하기로 한 사실이 알려져 화제가 됐다. 왈리드 카샤라는 이름의 이 어린이는 키가 자라나지 않아 축구 선수의 꿈을 이루지 못할 위기에 처했고 이 사연을 알게 된 메시는 앞으로 6년간 매달 60만 원 정도의 치료비를 자신이 책임지겠다고 나섰다.

메시는 또 고국 아르헨티나의 소외 계층 어린이들의 생활환경을 개선하기 위해 병원과 학교, 스포츠 시설 등의 건립을 지원하고 있다. 2013년 3월에는 로사리오의 어린이 병원 시설 보수를 위해 60만 유로(약 8억 7,000만 원)의 거액을 쾌척했고 시즌이 끝난 6월에는 콜롬비아와 페루, 미국에서 총 네 차례 어린이 돕기 자선 올스타 경기를 개최했다.

신의 영역에 도전할 자 누구인가

 우리는 현재 분명히 '메시-호날두의 시대'에 살고 있다. 관점에 따라 차이는 있지만, 2007년 무렵부터 리오넬 메시와 크리스티아누 호날두는 소속팀의 간판으로서 스포트라이트를 집중 받아 왔고 '축구 천재'로 전 세계로부터 공인을 받았다.

메시 이전의 바르셀로나 간판은 호나우지뉴였다. 국제축구연맹FIFA 올해의 선수를 두 번 수상했고 '외계인'이라는 별명을 얻을 정도로 빼어난 경기력을 과시했다. 그러나 2006년 독일 월드컵 이후 조금씩 내리막길에 접어들었고 2008년 결국 바르셀로나를 쫓기듯 떠나야 했다. 이후 호나우지뉴의 자리를 메시가 차지했고 바르셀로나 구단의 역사를 송두리째 바꿔 놓는 활약을 펴고 있다.

호날두는 앞서도 말했듯이 맨체스터 유나이티드에서는 데이비드 베컴, 레알 마드리드에서는 라울 곤살레스가 남긴 '에이스의 상징' 7번 유니폼을 차지하며 팀의 간판이 됐다.

메시와 호날두의 '양웅천하兩雄天下'가 언제까지 유지될지, 또 그 막을 내릴 새로운 영웅은 누가 될지에 팬들의 관심이 쏠리고 있다.

2012~13 스페인 프리메라리가에서는 라다멜 팔카오의 분전이 화제가 됐다. 한때 메시, 호날두와 어깨를 나란히 하며 득점 경쟁을 펼친 팔카오의 분투에 사람들은 '축구의 신'에 도전하는 '인간계의 용사'라는 표현을 썼다. 그러나 결국 팔카오는 메시, 호날두에 이어 득점 3위에 머물렀고 시즌 종료 후 아틀레티코 마드리드를 떠나 프랑스리그 AS 모나코에 새로운 둥지를 틀었다.

이 책의 집필을 마무리하고 있는 2013년 10월 현재 '축구의 신'에 도전장을 내민 새로운 용사가 나타났다. 브라질 출신으로 스페인 대표팀에서 활약하는 디에코 코스타(25, 아틀레티코 마드리드)가 10골을 기록, 메시(8골)와 호날두(7골)를 제치고 득점 선두를 달리는, 믿기 어려운 일이 일어나고 있다.

시즌 초반이기는 해도 메시, 호날두의 폭발력에 필적할 선수가 출현했다는 것은 신선한 충격이다.

2009년 이후 호날두와 메시가 독식해온 FIFA 발롱도르가 제 3자의 품에 안길 가능성도 배제할 수 없다. 프랑스 대표팀 미드필더 프랭크 리베리(30. 바이에른 뮌헨)는 2012~13 UEFA 챔피언스리그에서 팀을 정상으로 이끌며 '최고의 선수'라는 찬사를 한몸에 받았고, 리베리가 2013년 FIFA 발롱도르의 주인공이 되야 한다는 목소리가 높아지고 있다.

브라질의 신성 네이마르(21. FC 바르셀로나)는 안방에서 열리는 2014년 브라질 월드컵에서 '새로운 축구 황제' 대관식을 노린다. 펠레는 몇 년 전부터 "언젠가는 네이마르가 메시를 능가하는 선수가 될 것"이라고 주장해 왔다.

언제가 됐든, 메시와 호날두도 내리막길로 접어들 순간은 올 수밖에 없다. 그러나 그들이 축구사에 남긴 위대한 기록과 숨막히는 라이벌 대결의 전설은 영원토록 빛을 발할 것으로 보인다.

필자는 20년이나 30년쯤 지난 후 메시와 호날두의 플레이를 실제로 보지 못한 이들에게 이런 말을 할 순간이 올 것으로 생각한다.

"리오넬 메시……, 세계 최고의 선수였지……. 내가 메시를 본 건 두 번, 2010년 남아프리카공화국 월드컵과 그 해 여름 바르셀로나의 방한 경기에서였지……. 그에 맞설 만한 선수는 크리스티아누 호날두……. 2009년 여름 레알 마드리드 데뷔전 때 산티아고 베르나베우에서 호날두의 플레이를 직접 봤지. 팬들의 함성이 아직까지 귓가에 울려 퍼지는 듯 하군……."